AF388043

Nele Hansen ist das Pseudonym des am 10.07.1980 in Reinbek geboren Hörspielautors Thomas Tippner, der für mehrere Hörspiellabels aktiv ist. Unteranderem schrieb er die bei Maritim erscheinenden Sci-Fi Serie *Captain Future*. Für ZYX schrieb er Literaturklassiker wie Falladas *Jeder stirbt für sich allein*. Im Martin Kelter Verlag erschienen die Romane *Du hast mich nie gewollt* und *Urlaubsküsse, immer wieder Mallorca*. Für den Blitz-Verlag schrieb er die Reihen *Sherlock Holmes*, *Amerikas Wilder Westen* oder *Edgar Wallace*.

NELE HANSEN

Meeres RAUSCHEN UND INSEL Küsse

Erstausgabe März 2023

Copyright © 2023 dp Verlag, ein Imprint der
dp DIGITAL PUBLISHERS GmbH
Made in Stuttgart with ♥
Alle Rechte vorbehalten

Meeresrauschen und Inselküsse

ISBN 978-3-98778-265-7
E-Book-ISBN 978-3-98778-093-6

Covergestaltung: Grit Bomhauer
Umschlaggestaltung: ARTC.ore Design
Unter Verwendung von Abbildungen von
stock.adobe.com: © gilles lougassi
shutterstock.com: © mRGB , © leoks, © Joeahead, © Brent Hofacker,
© Xaki646, © Vitalii Biliak
elements.envato.com: © StrokeVorkz, © PixelSquid360,
© FreezeronMedia
Lektorat: SL Lektorat
Satz: dp DIGITAL PUBLISHERS GmbH
Druck und Bindung: Books on Demand GmbH, Norderstedt

Das Werk darf – auch teilweise – nur mit
Genehmigung des Verlages wiedergegeben werden.

Sämtliche Personen und Ereignisse dieses Werks sind frei erfunden. Etwaige Ähnlichkeiten mit real existierenden Personen, ob lebend oder tot, wären rein zufällig.

Kennenlernen

1

„Ich hasse die Großstadt." Veronica umklammerte ihr Handy, während ihre Blicke durch das kleine, nur schlecht besuchte Lokal schweiften. „Keiner fühlt sich an irgendetwas gebunden oder verpflichtet."

„Du siehst das alles zu schwarz", entgegnete Angelina, ihre beste Freundin, die sie damals durch Zufall auf Sizilien kennenlernte. Eine Einheimische, die vor elf Jahren mit ihrer Freundin am Strand unterwegs gewesen war, an den sich auch Veronica zurückgezogen hatte.

Um etwas Ruhe vor meinen Eltern zu haben, dachte sie kurz und blickte sich dann im Lokal *Amaretto* um.

„Ich sehe ihn nicht", meinte sie und hatte sich noch nicht entschieden, ob sie sich setzen oder stehen bleiben sollte.

„Was erwartest du von einem Blind Date, Mäuschen? Dass der Typ an einem Tisch sitzt, eine Rose in einem zugeklappten Buch, und nur darauf wartet, dich im Sturm erobern zu können? Im Internet sind so viele Schwätzer und Idioten unterwegs, dass man doch gar nicht mehr weiß, wem man da vertrauen, geschweige denn Glauben schenken soll. Ich habe dir doch gleich gesagt, dass du das lassen sollst mit diesen albernen Apps. Die Liebe ist nicht planbar. Die kommt. Manchmal tritt sie einfach neben einen, tippt dir auf die Schulter und überrascht dich. Ist doch auch viel romantischer."

Veronica holte tief Luft. Sie ahnte, dass Angelina auf eine unangenehme Art und Weise recht hatte. Dazu begriff sie, dass sie vorgeführt worden war. Ausgenutzt von einem mit Worten umgehenden, mit leisen Süßholzraspeleien ihr Herz schneller zum Klopfen bringenden Idioten.

Wirklich. Echt. Mit Freude.

Das ist es, was mich so verletzt, dachte sie, während
ihr weiterhin Angelinas Worte und das Tohuwabohu,
das auf der Zitronenplantage herrschte, in den Ohren
dröhnte. *Ich wollte Björn kennenlernen. Ich wollte mit
ihm hier am Gänsemarkt im Amaretto sitzen und sein
markantes Kinn und seine blonden Locken betrachten.
Mich vergewissern, ob er wirklich so charmant ist, wie
er schreibt. Ich habe sein Profilbild wieder und wieder
angesehen. Habe mich regelrecht ...*

„Kann ich Ihnen helfen?", wurde Veronica von einer
jungen, blondierten Kellnerin aus ihren Gedanken gerissen. Ein freundliches Lächeln auf den Lippen,
schaute die in dem eng sitzenden, bis zu den Knien reichenden schwarzen Rock sie an.

„Ist ... ist jemand hier, der nach Veronica Wyss gefragt
hat?" Allmählich bekam sie Bauchschmerzen, während
der Druck schlimmer wurde, der in ihrer Brust aufstieg. Obwohl sie merkte, dass sie sich gedanklich in etwas verrannte, war da etwas in ihr, das den Gedanken
zu Ende spinnen wollte. Der ausgesprochen und auf die
Welt losgelassen werden wollte, um sie ...

... was?

*Mich zu verletzen? Der mir noch einmal ordentlich
einen Schlag zwischen die Hörner versetzen will? Der
mit dem Finger auf mich zeigt und mir sagt: Ha, ha,
habe ich dir doch gesagt. Ich wusste es. Ha, ha, du hast
immer das falsche Händchen bei Männern.*

Immer.

„Ist mir bis jetzt nicht bekannt gewesen. Aber setzten Sie sich doch. Ich frage einmal am Tresen nach. Dort am Fenster ist frei!“

„Danke“, sagte Veronica, die mit Unbehagen feststellte, dass sie den hämischen Gedanken in ihrem Kopf allmählich Glauben schenkte. Es war ihr, als würden alle diese Ahnungen und Erkenntnisse, die sie seit Jahren begleiteten, nun Wirklichkeit werden.

Ich wollte mich ernsthaft auf eine neue Geschichte einlassen, in der mein Herz ein wenig wilder schlägt als sonst. Sodass es in meinem Magen kribbelt, wenn ich sehe, dass Björn mir eine Nachricht geschrieben hat. Ich wollte leise seufzend in meinem Schreibtischstuhl zurücksinken und dieses geheime, dieses stille Lächeln auf den Lippen haben, wenn er mir sagt, dass ich nicht nur niedlich, faszinierend und sexy für ihn bin, sondern auch wenn er mir versichert, ich sei die Einzige für ihn.

„Frau Wyss?“

Veronica blickte auf. „Ja?“

„Nein, nach Ihnen ist nicht gefragt worden. Tut mir sehr leid“, sagte die junge Frau, deren Lächeln nicht nur Mitleid ausdrückte. Da war noch etwas anderes. Etwas, das Veronica nur zu gut lesen und verstehen konnte.

Vertrautheit.

So, als ob die freundliche Frau genau wusste, wie es gerade in ihr aussah.

Veronica schüttelte den Kopf und schloss die Augen. „Fällt absagen denn so schwer?“

„Einigen schon“, meinte die Kellnerin.

„Du weißt doch gar nicht, was mit dem Typen in Wirklichkeit los ist“, sagte Angelina gleichzeitig. „Was, wenn der sich nur einen Spaß daraus gemacht hat, mit dir zu chatten? Du hast ihm aber nicht verraten, wo du wohnst, oder?" Nun klang sie erschrocken.

„Nein, wo denkst du hin?", wehrte Veronica ab.

„Puh. Hast du vielleicht schon daran gedacht, dass er dir einen Bären aufgebunden hat? Dass er vielleicht verheiratet ist und nur sehen wollte, ob er noch Chancen bei einer Frau hat? Und dann, als er merkte, dass es dir ernst war mit einem Treffen, einen Schreck bekommen hat? Plötzlich war ihm bewusst, dass er ja verheiratet ist, dass er Kinder hat und dass er in Teufelsküche kommen würde, wenn er sich mit einer bildhübschen, klugen und selbstbewussten Frau trifft. Mäuschen, sei froh, dass du den Armleuchter nicht näher kennengelernt hast. Es ist besser so. Glaub mir."

„Hier, eine Kleinigkeit", sagte die Kellnerin, stellte Weißbrot und eine kleine, bis zum Rand mit Aioli gefüllte Schale vor Veronica ab.

Die, verwundert, sagte freundlich: „Danke sehr." Sie blinzelte verwirrt und stockte, als jemand neben sie trat. Ein Mann. Das wilde Klopfen in ihrer Brust hasste sie für wenige Sekunden ebenso innig wie ihre freudigen Gedanken: *Er ist gekommen. Verdammt noch mal, er ist doch noch gekommen. Und ich habe mich völlig umsonst zum Narren gemacht. Ich hätte Angelina nicht gleich anrufen brauchen; hätte ihr nicht das ewige Lied von der verlassenen und ungeliebten Veronica erzählen müssen. Sie hört seit Jahren die Leier. Die Leier, die ich spiele, seitdem die Scheidung ...*

In dem Moment, als ihr bewusst wurde, dass der Mann nicht Björn war und ganz und gar nicht so aussah wie auf dem Profilfoto, in das sie sich insgeheim verguckt hatte, ließ sie enttäuscht seufzten.

Als sie sah, dass der Mann vor ihr ein unsicheres, zitterndes Lächeln auf den Lippen trug und nicht zu wissen schien, was er ihr sagen sollte, legte sie den Kopf schief. „Was kann ich für Sie tun?", fragte sie freundlich und deutete auf ihr am Ohr liegenden Handy. „Ich telefoniere."

„Entschuldigung", sagte er daraufhin, die Hände entschuldigend in die Höhe gehoben. „Ich wollte Ihnen nur das hier geben."

Veronica blickte auf die Tulpe in seiner Hand und blinzelte verwundert, von seiner Geste überrascht. Sie wusste nicht, was sie sagen sollte. Als sie ihren Blick hob und in das nette, freundliche Gesicht des ihr unbekannten Mannes sah, musste sie schmunzeln. Solch eine Geste wie diese kannte sie nur aus den von ihr lektorierten Romanen oder aus Hollywoodfilmen. Jetzt selbst hier zu sitzen, eine Tulpe geschenkt zu bekommen, setzte irritierende Gefühle in ihr frei. Dazu, und das fand sie wirklich, mochte sie diesen Mann. Auch wenn er optisch nicht ihr Typ war, hatte er einen sanften Zug um den Mund.

Und in den Augen einen angenehmen, sympathischen Glanz, dachte sie und fand, dass die unsicher gekräuselten Lippen eine ansprechende Form besaßen, die in zwei niedlichen Grübchen endete, die ihm etwas Jungenhaftes, Freches verliehen.

„Die ist für Sie."

„Warum?", wollte Veronica wissen, von solchen Gesten verunsichert, da sie diese nicht kannte.

„Ich wollte Ihr Telefonat nicht belauschen", sagte er stockend und räusperte sich. „Wirklich nicht. Aber das eine oder andere habe ich mitbekommen."

„Und jetzt?"

„Ist die hier für Sie." Er legte die Tulpe auf den Tisch und schenkte Veronica einen ungewohnten Blick, der in ihrem Magen ein Kribbeln entstehen ließ. Dann machte er einen Schritt zurück. „Weil es mir leidtut."

„Was tut Ihnen leid?", fragte sie ihrerseits verunsichert. Sie konnte mit der Situation nichts anfangen. Es war ihr, als würde sie vorgeführt werden. Und erntete zu ihrer Überraschung aus dem Handylautsprecher ein scharfes Einatmen.

„Das mit dem Date."

„Das ist total süß von Ihnen", sagte sie. „Seien Sie mir aber bitte nicht böse. Ich wollte nicht, dass jemand mein Gespräch mitbekommt."

Ihr Gegenüber hob abwehrend die Hände, schluckte deutlich sichtbar, verlor sämtliche Farbe aus dem Gesicht. „Es tut mir wirklich leid."

Veronica hob die Augenbrauen und traute der Sache nicht, die da über sie hereingebrochen war. Da war ein misstrauisches, aus Unsicherheit und Verletztheit geborenes Gefühl.

Das eben noch Verlegenheit ausstrahlende Lächeln auf den von einem Dreitagebart umrahmten Lippen wich ehrlich empfundener Panik.

Das Portemonnaie, das er mit der Tulpe festgehalten hatte, rutschte ihm aus den Händen, als er sich mit schnellen Worten „Ich wollte nicht stören“ verabschieden wollte. Eine Flut an Zetteln, Bildchen und Karten ergoss sich über den feinsäuberlich polierten Tisch.

Karten verschwanden in der Rosenvase.

Bilder trudelten auf die weiße Tischdecke.

Der Personalausweis landete in ihrem Wasserglas.

„Entschuldigung“, stieß er hastig hervor.

„O Mann“, lachte Veronica und hielt die Hand vor den Mund.

„Was ist los?“, wollte Angelina wissen.

„Ich werde gerade mit Kreditkarten beworfen“, kicherte Veronica und wusste nicht, ob sie lachen oder weinen sollte.

Die heute Morgen einberufene Konferenz hatte sich unendlich in die Länge gezogen, und nun überforderte sie das hier gerade massiv. Sie wusste nicht, ob sie genervt oder heiter reagieren sollte.

Lachen oder weinen.

Sie starrte den in Hektik ausbrechenden Mann entgeistert an.

„Das wollte ich wirklich nicht“, sagte der entschuldigend und griff nach ihrem Teller mit der sorgsam am Rand platzierten Aiolicreme. Ein Foto hatte seinen neuen Platz daneben gefunden.

„Das wäre ja noch schöner gewesen“, zickte sie, ohne dass sie es wollte, um dann zu bemerken, dass sich das Bild in ihr Unterbewusstsein brannte. Es zeigte ein kleines Mädchen sowie eine auf einem Mauersims sitzende, mit halb geöffnetem Mund lächelnde Jugendliche, deren dunkles, dichtes Haar dem des Mannes glich, der die Fotografie rettete, indem er dem Teller aus Versehen einen Stoß versetzte und ihn in die Höhe springen ließ. Die Creme spritzte Veronica ins Gesicht und verteilte sich über ihre Bluse.

„Passen Sie doch auf", schimpfte sie und griff nach der Serviette. Am liebsten wäre sie explodiert.

„Entschuldigung", rief er wieder, nahm die Fotografie und tat etwas, das Veronica verwunderte. Da war diese Geste, die sich in ihr Hirn brannte und die sie nicht näher beschreiben konnte. Die ihr aber einen heißen, innigen Stich versetzte. So ähnlich fühlte sie sich, wenn sie an ihren eigenen Jungen dachte.

Er beschützt das Bild, dachte sie in einem Anflug verwirrten Interesses und beobachtete, wie der Mann es energisch an seiner Brust abwischte. *Es ist ihm wichtig. Die zwei Mädchen sind ihm das Liebste auf der Welt.*

Wären sie es dir nicht auch?, fragte plötzlich die Mutter in ihr, die sie seit elf Jahren war. *Ich meine, hast du nicht die Kleine gesehen? Die mit den schwarzen Locken, den dunklen Augen und dem selten frechen, niedlichen, herzerweichenden Lächeln? Und das geblümte Kleid, in dem sie steckt? Komm schon, dieses Kind kannst du nicht übersehen haben. Wie niedlich es verschmitzt dasteht, die Hand auf dem Knie der Schwester, während die das Eis hält, das einen süßen Milchbart um ihre Lippen hinterlassen hat.*

„Ich bin so ungeschickt", entschuldigte sich der Mann und griff nach den verstreuten Unterlagen, Zetteln und Karten. „Das ist mir noch nie passiert."

Veronica, noch immer von dem Foto fasziniert, das der Mann wie ein kleines Heiligtum in die Brusttasche seines Hemdes schob, schüttelte den Kopf. Ihre Stimme klang schneidend hart, als sie meinte: „Soll ich Ihnen irgendwie helfen?"

„Nein, nein. Nicht nötig.“

„Sarkasmus kennen Sie auch nicht?“

„Äh.“

„Schon gut!“ Sie winkte ab. „Ich warte, bis Sie fertig sind.“

Als der Mann nach der Tulpe griff, sah Veronica ihn verwirrt an. „Die wollen Sie auch wieder mitnehmen?“

„Nicht?“

„Es war ein Geschenk.“ Sie musste lachen, fand es niedlich, wie ihrem Gegenüber die Schamesröte ins Gesicht schoss; wie er dastand, die Hand nach der Blume ausgestreckt, nicht sicher, was er tun und lassen sollte.

„Äh.“

Veronica hielt sich das Handy wieder ans Ohr und seufzte.

„Wie sprichst du eigentlich mit dem armen Kerl?“, fragte Angelina.

„Keine Ahnung!“, antwortete sie hilflos und verkniff es sich, hinterher zu schieben, dass sie ebenso unsicher war wie ihr Gegenüber.

„Wenn ich alles richtig verstanden habe, hat der dir gerade was schenken wollen.“

„Er hat mich mit Aioli bespritzt.“

„Er hat dir Aufmerksamkeit geschenkt!“, hielt ihre Freundin ihr entgegen. „Total lieb von ihm. Sei nett. Bedank dich, und wenn er weg ist, kannst du ihm gerne den Mittelfinger zeigen.“

„Ach, Angelina.“

„Was denn?“, wollte ihre Freundin wissen. „So wie du drauf bist, hast du gerade zehn Mittelfinger an deinen Händen.“

„Ich lege auf.“

„Mach das. Und“, schob Angelina nach, als Veronica gerade das Telefonat beenden wollte.

„Ja?“

„Sei lieb zu dem Typ. Er wollte nur freundlich sein. Was nicht oft vorkommt, habe ich mir sagen lassen, in dieser beschissenen, grausamen und von Egoisten regierten Welt.“

2

Am liebsten hätte sich Andreas geohrfeigt.

Allein dafür, dass er sich wie der letzte Trottel benommen hatte, wäre er gerne im Erdboden versunken. Dass er dann auch noch den Inhalt seines Portemonnaies über den ganzen Tisch der jungen Frau verstreute, hatte dem Fass den Boden ausgeschlagen.

Und das alles, weil ich freundlich sein wollte. Weil ich es nicht ertragen habe, dass sie da sitzt und ins Telefon plärrt, wie gemein die Welt ist und dass sie von den Männern verlassen worden ist. Ich bin ein Idiot. Ein Trottel. Ein Blödmann. Wäre ich doch bloß einfach weitergegangen. Ich hätte mich an meinen Platz gesetzt, hätte mir meine Pizza bestellt, meine Cola Light getrunken und mich über den kurzen Anflug der Ruhe gefreut. Aber nein, ich musste mich ja aufspielen. Ich musste so tun, als könnte ich mit einer einfachen Geste die Welt retten. Ich ...

Hörst du dich eigentlich selbst manchmal reden?, fragte ihn eine nur zu vertraut klingende Stimme, die ihn immer dann heimsuchte, wenn er sich selbst beschimpfte und als größten evolutionären Fehler der Menschheit betrachtete. *Du hättest weitergehen sollen? Einfach so? Während jemand in der Nähe traurig ist? Dazu noch eine Frau ... die dir vom ersten Moment an, als du ins Lokal getreten bist, gefallen hat? Das passt nicht zu dir.*

Andreas seufzte über sich selbst. Während er die Serviette in den Händen hin und her drehte, den Kopf gesenkt hielt, weil er glaubte, niemals wieder in das fein geschnittene Gesicht der dunkelhaarigen Frau blicken zu können, nickte er sich selbst zu.

Natürlich war es nicht seine Art, einfach an jemandem vorbeizugehen und ihn zu ignorieren, wenn er am Boden zerstört dasaß und meinte, von nichts und niemandem geliebt zu werden.

Schon in seiner Schulzeit war es ihm schwergefallen, Menschen ihrem Schicksal zu überlassen.

Mit vielen Jahren Abstand und dem Wissen von heute begriff er, warum er war, wie er war. Warum er Menschen nicht traurig sehen konnte.

Dabei kam ihm seine eigene Vergangenheit wie ein drohendes Schwert vor, das über ihm hing. Das herabzurasen drohte, während er daran dachte, wie er einst in den Hausflur getreten war, mit dem mulmigen, unsteten Wissen, einer nie gewollten Wendung gegenüberzustehen.

Eigentlich hat sich doch nichts geändert. Es sind noch immer die gleichen Geschichten. Oder?

Das zögerlich nachgeschobene *Oder* hatte eine so unangenehme Wirkung auf ihn und seine Gedanken, dass er bitter schlucken musste.

Du versuchst, dich abzulenken, mein Freund, sagte ihm plötzlich eine Stimme, die verdächtig nach seinem Bruder klang. *Du willst nicht darüber nachdenken, dass dein Ego gerade einen weiteren Dämpfer bekommen hat, während du der festen Überzeugung warst, dass man durch Freundlichkeit alle Probleme lösen kann.*

Am liebsten hätte er zu sich selbst gesagt *Halt die Schnauze* und tat es nicht, weil ein Schatten auf ihn fiel. Ein Schatten, wie er erschrocken feststellte, der zu einer schlanken, dunkelhaarigen Gestalt gehörte, auf deren Bluse ein beinahe handgroßer Aiolifleck zu sehen war.

Er schluckte.

In solchen Momenten, wo sich Probleme unaufhaltsam auf ihn zubewegten und er keine Chance fand, ihnen zu entkommen, wünschte er sich, auf einen Menschen zu treffen, der ebenso dachte und fühlte wie er. Der sah, dass er sich in einer Misere befand, aus der er sich aus eigener Kraft nicht befreien konnte.

Eine der Personen im Lokal könnte sich doch erheben und rufen: „Alter. Mensch, was machst du denn hier? Hab dich ja gar nicht gesehen. Komm, setz dich zu mir. Lass uns was zusammen trinken."

So jemand tauchte aber nicht auf. Es blieb unangenehm still in dem von einer lauschig weichen, aus den gut versteckt angebrachten Boxen dringenden karibischen Musik erhellten Lokal.

Andreas lächelte unsicher.

Als er sah, wie die Frau von einem auf das andere Bein trat und dabei demonstrativ die Arme vor der Brust verschränkte, kam er nicht drumherum zu fragen: „Ja?"

„Man hat mir gesagt, ich sei unhöflich gewesen", sagte sie barsch, sah an Andreas vorbei und presste die Lippen aufeinander. „Das soll jetzt keine Entschuldigung sein."

„Natürlich nicht", sagte er, nahm die Serviette und tupfte sich die Lippen.

„Ich war nur sehr ärgerlich."

„Das hab ich gemerkt."

„Sie waren sehr ungeschickt."

„Ja."

„Ich habe telefoniert."

„Das war nicht zu überhören."

„War ich zu laut?", fragte sie mit einem Unterton in der Stimme, der ihr etwas Weiches verlieh. Die Härte verschwand, als sie die Augen aufriss und die Hand peinlich berührt vor den Mund nahm.

„Nein. Nur sehr deutlich", versuchte er, ihre Unsicherheit nicht noch zu vergrößern.

„Wie peinlich!"

Andreas nahm einen Schluck aus seinem Glas. „Passiert."

„Aber warum denn immer mir?", fragte sie und winkte ab. „Ich habe mich echt über Sie geärgert."

„Was möchten Sie dann noch von mir? Ich habe mich entschuldigt."

Mit der Frage hatte die Frau nicht gerechnet. Die Maske, die ihr nicht gestanden hatte, fiel plötzlich in sich zusammen. Plötzlich war da eine ihn studierende, weichgezeichnete Frau, die ihm viel besser gefiel.

Das längliche, von Schminke verdeckte Gesicht hatte plötzlich etwas Weiches, Zartes, das Andreas zum Lächeln brachte. So wie sie da vor ihm stand, den Mund leicht geöffnet, in den Augen einen erschrockenen Ausdruck, war es ihm, als könnte er kurz in ihr wahres Gesicht blicken.

Seine eben noch empfundene Scheu löste sich zum Teil auf und ließ ihn ein wenig Mut fassen. „Wenn Sie sich setzen wollen?"

Der Wunsch, jemand könnte ihn retten, regte sich erneut. Er deutete auf den freien Platz. „Ich habe schon bestellt." Es klang in seinen Ohren hilflos.

Sie zuckte mit den Schultern, musterte Andreas weiterhin. „Ich noch nicht."

„Es stört mich nicht, wenn Sie sich dazu setzen", meinte er und lächelte.

„Brot ist ja schon da", sagte sie schulterzuckend und zog den Stuhl ein Stück zurück.

Erneut wirkte sie unsicher. Warum sie sich so verhielt, wusste Andreas nicht. Und wenn er ehrlich war, wollte er es auch gar nicht wissen.

Sie sieht nach Problemen aus, dachte er, während er weiterhin lächelte. *Sie ist zu kompliziert. Zerdenkt alles, anstatt auf den Bauch zu hören. Sie sucht an Stellen nach Schwierigkeiten, wo gar keine sind.*

Während ihm der eine oder andere Gedanke durch den Kopf huschte und er sich fragte, was die Frau mit ihrem plötzlichen Auftauchen bezweckte, begriff er erschrocken, dass sie ernsthaft dabei war, sein Angebot anzunehmen.

Obwohl er gar nicht lächeln geschweige denn so tun wollte, als wäre er glücklich über ihre Entscheidung, konnte er nicht über seinen Schatten springen. Dass viele Anfänge schwer waren – da musste er nur an die Arbeit an seinen Artikeln denken –, wusste er. Deshalb erhob er sich noch einmal und reichte der Frau die Hand.

„Andreas", stellte er sich vor und war erleichtert, als sie ihn nicht zu eingehend musternd. Dass sie nicht versuchte herauszufinden, wer er war.

Sie griff nach seiner Hand. „Veronica, hi."

„Schön dich …“, er zögerte, „Sie kennenzulernen.“

„Du ist schon okay, nachdem wir uns gegenseitig bekleckert und angeschimpft haben“, meinte sie mit einer wegwerfenden Handbewegung. „Und jetzt?“ Sie ließ sich auf ihren Stuhl fallen, verschränkte die Hände ineinander und sah sich schulterzuckend um. „Was machen wir? Lernen wir uns kennen und fangen an, uns zu mögen?“

„Wäre die freundlichste Variante“, gab Andreas zurück. „Von der ich aber nicht ausgehe.“

„Hoffen wir mal, dass wir das irgendwie hinbekommen.“

„Zu wünschen wäre es uns ja.“

„Auf jeden Fall.“

„Gut.“

„Toll.“

Andreas hatte schon während sie sich setzte gewusst, dass ihm schnell die Gesprächsthemen ausgehen würden. Dass sich keinerlei Gemeinsamkeiten finden ließen, über die man zwanglos und oberflächlich reden konnte. Die ganze Situation hatte etwas so Verkrampftes, etwas unangenehm Steifes, dass er ernsthaft mit dem Gedanken spielte, ihr zu sagen, dass er auf die Toilette musste, um dann eiligst das Lokal zu verlassen. Eine ausgesprochen reizende und verführerische Vorstellung! *Willst du wirklich so ein Arsch sein? So ein niederträchtiger, kleiner Penner, der eine Frau einfach so sitzen lässt? Nein, willst du nicht.*

Andreas lächelte, während er sich in seinen Stuhl zurücklehnte und sich entspannte, als er die Ruhe in sich spürte. Er nickte Veronica zu. „Was machst du in Hamburg? Du lebst nicht hier, oder?“

„Noch wohne ich in etwas außerhalb von Hamburg. Vielleicht bald hier. Überlege ich noch. Keine Ahnung, wie es weitergeht“, gab sie zur Antwort.

„Aber du arbeitest in Hamburg?“

„Ich bin frei angestellt und wegen eines Verlagstreffens hier. Und wie du mitbekommen hast, etwas unbeholfen, was das Daten angeht. Keine Ahnung, warum ich mir ausgerechnet hier jemanden suchen wollte.“

Andreas überging ihren Einwurf höflich. „Du schreibst?“

„Lektorat. Spannungsromane und so.“

„Klingt gut.“

„Ist gut. Und du? Was machst du so?“

„Journalist. In einer festen Redaktion. Ich habe gerade Mittagspause“, erzählte er schnell und war froh darüber, als die Kellnerin an den Tisch trat und Weißbrot, Dip und Besteck mit einem freundlichen Lächeln darauf platzierte.

„Danke“, sagte Andreas und sah Veronica an. „Möchtest du auch noch was?“

„Eine Cola. Light.“

„Auch was zu essen?“

„Da hab ich noch genug auf meiner Bluse“, sagte sie und hob dann die Hand. „Entschuldigung. Ich komme schlecht aus meiner Haut.“

Andreas schmunzelte. „Wie lange bleibst du in der Stadt?“

„Bis Freitag.“

„Schön.“

„Geht. Ich bin ungerne in einer großen Stadt.“

„Schlecht, wenn man hier vielleicht zu arbeiten beginnt.“

„Mein Dilemma.“

„Das Umland ist schön. Bergedorf zum Beispiel ist ein süßer, im Osten gelegener Stadtteil. Etwas dörflicher. Nicht so hektisch. Da kann man gut leben.“

„Weil du da lebst?“

„Ich wohne noch etwas weiter außerhalb. Im Speckgürtel. In Schleswig-Holstein.“

„Aha.“

Andreas suchte nach einem weiteren Gesprächsthema. „Du wohnst in einem Hotel?“

„Ja.“

„An der Alster?“

„Nein.“

„An der Elbe?“

„City. Heißt zwar Elbblick, aber warum erschließt sich mir nicht. Ich sehe gar keine Elbe.“

„Ist wohl nur der Versuch, irgendwie Hamburg-Feeling einzufangen“, sagte Andreas. Als Veronica schwieg und nur mit den Schultern zuckte, räusperte er sich. „Hast du Kinder?“

„Einen Sohn. Du hast zwei, wenn ich mich recht entsinne?“

Er nickte. „Marie und Jasmin. Vierzehn und sechs.“

„Meiner ist elf. Stephan.“

„Echte Männer machen Mädchen“, lachte Andreas. Es klang unecht.

„Verstehe ich nicht“, sagte Veronica, lehnte sich in ihrem Stuhl zurück, während ihre Fingernägel auf dem Tisch klickten, und schüttelte den Kopf, als Andreas zu einer Erklärung ansetzten wollte. „Schon gut. Ich verstehe sehr wohl. Ich fand es nur nicht lustig. Ich mag meinen Sohn.“

„Es war auch eher auf den Vater gemünzt.“

„Den mag ich nicht.“

Andreas kniff die Augen zusammen und versuchte, in ihrem noch immer starr wirkenden Gesicht zu lesen. „Geschieden?“

Sie hob eine Hand. „Da müssen wir nicht drüber reden. Das sollte sich eigentlich von allein erklären, oder? Ich hatte gedacht, ich habe heute ein Date.“

„Stimmt.“

„Ah, die Cola“, meinte Veronica schließlich, als die Kellnerin kam und Andreas eine Pizza brachte, deren Käse goldgelb zerlief und die Salami so bedeckte, dass sie kaum sichtbar durchschimmerte.

„Fettig“, sagte Veronica.

Andreas presste die Lippen aufeinander. Erst als er die Gabel und das Messer ergriff, zischte er: „Ich mag es.“

„Jedem das seine.“

Dabei warf sie einen kritischen Blick über den Tisch hinweg auf seinen kleinen, sich unter dem Hemd abzeichnenden Bauch. Andreas wusste, dass er in den letzten Jahren zugenommen hatte. Dass er sich ein wenig hatte gehen lassen. Sich hier und jetzt, vor einer Fremden, zu rechtfertigen, fiel ihm nicht ein. So schnitt er den Rand der Pizza ab, nahm ihn in die Hand und biss genüsslich hinein.

„Sei mir nicht böse. Aber ich glaube, ich sollte gehen …“ Als Veronica nach ihrem Portemonnaie griff und es schwungvoll einstecken wollte, ergoss sich ihrerseits der Inhalt über den Tisch: Kreditkarten, ein Personalausweis, Kleingeld.

„Dieser verdammte Knopf. Immer löst er sich“, sagte Veronica, ihrerseits peinlich berührt, die Ohren in ein, wie Andreas fand, niedliches Feuerrot getaucht.

Er konnte sich das Lachen nicht verkneifen. „Ich helfe dir. Die Hälfte von deinem Kram ist ja in meine Tasche gefallen.“

„Keine Umstände“, schnaufte Veronica. „Ich bekomme das schon ganz gut allein hin.“

„Keine Widerrede, ich helfe.“

Als er einige Geldstücke aus dem Inlay seiner Tasche gefingert hatte und die Schlüsselkarte ihres Hotelzimmers – 314 – in den Händen hielt, meinte er: „Das muss alles gewesen sein.“

Sie seufzte. „Ich habe wohl auch alles. Sollte so stimmen.“ Damit warf sie einen Zehneuroschein auf den Tisch.

„Ich bezahle deine Cola“, bot er an.

„Musst du nicht. Ich bin schon ein großes Mädchen.“ Damit stöckelte sie an ihm vorbei in Richtung Toilette. Andreas atmete erleichtert aus und hoffte, dieser Frau niemals wieder im Leben zu begegnen.

3

„Ich bin echt nicht der Typ, der sich beschwert", murmelte Andreas, während er fluchtartig die Straße überquerte und aus dem Augenwinkel sah, wie ein Wagen in rasender Fahrt auf ihn zuhielt. „Aber das heute geht auf echt keine Kuhhaut. Karl, das hast du noch nicht erlebt!"

Er redete nicht gerne öffentlich und schon gar nicht laut am Handy über seine Probleme. Jetzt ging es nicht anders. Er musste über Veronica reden.

Ihre Art, die Kühle, das Distanzierte, irritierten ihn. Sie hatte etwas von einem Menschen, der keinen Riss in seiner hochgezogenen Fassade duldete. Und gerade wegen seiner Unsicherheit hatte Andreas sich nicht anders zu helfen gewusst, als seinen Bruder anzurufen.

„Was ist denn passiert?", wollte Karl wissen und riss Andreas aus seinen Gedanken. Gedanken, die sich um ihn drehten, seine Vergangenheit, das stetige Gefühl der völligen Überforderung.

„Ich habe da eine Frau getroffen, die mich gefragt hat, ob ich immer so bin, wie ich bin."

„Und was hast du gesagt? Ja, das bin ich?"

„Blödmann!"

„Was denn?", lachte Karl, während irgendetwas im Hintergrund knarrte. Vermutlich sein Schreibtischstuhl. „Ist doch nichts Schlimmes."

„Sie hat mich total aus dem Konzept gebracht. Ich war wieder so unsicher. Ich hasse das. Ich hatte richtig zitternde Knie. Ach Mann." Andreas seufzte. „Ich hatte einen Flashback. Fühlte mich wieder so klein und hilflos."

„Wenn du jetzt unbedeutend sagst, weißt du, was auf dich losgelassen wird!"

„Ja, ja, deine quietschende Gewissensstimme, die ich hasse."

„Die wird dich verfolgen und fertig machen. Du sollst dir nicht solch einen Scheiß einreden", sagte Karl ernst.

„Ja."

„Nachher glaubst du den Dreck noch, den du dir da selbst an den Kopf wirfst."

„Hm", machte Andreas nur. Er nickte schuldbewusst, presste die Lippen aufeinander, und wünschte sich plötzlich meilenweit weg. Irgendwohin, wo es still war.

„Wie kommst du auf den Scheiß, so etwas von dir zu denken? Alter, hast du einmal an die Mädchen gedacht? Was sollen die denn von dir halten, wenn du ihnen so etwas beim Abendessen erzählst?" Karl setzte seine Drohung in die Tat um. „Papa ist der größte Loser auf der ganzen weiten Welt", sagte er mit besagter, quietschender Gewissensstimme. „Ihr habt echt Glück, mit solch einem Verlierer verwandt zu sein. So könnt ihr euch einmal angucken, wie ihr ganz bestimmt nicht werden wollt."

„Hab verstanden."

„Loser sind nur dafür da, um kopfüber in die Toilette gehängt zu werden."

Andreas steuerte einen kleinen, in einem Eckhaus untergebrachten Drogeriemarkt an und stutzte, als Karl plötzlich meinte: „Karl ist genauso blöd. Der hat sich mal wieder mit Carola zerstritten."

„Das tut mir leid", sagte Andreas.

„Es ist, wie es ist. Mal sehen, was es wird. Will mit ihr nach Sizilien, wohin ich das Verlagstreffen verlegt habe. Dachte, es wäre eine tolle Idee. Fand sie nicht. Sie denkt, ich würde lieber arbeiten, als mit ihr zusammen zu sein. Dabei haben Richter und ich vieles neu zu strukturieren und zu organisieren. Außerdem möchte ich meine langjährige Lektorin überreden, endlich fest bei mir anzufangen. Ohne die wäre ich hier echt aufgeschmissen. Aber sie zögert noch. Na ja, und Carola meint, sie will nicht mit mir nach Sizilien, während ich an einer hübschen Lektorin herumbaggere, damit sie für mich arbeitet." Er seufzte. „Mal sehen, ob sie mitkommt. Gebucht habe ich schon alles und bezahlt auch." Dann lachte er bitter. „Sollte mein Versöhnungsversuch scheitern, kannst du ja mit deinen Kids fliegen."

„Jetzt weiß ich nicht, was ich sagen soll. Dir alles Gute wünschen oder mir?"

Karl lachte. „Wir werden sehen. Also, sag, was ist es, das dich so fertig macht?"

„Es ist nur … ich habe zurzeit das Gefühl, dass mir alles entgleitet. Marie ist so groß geworden. So …"

„… erwachsen", beendete sein Bruder den Satz.

„Ja."

„Das ist der Lauf der Zeit."

„Alter" Andreas schüttelte den Kopf, während er an den Vorfall am vergangenen Abend dachte. „Sie hat mir gesagt, dass sie einen neuen BH braucht."

„Ja und? Sie hat doch Brüste."

„Ich habe gefragt weswegen!"

Schweigen.

„Ich habe sie gefragt, weswegen sie einen neuen BH braucht. Mensch, ich habe doch Augen im Kopf und kann selbst sehen, was da alles wächst!"

„Du bist halt ein Idiot." Karl lachte.

„Sag ich doch!"

„Ich darf das sagen. Du nicht!"

„Wieso?"

„Weil ich dein großer Bruder bin, deshalb", brachte Karl das Totschlagargument Nummer eins. Andreas atmete genervt aus und riss gleichzeitig die Tür der Getränkekühlung auf. Er nahm sich eine Schorle heraus, betrachtete sie missmutig und überleget sich, dass er gar keine Lust auf was Fruchtiges hatte.

„Lass dir keine grauen Haare wachsen", sagte Karl. „Manchmal gerät man an die falschen Menschen. Ist so. Back dir ein Ei drauf."

„Mich ärgert so, dass ich gedacht habe, wenn ich sie anspreche und nett zu ihr bin, würde ich ihr was Gutes tun. Aber wirklich ernstgenommen hat sie mich nicht."

„Ich finde gut, dass du sie wirklich angesprochen hast. Auch wenn es etwas nach hinten losgegangen ist. Alles ist besser als deine Einsamkeit, seit damals, als Karin euch ..."

„Schon gut", sagte Andreas heiser und hob den Finger in Richtung Kassiererin, nachdem er bemerkt hatte, dass er kein Bargeld bei sich hatte. „Mit Karte bitte."

„Nur bei einem Einkauf ab zehn Euro", sagte die freundlich lächelnde, junge Frau mit den blonden Haaren, deren Fingernägel ungewöhnlich lang und unangenehm künstlich aussahen.

„Okay, dann nehme ich noch …", sagte Andreas, drehte sich herum und suchte fieberhaft nach etwas, das er noch gebrauchen könnte. Er bat die Kassiererin um Entschuldigung, als er um die Kasse herum ging, für Marie zwei Proteinriegel und für Jasmin eine Figur kaufte, die vier ihre Lieblingsfernsehserienfolgen abspielte.

„Jetzt sollte es passen", sagte er zu der Kassiererin, die die Ware über den Scanner zog.

„Wir müssen dein Selbstvertrauen aufbauen", meinte Karl plötzlich und wechselte damit auf eine unangenehme Ebene. „Ich habe dir schon mehrmals angeboten, für mich zu schreiben."

„Jahaaa", sagte Andreas, der es nicht übers Herz brachte, seinem Bruder zu sagen, dass die Art der Geschichten, die er verlegte, nicht ganz das Spektrum abdeckte, in dem er erzählen wollte. Allein der Gedanke daran, dass er irgendwelche Horrorgeschichten, Western oder Sci-Fi-Romane schreiben sollte, ließ ihm die Haare zu Berge stehen. In all diese Genres, all diese Themengebiete fiel nicht das, was er sich unter einer guten, tiefgehenden und interessanten Geschichte vorstellte. Das, was er brauchte, waren Figuren und Menschen, mit denen er fühlen, leiden und einen gemeinsamen Weg gehen konnte.

„Die PIN bitte", sagte die junge Frau, während Andreas noch immer nach einer Ausrede suchte, um das Angebot seines Bruders schonend aber bestimmt abzulehnen.

„Ich habe in der Redaktion echt viel zu tun", sagte er. Was nicht gelogen war. „Ich hätte gar keine Zeit für einen Roman."

„Ich baue eine Abteilung mit Short Storys auf. So siebzig bis achtzig Normseiten. Mehr nicht. Sollte für einen Schreiberling wie dich doch leicht und locker zu schaffen sein."

„Die PIN war falsch."

„Entschuldigung." Erneut gab er seine vier Ziffern ein. „Ich schreibe keinen Horror oder Sci-Fi, Karl."

„Das sind frei wählbare Short Storys. So ein bisschen Krämerladen, wenn du verstehst, was ich meine. Genres spielen keine Rolle. Was meinst du? Eine kleine Lovestory oder ein Schicksalsroman wäre doch was für dich. Und dich würde ich sogar am Verkauf beteiligen und die dazu gehörende kleine Garantiesumme sofort überweisen. Was sagst du?"

„Wieder falsch", sagte die junge Frau.

„Kann doch nicht sein." Andreas betrachtete das VISA-Zeichen der im Lesegerät steckenden Kreditkarte und schüttelte dann den Kopf, als er sie wieder hervorzog. „Ist ja komisch. Aber die Nummer ist doch immer …" Er ging die einzelnen Ziffern noch einmal durch, die er sonst immer eintippte. „Die muss richtig sein."

„Vielleicht vertauscht. Das kommt manchmal vor", sagte die Kassiererin noch immer freundlich.

„Vielleicht", Sein Blick fiel auf den in die Karte eingestanzten Namen. „Scheiße."

Veronica Wyss.

4

Veronica seufzte und ließ sich schwungvoll auf ihr Bett fallen, weil sie in ihrem Hotelzimmer allein war. Beim kurzen Einsinken in die weiche Decke und der ohne zu knarren nachgebenden Matratze konnte sie sich beinahe fallenlassen. Für einen kurzen Moment, für einen Augenblick der Stille und der Ruhe, war es ihr, als könne sie verschwinden.

Nicht nur, dass die Konferenz, an der sie hatte teilnehmen müssen, sich unendlich in die Länge gezogen hatte, sondern der Weg zurück ins Hotel war auch steinern und unwegsam gewesen. Erst hatte sie kein Taxi bekommen, dann war sie in einen Stau geraten, und schließlich, als sie vor ihrer Zimmertür gestanden hatte, hatte die Schlüsselkarte nicht funktioniert.

Genervt war sie zur Rezeption gegangen und hatte darum gebeten, den Defekt zu beheben.

Die junge Frau dort, deren Lächeln so unecht war wie ihre geschwärzten Haare, hatte mit wenigen Klicks an ihrem Computer und dem Aktivieren des Decoders Veronicas Problem aus der Welt geschafft. Dennoch war in ihr ein dumpfer Druck entstanden, der nicht verschwinden wollte und sie dazu brachte, verkrampft zu lächeln und sich zu bedanken.

Hinzu kam, dass ihr E-Mail-Konto überlief.

Was nicht das Problem war – eigentlich. Aber in diesen Stunden der völligen emotionalen Überforderung war es, als wäre das andauernde *Pling* eine ungewollte Beschleunigung auf der Schnellstraße ihres Stresses.

Eigentlich wollte ich nur mit Stephan telefonieren, dachte sie, seufzte tief, legte den Arm über die Augen und wünschte sich, einschlafen zu können. *Nur einmal kurz seine Stimme hören. Mir in knappen, genervt klingenden Tönen erzählen lassen, wie cool, abgefahren oder megageil sein Tag gewesen ist. Nur einmal darauf hoffen, dass er auf mein* Ich liebe dich *ein* Ich dich auch, Mama *erwidert. Nur einmal merken, dass noch alles genau so ist wie damals, als er noch klein gewesen ist. Irgendwie zerbrechlich. Auf meine Fürsorge angewiesen. Nur einmal hören, dass er mich noch braucht, anstatt wieder und wieder gesagt zu bekommen, dass ich ihn nicht nerven oder ihm nicht immer nachspionieren soll. Sie werden zu schnell groß. Viel zu schnell.*

Veronica wollte gar nicht jammern. Sie wollte nicht darüber klagen, dass ihr elfjähriger Sohn in den vergangenen beiden Jahren solche großen Sprünge vollzogen hatte, dass sie glaubte, gar nicht hinterherzukommen. Aber in solchen Momenten, wo sie allein war, ihr alles über den Kopf zu wachsen drohte, bemerkte sie einen gedämpften Grundtenor in ihrem Gemüt, der dazu neigte, sich in Melancholie zu verwandeln.

Einem Impuls folgend wollte sie nach ihrem Smartphone greifen, es mit einem schnellen Wischen über das Display entriegeln und die Nummer ihres Sohnes anklicken, um ihn anzurufen. Dann aber, als sie sich aus dem Bett herausgeschält hatte und es schon in der Hand hielt, kamen ihr Zweifel, die sie beinahe anbrüllten, es zu lassen.

Deshalb tippte sie eine Nachricht – die in seinen Augen sicherlich viel zu lang war – und verzichtete auf *Ich vermisse dich. Kuss Mama* oder *Liebe dich.* Dafür schloss sie ihre Nachricht mit

Freue mich auf dich. Bock auf Pizza, wenn ich wieder zuhause bin?

und fand, dass sie einen ganz guten Job gemacht hatte, während sie dem *Klick* lauschte, mit dem die Nachricht versendet wurde.

Als sie sich auf die Bettkante gesetzt hatte und den Blick über das im langsam aufkommenden Dämmerlicht des Abends schimmernde Hamburg schweifen ließ, entschloss sie sich, unter die Dusche zu gehen. Ehe sie jedoch aufstehen, ihre Schuhe abstreifen oder ihre mit dem Aiolifleck besudelte Bluse aufknöpfen konnte, klingelte ihr Handy. Das Display zeigte Angelinas Namen.

Veronica nahm das Gespräch an. „Haben wir nicht eben gerade erst telefoniert?" Sie lachte.

„Veronica", sagte Angelina tadelnd. „Ich wollte nur mal hören, wie dein Abenteuer im Restaurant ausgegangen ist."

„Frag nicht." Veronica seufzte. „Ich hätte mich spätestens morgen noch einmal bei dir gemeldet."

„Echt? Wieso?"

„Wegen der Arbeit."

„Soll ich dir bei einer Übersetzung helfen? Ich dachte, dein Verlag verlegt nicht mehr auf Italienisch."

„I wo. Ich komme wegen eines Seminars nach Sizilien. Mein Chef möchte, dass wir in gelockerter Atmosphäre über Optimierungen im Verlag sprechen. Und, wie ich vermute, mir weiter in den Ohren liegen, nach Hamburg zu ziehen, um ein eigenes Ressort zu leiten."

„Wie toll wäre das denn! Wann wäre deine Reise? Und du weißt, dass wir uns dann auf jeden Fall sehen müssen!"

„Ach Süße, das Seminar ist Mitte August, geht eine Woche, und ich würde eine zweite dranhängen, wenn es okay für dich ist."

„Wohnst du beide Wochen bei mir?"

„Leider nicht." Veronica konnte sich vorstellen, wie die dunklen, ins Schwarz tendierenden Augen ihrer Freundin traurig wurden und sie ihre vollen, kirschroten Lippen fest aufeinanderpresste. „Wir wohnen in einem Hotel. Aber am Abend, wenn alles vorbei ist, werde ich auf jeden Fall zu dir kommen. Das Hotel ist zwar nicht in deiner Nähe, aber die Fahrt gönne ich mir. Und vielleicht kann ich ja noch ein oder zwei Tage Urlaub dranhängen und bei dir übernachten."

„Null problemo", freute sich Angelina. „Platz ist in der kleinsten Hütte."

„Kleinste Hütte?" Veronica wusste, dass ihre Freundin mit ihren Eltern auf ihrer Zitronenplantage nahe Cefalù lebte. Dennoch war das an einem Steilhang liegende Haus alles andere als winzig und konnte gut einer weiteren Person für eine Woche Unterschlupf gewähren.

„Sag nicht ..." Veronica ahnte plötzlich, warum ihre italienische Freundin sich in den letzten Tagen und

Wochen so rar gemacht hatte. „Du bist endlich auf Pablos Flirts eingegangen?"

Angelina lachte glockenhell. „Du liest in mir wie in einem Buch."

„Das ist mein Job. Aber erzähl. Alles. Ich will jedes noch so dreckige Detail hören!"

„Ich bin katholisch!"

„Du bist ein Mensch." *Und ein leidenschaftlicher und hübscher dazu,* dachte sie grinsend bei sich, während sie die obersten Knöpfe ihrer Bluse öffnete und endlich die hochhackigen, ihre Knöchel und Fersen malträtierenden Schuhe abstreifte und in die Ecke feuerte.

Als sie hüpfenden Schrittes Richtung Badezimmer eilte, sagte Angelina: „So weit sind wir noch nicht. Also das mit dem menschlichen."

„Aber die Hütte ist klein, hast du gesagt."

„Weil er hier schon wohnt."

„Wenn ich nicht so gerne reden würde, würdest du mich sprachlos erleben!" Veronica, die die Bluse nun ganz abgestreift und hinter sich zu Boden fallen gelassen hatte, hielt kurz inne, ehe sie sich die Klammern und Spangen aus dem Haar zog. „Er wohnt bei dir, aber … da komme ich nicht mit."

„Pablo ist so verrückt", sagte Angelina, wobei ihre Stimme von einem Überschwang an Verliebtheit ins Schrille abzugleiten drohte. „Er hat sich, ohne mir was zu sagen, bei Papa als Erntehelfer beworben. Ich hab so blöd geguckt, als er plötzlich mit Erntebeutel und Handschuhen vor mir gestanden hat. Ich wusste ja nicht, was er vorhat. Ich wollte die Helfer zur Plantage fahren, und da stand er dann und lächelte mich an."

„Wie süß", sagte Veronica und stellte das Wasser in der Dusche an. „Das klingt toll."

„Ich bin so verschossen."

„Verstehe, darum drei Wochen Funkstille?"

„Frag so etwas nicht." Angelina klang peinlich berührt. „Das geht dich gar nichts an."

„Ach komm. Wir reden über alles."

„Nur so viel", sagte Angelina. „Wir sind am Abend oft spazieren, sehen aufs Meer und essen zusammen. Veronica, er kann Gitarre spielen. So schön und lieblich." Sie seufzte. „Er hat mir sogar schon ein Lied komponiert. Mir. Stell dir das mal vor." Sie schwieg kurz. „Störe ich dich beim Baden?"

„Ich hab gerade die Dusche angemacht. Der Tag war lang und anstrengend, ich bin total platt. Das erzähle ich dir später mal ausführlich."

„Dann dusche deinen ausgelaugten, schönen Körper und genieße es, wie dich die Ruhe durchströmt. Dein Zimmer hier auf der Plantage reserviere ich dir schon. O Mann, Mama und Papa werden sich freuen, wenn sie dich wiedersehen. Sie lieben dich doch so!"

„Warte mal bitte, da ist jemand an der Tür", sagte Veronica, als sie ein leises Klopfen vernahm.

„Okay."

Eiligen Schrittes, ein Badetuch um den Körper geschlungen, zog sie die Tür auf und wollte gerade fragen, was der Zimmerservice denn wollte, da sie nichts bestellt hatte ... als sie verdutzt einen Schritt zurückmachte, die Augen aufriss und nicht glauben konnte, wen sie da sah.

5

Andreas hatte mit allem gerechnet. Mit einem mürrischen, ihn mit Verachtung strafenden Blick. Einer Reaktion, die so viel Geringschätzigkeit in sich trug, dass er meinte, in einen eisigen Blizzard geraten zu sein.

Nur um dann zu merken, als er die in ein Badetuch gewickelte Veronica sah, dass sich bei ihm etwas in Gang setzte. Es war ein Gefühl, das ihm mitten in den Magen fuhr und das er am liebsten mit Verwirrung beschrieben hätte, nur um sich eingestehen zu müssen, dass es etwas anderes war.

Faszination.

Woran es lag, konnte er beim besten Willen nicht sagen. Daran, dass sie ihn ebenso aus schreckgeweiteten, aber auch verwunderten Augen anblickte wie er sie? Weil sie einen Schritt zurücktrat, während sie den Knoten des Badetuchs oberhalb ihrer Brust fester zuzog?

„Du?" Es klang sanft.

„Also, weißt du", begann er und erwischte sich dabei, dass sein Blick allen Ernstes das rosa Badetuch herunterwanderte, auf der Suche nach der Farbe und Form ihrer Beine. Es jagte ihm einen Hagelschauer aus Gedanken durch den Kopf. *Hör auf damit. Lass das. Du hast dir vorgenommen, sie nicht zu mögen.*

Und wenn du das denkst, klingst du wie ein Teenager, der bockig sein will, meldete sich der erwachsene, auf

Logik aufgebaute Teil seines Verstands, der Andreas schuldbewusst den Kopf einziehen ließ.

Er räusperte sich, setzte noch einmal an, zwang sich dazu, den Blick zu heben und dabei zu bemerken, wie hübsch er sie fand. „Uns ist da eine klitzekleine Dummheit passiert. Und sage jetzt nicht, dass wir beide uns kennengelernt haben." Er lachte und hob mahnend den Zeigefinger.

„Woher wusstest du, dass ich das gedacht habe?" Sie schmunzelte.

„Hatte ich im Urin." Er grinste er und merkte, dass er sie wieder anstarrte. „Willst du dir schnell was anziehen?"

Sie gab einen unsicher klingenden Laut von sich, und ihre bis eben krampfhaft aufrecht gehaltene Fassade schien zu bröckeln. Sie griff wieder nach dem Knoten des Badetuchs und schüttelte den Kopf. „Was willst du denn?"

„Dir das hier geben", sagte Andreas schnell und griff in seine Hosentasche.

„Deine Kreditkarte?"

„Deine."

„Meine?"

„Ich könnte jetzt sagen, dass wir beide etwas ungeschickt waren", konnte er sich nicht verkneifen und musste über sich selbst lachen. „Aber ich will Frieden und ich möchte das hier hinter mich bringen. Es ist deine Kreditkarte."

„Meine?", fragte sie wieder und griff zögerlich nach dem Stück Plastik. „Warum hast du sie?"

Er zuckte mit den Schultern. „Wir beide sind etwas, nun ja, ungeschickt gewesen. Und da sind uns die Karten durcheinandergeraten. Hier!"

„Danke", sagte sie und war nun ihrerseits damit beschäftigt, Andreas zu mustern – was ihm unangenehm war. Er fühlte sich plötzlich unwohl, zu dick, zu unrasiert, die Haare nicht gut genug in Form gebracht.

Weil du ihr gefallen willst?, meldete sich der bockige Teen in ihm, um dann ein deutliches, klares *Ja,* von seinem wahren, jetzigen Ich zu bekommen.

Er schluckte.

„Lieb von dir, dass du sie mir vorbeibringst."

„Ich habe sie auch nicht benutzt. Also ich wollte, aber es ging nicht. Also, o Mann", stieß er hervor, als er begriff, was er da sagte. „Ich dachte ja, es ist meine. Ich habe sie nicht mit der Absicht benutzen wollen, dir zu schaden."

Sie lachte und schüttelte den Kopf. „Ich habe verstanden", sagte sie mit einem sanften, süßen Dialekt. „Ich würde dich ja reinbitten, aber ..."

„Schon gut. Ich sehe. Große Badeaktionen stehen an."

Sie errötete. Auf eine niedliche, schöne Art und Weise, die ihre ganze Kontur sanft zeichnete.

Dabei fiel ihm auf, dass es in ihrem Gesicht arbeitete. So, als suchte sie selbst in sich nach Antworten auf das, was sie verwirrte.

„Ja, ich bin auch überrascht, dass du mich hereinbitten wolltest", sagte er einem spontanen Impuls folgend und machte, die Hand zum Abschied erhoben, einen Schritt zurück. „Genieße dein Bad."

„Und du deinen Abend", sagte sie, trat auf die Tür zu, die Hand am Rahmen, die Augen zusammengekniffen, als wollte sie sich vergewissern, dass sie wirklich das sah, was sich vor ihr abspielte.

„Und das mit deiner Bluse – es tut mir leid. Wirklich."

„Schon vergessen!"

„Danke."

„Ich habe zu danken", sagte sie und hielt ihre Kreditkarte in die Höhe. „Auch für die Tulpe."

„Du hast sie …?"

Sie nickte. „Ich konnte sie nicht liegenlassen. Danke, dass du für mich da sein wolltest."

„Gern", sagte er, lächelte und gluckste, nachdem Veronica die Tür geschlossen hatte und ihn allein auf den Flur zurückließ.

6

Andreas wünschte sich fort.

Ganz weit weg.

Allein die Tatsache, dass aus Maries Zimmer Punkrock dröhnte, als er seinen Wagen in die Auffahrt seines Grundstückes lenkte, ließ seine Mundwinkel noch tiefer sinken.

Der Tag in der Reaktion mit den zwei Interviews war anstrengend gewesen. Hinzu kam, dass ihm die peinliche Begegnung mit Veronica noch immer in den Knochen steckte.

Als er den Schlüssel aus dem Zündschloss zog und die Tür seines Skoda Fabias aufstieß, hörte er schon Jasmins laute Rufe. „Papa, Papa, Papa, ich habe Pipi gemacht! Pipi. In die Hose!"

Marie, seine ältere Tochter, saß am offenen Fenster, hörte die ohrenbetäubende, für seine Ohren noch immer befremdlich klingende Musik, und drehte nur den Kopf zur Seite, als er ihr zuwinkte.

Andreas versuchte zu lächeln, als Jasmin vor ihm auf und ab hüpfte und ihm wieder und wieder sagte, dass ihre nasse Unterhose in der Badewanne lag.

„Na, mein Schatz", versuchte er, seine schwirrenden Gedanken ein wenig zu beruhigen. „Pipi in die Hose? O nein. Engelchen. Ich hoffe, du hast eine frische Hose angezogen."

„Fast allein", sagte sie und strahlte über ihr kleines Gesicht.

„Nur mit etwas Hilfe?", fragte er spielerisch, während er in die Knie ging, und machte mit Daumen und Zeigefinger eine entsprechende Geste.

„Mein Popo ist sauber."

„Wahnsinn", sagte er und lächelte, während er ihr ein Küsschen auf die Wange drückte. „Hattest du einen tollen Tag?"

„Ja", sagte sie, ließ sich schwer in seine Arme fallen und drückte ihn fest.

Ein kurzes Gefühl der inneren Zufriedenheit breitete sich in ihm aus. Auch wenn er viel Stress hatte und ihm das Leben manchmal zu schwer erschien, waren es diese intensiven Augenblicke, die ihm sagten, dass er ein glücklicher Mann war. Allein zu spüren, wie ihr kleiner, zerbrechlich wirkender Körper sich an den seinen presste und er ihren Geruch einatmen konnte, ließ ihn all seinen Kummer für einen klitzekleinen Augenblick vergessen.

Aber nicht, wenn mir solche Gerüche in die Nase steigen, dachte er und sah anklagend zu dem jungen Mann, der gerade aus der Tür trat und sich seinen Rucksack lässig leicht über die Schulter geworfen hatte.

„Kevin, Jasmin riecht etwas streng."

Kevin zuckte mit den Schultern und schlenderte mit jugendlicher Coolness zu seinem im Fahrradständer stehenden Rad. „Eben war alles noch in Ordnung, Herr P", sagte er. „Die Schmutzwäsche habe ich in die Waschmaschine geworfen. Essen steht auf dem Herd und sollte in zehn Minuten fertig sein." Er tippte sich

an die Stirn, nachdem er aufs Fahrrad gestiegen war.
„Wir sehen uns morgen wieder. Horrido!“
„Papa! Ich muss mal Pipi …“
Er seufzte.

7

Veronica ärgerte sich.

Nicht über die Arbeit, nicht über die letzte Begegnung mit Andreas Petersen – der ihr ihre Kreditkarte wiedergegeben hatte und peinlich berührt gewesen war, als er sie nur im Badetuch bekleidet gesehen hatte. Sie ärgerte sich über ihren Ex. Über den verdammten Mistkerl, der sie bis heute wütend machte und es immer wieder schaffte, ihr ein schlechtes Gewissen zu machen. Dem es spielend gelang, ihren Jungen gegen sie aufzubringen, und alles, was sie sich mühsam und in harter Arbeit erkämpft hatte, mit dem kleinen Finger mühelos schrottete.

Ich drehe dir den Hals um, Aron, dachte sie, während sie das Handy krampfhaft an ihr Ohr hielt und sich die Füße massierte. Ihre hochhackigen Schuhe würden sie noch einmal umbringen. *Ich werde dich umbringen.*

„Sagt Papa das, ja?", flüsterte sie mühsam beherrscht ins Telefon. „Papa meint das wirklich so?"

„ElbRebellen-T-Shirts sollen voll angesagt sein. Mich würden in der Schule alle richtig cool finden, wenn du mir so ein Teil bringen würdest, Mom."

„Ich glaube nicht, dass auch nur einer deiner Mitschüler weiß, ..."

„Was voll egal ist, Mom", rief Stephan ins Telefon, sodass Veronica die Augen verdrehte. „Es geht um das

Logo. Das Tribal. Ich wäre voll die Nummer Eins in der Stadt."

„Wegen eines T-Shirts?"

„Mom."

Sie seufzte und versuchte, nicht zu melancholisch zu klingen. „Ich bin echt müde. Mein Tag war lang und ..."

„Nur dieses eine Mal, bitte, Mom."

Sie schloss die Augen.

„Bitte, Mom."

Sie lächelte müde. „ElbRebellen, ja?"

„Genau. Wo soll der Shop sein, wo man die T-Shirts bekommt, Dad?", rief ihr Junge.

„Mönckebergstraße", sagte ihr Ex. „Der Laden hat auch lange auf, wie ich gerade bei Google gesehen habe. Bis zehn Uhr. Sollte deine Mutter also schaffen."

„Hast du gehört, Mom?"

„Habe ich", sagte sie, grinste bitterböse und wünschte sich nichts sehnlicher, als Aron vierteilen zu dürfen.

„Fährst du also los und holst mir eins?"

„Ja." Sie knirschte sie mit den Zähnen und schlüpfte in ihre Schuhe. „Mache ich."

„So cool. Dad", rief Stephan wieder. „Mom bringt mir eins mit. Du bist der Beste!"

Sie hätte am liebsten geheult.

8

„Du bist wo?"

„Mönckebergstraße", sagte Andreas mit einem zweifelnden Unterton in der Stimme.

„Und du bist wegen was da?", wollte Karl wissen.

„Wegen Maries BH."

„Allein dadurch bist du für mich schon der Vater des Monats."

„Ja, das denke ich auch gerade." Andreas schnaufte und dachte nur mit Entsetzen an die Szene zurück, die sich zuhause abgespielt hatte, nachdem er Jasmins Hinterlassenschaften beseitigt hatte.

Maries „Hi" war ebenso knapp gewesen wie ihre Begrüßungen der letzten Tage. Und auf sein „Wie war dein Tag?" hatte sie nur mit einem läppisch klingenden „Gut" reagiert.

„Und? BHs passen und wackeln nicht?", hatte er dann in einem Anflug ehrlichen Übermutes gefragt und konnte sich nicht erinnern, dass er jemals von Marie so angegangen worden war wie in dem Moment.

„Und weshalb bist du jetzt los?", wollte Karl wissen.

„Weil ich ein schlechtes Gewissen habe und ihr einen BH kaufen will."

„Was in die Hose gehen wird."

„Wird es nicht."

„Warum bist du unerschütterlich und unumstößlich überzeugt von deiner Theorie?"

„Weil ich mitgehört habe, wie sie mit ihrer besten Freundin telefoniert hat und meinte, dass es irgendeinen angesagten Klamottenladen mit riesiger Dessousabteilung in der Mönckebergstraße gibt, wo sie den besten, geilsten und schönsten BH gesehen hat, den es jemals auf Erden gab, deshalb."

„Und du weißt, was für einen BH sie will?"

„Irgendwas mit Lila", murmelte er. „Glaube ich."

„Wenn ich selbst nicht so ein großer Trottel wäre, was Frauen angeht, würde ich sagen, dass das Ding in die Hose gehen wird. Aber du musst es wohl drauf ankommen lassen."

„Was uns jetzt hoffentlich dazu bringt, weshalb du mich angerufen hast."

„Kluger Bursche." Karl schmunzelte. „Es geht um Carola und mich."

„Weiterhin Ärger im Paradies?"

„Du machst dir keine Vorstellung", seufzte Karl. „Das mit dem Workshop auf Sizilien kann ich vergessen. Echt. So wie die gerade drauf ist, will ich Hamburg nicht verlassen."

„Sizilien ist immer gut. Lade meine Mädels und mich ein, und ich leite dir das Ding. Auch wenn ich keine Ahnung habe, was man auf so einem Seminar anstellt."

„Würdest du das echt wollen?"

„Rauskommen und auf deine Kosten in einem Hotel schlafen und mich von vorn bis hinten verwöhnen lassen? Tage am Mittelmeer würden den Mädchen gefallen, da bin ich mir sicher. Ach du Scheiße!", stieß Andreas plötzlich aus, während er auf den angesagten, besten, trendigsten und einzigen Laden in der Mönckebergstraße zuging, in dem man als junger Mensch einkaufen gehen konnte. „Was für eine Überraschung", sagte Andreas so freundlich und liebenswert, wie er nur konnte.

Während sich überraschte Blicke auf ihn richteten und schon vertraute Augen sich weiteten, beendete er das Gespräch und hoffte, nicht so bescheuert auszusehen, wie er sich fühlte.

„Du fehlst mir noch zu meinem Glück", begrüßte Veronica ihn mit einem versteckten Schmunzeln in den Mundwinkeln.

„Die Freude liegt auch nicht auf meiner Seite", sagte er und stieß ein spielerisch-erschrockenes „Hey", aus, als Veronica ihn knuffte.

„Du freust dich immer, mich zu sehen."

„Du bist wie ein Schreiben vom Finanzamt. Unausweichlich und nicht zu stoppen."

„Boah", machte sie, schüttelte den Kopf und grinste. „Gibt es dich eigentlich auch in witzig?"

„Ich bin witzig", sagte er empört, und beide lachten sie.

Um dann plötzlich zu verstummen, ganz leise zu werden und in dem Trubel der zum Abend hin erwachenden Großstadt dazustehen und den anderen anzusehen. Veronicas Musterung fühlte sich merkwürdig an.

Andreas erinnerte ihn daran, wie er im Türrahmen gestanden und sie nur in dem Badetuch gesehen hatte. Wie sie sich mit einer unsicheren Geste das Haar aus der Stirn wischte und ihn mit fast schriller, überschlagender Stimme fragte, was er denn von ihr wolle.

Es war eine Mischung aus zwiespältigen Gefühlen. Einerseits wollte er sie nicht mögen. Andererseits war da etwas in ihm, das nicht genug davon bekommen konnte, ihre weich geschwungenen Lippen zu sehen, die sich kräuselten, wenn sie lächelte. Er liebte es, ihr in die Augen zu sehen und das in das Braun gemischte Grün zu entdecken.

Er ließ ihr mit einem falschen Grinsen auf den Lippen den Vortritt und erwischte sich zu seiner Verwunderung dabei, einen kurzen, anerkennenden Blick auf ihren Hintern zu werfen.

Als er die lärmenden Jugendlichen hörte und langsamer auf die Ständer zuging, an denen BHs hingen, schluckte er. Nicht nur, dass ihm peinlich berührt bewusst wurde, dass er keinerlei Ahnung von BHs hatte, ihm wurde auch schmerzhaft vor Augen geführt, dass er nicht wusste, welch einen Lilaton Marie bevorzugte.

Noch nie in seinem Leben hatte er so viel Auswahl und so viele ähnliche und dennoch unterschiedliche Farben gesehen. Er überlegte, einen Gutschein zu kaufen und seiner Tochter freundlich grinsend zu sagen, sie solle sich das holen, was sie am besten fand.

Sie wird dich noch mehr hassen, dachte er und wischte sich mit der Hand über die Augen.

Einem ersten Impuls folgend, griff er in die Hosentasche, um seinen Bruder noch einmal anzurufen. Dann hielt er inne. Wie sollte Karl ihm auch helfen? Der war mit seiner Carola ebenso überfordert wie Andreas mit seinen Töchtern.

Eine Verkäuferin, er musste eine Verkäuferin finden. Eine, die nicht glauben könnte, er wäre ein ...

„O mein Gott", stöhnte er, als er seinen Blick über die Verkaufsständer, Tische und Anrichten hin zur Kasse schweifen ließ, wo er nichts anderes sah als junge, modisch gekleidete Frauen, die er nie im Leben ansprechen wollte, um zu fragen, ob sie ihm helfen konnten. Auch die Jugendlichen, die sich die angesagten Stücke an den Körper hielten, lachten und scherzten, konnte er nicht ansprechen.

„Scheiße", murmelte er und streckte die Hand nach einem lila BH aus. War das der, von dem sie gesprochen hatte? Mit Haltebügel am Körbchen? Ein wenig durchscheinende, sich wie Samt auf die Haut legende Spitze? Dazu Trägerchen, die so hauchdünn waren, dass Andreas Angst hatte, sie bei der kleinsten Berührung zu zerreißen?

Er schluckte wieder und wünschte sich nichts sehnlicher, als dass Marie noch immer so klein und niedlich wäre wie damals, als sie noch in der Sandkiste gespielt hatte.

Er wollte ihn nicht mehr kaufen. Warum auch? Reichte es nicht, wenn Marie sich ein weites T-Shirt anzog?

Eines, wie ...

... Veronica da gerade kaufte?

Verwundert darüber, dass ihre und seine Blicke sich trafen, schüttelte er verzweifelt den Kopf und zuckte hilflos mit den Schultern. Sie tat das Gleiche. Sie hielt zwei T-Shirts mit unterschiedlichen Motiven in die Höhe.

Andreas schüttelte den Kopf und deutet seinerseits auf den Ständer. Er konnte nicht mit leeren Händen nach Hause zurückkehren. Das wäre väterlicher Selbstmord. Deshalb wandte er sich noch einmal dem Ständer zu, betrachtete die BHs, nahm einen, drehte ihn, begutachtete den Stoff und wusste nicht, was die Körbchengröße D bedeuten sollte.

„Würde dir nicht stehen“, sagte Veronica plötzlich hinter ihm.

„Haha.“ Er und deute auf das T-Shirt in ihren Händen – das langweiligste, das er jemals in seinem Leben gesehen hatte. „Und du bist ein Elbkapitän?“

Ein bitterer Ausdruck zierte Veronicas Mund. „Das T-Shirt ist nicht für mich. Es ist für meinen Jungen.“

„Dann wird er, wenn er es trägt, aussehen wie der Verlierer von der letzten Bank.“

„Wieso das denn?“

„Weil der Aufdruck langweilig ist. Ein Schiff, das auf das Hamburger Wappen zufährt?“

„Äh, ja“, sagte sie und betrachtete das Motiv skeptisch, was sie noch niedlicher wirken ließ. „Man soll ja wissen, wohin das Schiff fährt.“ Es klang hilflos.

„Weiß man, wenn man das ElbRebell-Logo sieht.“ Andreas deutete erneut auf das Motiv. „Dein Junge wird sich nicht darüber freuen.“

„Und deine Tochter wird den BH da sicherlich auf dem Kopf tragen.“

„Ey, sie kann alles tragen“, lachte er. Man merkte ihm an, wie hilflos er war.

„Sie wird der Partykracher sein.“ Veronica lachte. „Ein zierlicher Partykracher“, schob sie mit einem verständnisvollen Ton in der Stimme nach. „Ich habe das Foto gesehen. Der BH da würde ihr nicht passen. Der ist für Frauen mit großer Brust.“

„Echt?“

„Ja. Sie ist zierlich und noch im Wachstum. Wie groß ist sie?“

„So eins fünfundsechzig würde ich sagen.“

„Ihre Brust.“ Veronica verdrehte die Augen.

„Ach so. Äh ... Ich glaube ... äh ... so“, sagte er, wölbte die Hand ein wenig und kam sich dabei so dämlich vor wie noch nie in seinem Leben.

„Das musst du doch wissen.“ Sie massierte sich die Schläfen und schüttelte den Kopf. „Nimm zwei mit oder drei. In der, dieser und der Größe. Mach dich nicht noch mehr zum Hampelmann“, sagte sie dann. „Du hast schon genug angerichtet.“

„Du weißt doch gar nicht, warum ich hier bin.“

„Weil du deiner Tochter was beweisen willst. Lass dir die Quittung geben, damit du die BHs zurückgeben kannst, die sie nicht nimmt.“

„Das ist voll der gute Tipp“, sagte er mit einem Schmunzeln und fragte sich selbst, ob er gerade zu flirten versuchte. „Und mach deinen Jungen mit dem T-Shirt nicht lächerlich.“

„Ach, du weißt, was Jungs cool finden?“

„Auf jeden Fall kein auf ein Hamburg-Wappen zufahrendes Schiff.“

Er sah grinsend, dass auch sie ihn nachmachte, und fand in dem Moment, als sie das T-Shirt weglegte und ein fetzigeres, rockigeres Motiv wählte – ein Punk stand breitbeinig darauf und hielt das Logo der ElbRebellen –, dass er sich zum ersten Mal seit Wochen ganz gut geschlagen hatte.

9

„Es scheint unser Schicksal zu sein, uns immer wieder zu begegnen", sagte Andreas, als sie aus den Laden traten.

Veronica musste lachen, verdrehte die Augen und schüttelte den Kopf. „Ein nicht sehr freundliches Schicksal, findest du nicht?"

„Ganz deiner Meinung", sagte er mit erhobenem Finger, ein niedliches Lächeln auf den Lippen, das Grübchen in seinen Mundwinkeln entstehen ließ. „Kreditkarte hast du?"

„Sicher verwahrt und unverrückbar hier in meiner Handtasche."

„Dann bleibt mir nichts anderes zu sagen als einen schönen Abend noch. Komm gut nach Hause, und auf ein hoffentlich niemals wiederkehrendes Wiedersehen."

„Ganz deiner Meinung." Sie grinste und blickte dem davon schlendernden, wie ein kleiner Junge seine Einkaufstüte hin und her schwenkenden Andreas nach.

Was für ein Vogel, dachte sie und setzte sich in die entgegengesetzte Richtung in Bewegung; hinein in die niemals enden wollenden Menschenströme, die es sich selbst am späten Abend nicht nehmen ließen, zu schlendern, plauschen und shoppen.

Urlaubsfreuden mit Hindernissen

1

Andreas fuhr mit einem mulmigen Gefühl auf die Auffahrt seines Hauses. Obwohl er auf der Rückfahrt laute Musik gehört hatte und der felsenfesten Überzeugung gewesen war, das ihn durchströmende Hochgefühl würde ihn so schnell nicht mehr verlassen, war da plötzlich ein unangenehmer Druck in seinem Magen. Es war ein Gefühl, das er nicht fassen konnte.

Als er versuchte herauszufinden, was ihn so in Aufruhr versetzte, war es ihm, als stieße er gegen eine Gedankenbarriere.

Weil ich an sie denke? Er tippte mit den Daumen gegen das Lenkrad und spitzte die Lippen. *Warum tue ich das überhaupt?*

Ich meine, hey, sie und ich haben versucht, *uns zu streiten. Warum? Es war doch ganz ... nett zusammen. Dieses Necken und ihr Lächeln. Wir haben uns ... geholfen.*

War es das, was ihn verunsicherte? Was ihn mit der merkwürdigen Vorstellung konfrontierte, die er als junger Mann immer lauthals und mit innerer Überzeugung vertreten hatte?

Menschen können sich ändern, wenn man sie da berührt, wo sie noch nie berührt worden sind.

Er hatte es geglaubt.

Wahrhaftig und ehrlich.

Offen und ohne zu zögern.

Es war auf andere Menschen bezogen, nicht auf mich. Er dachte an den Moment zurück, als er den Laden verlassen hatte; die Tüte schwenkend. Er hatte unbekümmert wirken wollen, hatte Veronica nicht seine Erleichterung zeigen wollen.

Aber als er sich in den Wagen setzte und die Tüte neben sich auf dem Sitz platzierte, war da nicht nur ein kurzes Aufblitzen eines wohligen Schauers gewesen. Sondern mehr. So viel mehr. Eine Kaskade voller Eindrücke, Gedanken und Gefühle, die er weder ordnen noch greifen konnte. Es hatte sich angefühlt wie in dem Moment, als er Richtung Fahrstuhl des *Elbblicks* gegangen war. Nachdem sie ihre Zimmertür geschlossen und er diesen glucksenden Laut ausgestoßen hatte.

Andreas schüttelte den Kopf.

Es hatte sich gut angefühlt. Anfangs. Dann war etwas in ihm emporgestiegen, das er am liebsten zurückgehalten hätte. Eine ihm wohlbekannte, ihn andauernd begleitende Angst, die ihm zuwisperte, dass er enttäuscht werden würde. Wieder!

Es ist wie nach Hause kommen, dachte er dabei und tippte sich selbst gegen die Stirn. *Ein Zuhause, das man nicht betreten will, es aber dennoch tut. Warum auch immer.*

Andreas begriff, dass er sich auf das ihm bekannte Territorium der zurückliegenden, ihn schmerzenden Erinnerungen begab.

Wut!

Sie breitete sich in ihm aus und hatte ihm nur zu gut bekannte Gefühle im Schlepptau, die er zu hassen und zu lieben gleichermaßen bereit war. Seine Wut richtete sich gegen seine Ex-Frau Karin, die ihm damals das Gefühl gegeben hatte, nicht liebenswert zu sein. Bis heute hatte er sich davon nicht erholt. Immer wieder musste er an den nur schwach beleuchteten Hausflur denken, die abgewetzten Treppen, den abgenutzten Handlauf und das flackernde Deckenlicht.

Ich gönne mir gerade selbst nicht, glücklich zu sein, dachte er und nahm wahr, dass ihn die Musik aus dem Radio – irgendetwas von Lady Gaga, wenn er sich nicht irrte – nervte. Hatte er eben noch aus voller Kehle *An Tagen wie diesen* von den Toten Hosen mitgesungen, so fühlte er sich nun kraftlos. Mutlos. Er fühlte sich klein, in die Ecke gedrängt.

Selbst damals, als Marie zur Welt gekommen und er plötzlich ein Papa gewesen war, war er sich nicht so ermattet gewesen wie jetzt. *Da hatte er wenigstens so etwas wie eine Idee gehabt, was auf ihn zukommen konnte. Da war er* ebenso selbstsicher gewesen wie in dem Moment, als er aus dem Laden in der Mönckebergstraße getreten war und gemeint hatte, das Gefühl aus dem Hotel hätte sich potenziert, wäre größer geworden.

War es das?

Als er das vertraute Knirschen der Kieselsteine unter den Reifen seines Wagens hörte, klingelte wieder sein Handy, das vor ihm – ganz nach Vorschrift – in einer Halterung steckte. Was ihm plötzlich angenehm, ihn erlösend vorkam.

Karl leuchtete auf dem Display auf und ließ Andreas verwundert die Augenbrauen zusammenziehen.

„Ja?", fragte er, nachdem er den grün aufleuchtenden Button nach oben geschoben und den Anruf entgegengenommen hatte.

„Du", sagte sein Bruder. „War das mit dem Seminar von dir ernst gemeint?"

„Ich biete meine Hilfe nicht wie eine inhaltsleere Floskel an."

„Wenn ja, Alter, würde ich mich freuen, wenn du Richter unter die Arme greifen könntest und ihn etwas entlastest. Er ist zwar akribisch, aber völlig überfordert, wenn es darum geht, mal spontan zu sein. Du musst auch nicht die Leitung oder so übernehmen, sondern nur meine Vorträge halten, die ich dir gleich zuschicken werde. Darin geht es um die Erweiterung des Verlags und den Wunsch, mehr für die Autoren zu tun, um deren Verkäufe und unsere Gewinne zu maximieren. Danach kannst du dann die Ausflüge genießen, die ich für die Belegschaft geplant habe. Deal?"

„Weißt du ..."

„Keine Sorge, mein Stellvertreter wird die Hauptaufgaben übernehmen. Dich hätte ich nur gerne als Notnagel da. So war das ja eigentlich auch für mich geplant."

„Dass du ein Notnagel bist?"

„Dass ich meine Zeit mit Carola verbringen kann. Mensch, ich habe uns in einem kleinen Hotel eine Suite gemietet mit allem Drumherum. Room Service, jeden Tag ein Sektfrühstück, lauschige Musik, Whirlpool, am Abend Konzertkarten oder ein Theaterbesuch auf einer Freilichtbühne. Vormittags wäre ich bei meinen Leuten gewesen und vor dem Mittagessen um zwölf Uhr hätte ich die Fliege gemacht und verliebten Gockel gespielt. Wird jetzt nichts."

„Tut mir leid", sagte Andreas und hörte im gleichen Atemzug das „Na, na, na", seines Bruders, der es nicht ertragen konnte, wenn man ihn versuchte zu trösten.

„Aber ..."

„*Aber* ist scheiße", sagte Karl, atmete tief ein, und das erste Mal seit Jahren war sich Andreas sicher, dass in seiner Stimme eine ehrlich empfundene, tiefe Traurigkeit mitschwang. „Also, hilfst du mir?"

„Weil du es bist." Andreas lächelte. Seine eben noch negativ behafteten Gefühle lösten sich auf und machten einem Hoch aus Glück und noch nie empfundener Fröhlichkeit Platz.

„Dann viel Spaß mit den Kids. Küss sie von mir."

In dem Moment war sich Andreas sicher, dass sein älterer Bruder kurz davor war, in Tränen auszubrechen.

2

Mit einem Seufzen ließ Veronica ihren Koffer im schmalen Hausflur auf den gefliesten Boden fallen und rief leise: „Ich bin wieder zu Hause."

Während sie aus den Schuhen schlüpfte und jetzt erst die Strapazen ihrer Reise im Rücken, den Schultern und Knien spürte, wunderte sie sich darüber, dass keinerlei Reaktion erfolgte. Weder von Aron noch von Stephan. „Jungs?", rief sie und schob albern hinterher: „Mama ist wieder zu Hause!"

Verwundert darüber, dass sich weder der eine noch der andere meldete, ging sie langsamen Schrittes auf das links vom Flur abzweigende Kinderzimmer ihres Sohnes zu. Da die Tür sperrangelweit offenstand, musste sie nicht einmal einen verstohlenen Blick hineinwerfen, in der stillen Hoffnung, nicht von ihrem Sohn angemacht zu werden, weil er meinte, sie würde ihm nachspionieren.

Der von ihr so verabscheute, auf einem extra von Aron gekauften Tisch stehende Fernseher war ebenso ausgeschaltet wie das von Stephan heiß und innig geliebte Handy, das mitten auf dem Bett lag.

„Stephan? Bist du hier?", fragte sie leise, mehr zu sich.

Erst als sie in das geräumige, von einer weiten Fensterfront dominierten Wohnzimmer trat und sah, dass die Terrassentür einen Spaltbreit offenstand, zog sie die Augenbrauen zusammen. Ein ungutes Gefühl beschlich sie, obwohl sie sich auch einzureden versuchte, dass die beiden nur im Garten waren und Ball spielten. Nur um sich im selben Augenblick sicher zu sein, dass alles passieren würde, nur nicht, dass ihr Ex-Mann mit ihrem Jungen kicken würde.

Sie wollte so etwas nicht denken und hätte sich dafür am liebsten geohrfeigt. Aber die Summe ihrer Erfahrungen multipliziert mit dem immer wieder von ihrem Ex an den Tag gelegten Verhalten führten leider dazu. Und so ging sie mit einem unangenehmen Druck im Magen auf die Terrassentür zu und schob diese ein Stück weiter auf.

In dem halbfertigen Baumhaus – eigentlich bestand es nur aus einem Rahmen für die Plattform und darauf genagelten, fünf schmalen Brettern – saß ihr Sohn. Er ließ die Beine baumeln und drehte irgendetwas in den Händen, das Veronica nicht erkannte. Sie ging nach draußen und hob eine Hand. „Hi, mein Schatz, ich bin wieder da! Wo ist dein *Vater*?“

Sie spürte jedes Mal, wenn sie das Wort *Vater* in den Mund nahm, eine unangenehme Übelkeit in sich aufsteigen, der sie längst hätte Herr werden wollen. Aber allein der Gedanke daran, was er seinem Sohn in den letzten Jahren angetan hatte, machte es ihr unendlich schwer, ansatzweise zu akzeptieren, dass er so etwas wie ein Vater war.

Erzeuger, dachte sie mit einem gequälten Lächeln.

„Der hatte noch was zu erledigen“, meinte Stephan, der keine Anstalten machte, von seinem Baumhaus herunterzuklettern.

„Und was? Ich meine, er hat gesagt, er würde ...“

„Mom“, unterbrach Stephan sie mit einem Ton in der Stimme, der sie zusammenzucken ließ.

„Ja?“

„Mir brauchst du das nicht sagen.“

„Ach, Schatz“, sagte sie, trat auf den bis zu den Knöcheln reichenden Rasen – den Aron auch nicht wie versprochen geschnitten hatte – und breitete die Arme aus. „Willst du mich denn nicht begrüßen?“

„Ich möchte noch allein sein.“

„Oh“, sagte sie enttäuscht. „Okay. Schade.“

„Später, Mom.“

„Das verstehe ich. Soll ich uns was zu essen bestellen? Eine Pizza vielleicht?“

„Keinen Hunger.“

„Asiatisch?“

„Keinen Hunger, Mom.“

Veronica wäre am liebsten aus der Haut gefahren. In ihrer grenzenlosen Hilflosigkeit und dem wachsenden Verlangen, irgendetwas zu tun, drehte sie sich auf dem Absatz um, stürmte auf die Terrasse zu und zog dabei ihr Handy. Als sie die Tür zum Wohnzimmer erreichte, wählte es Arons Nummer schon.

Der nahm fast sofort ab. „Was gibt es? Bin gerade am Abschlag.“ Etwas leiser sagte er dann – offenbar zu irgendjemandem in seiner Nähe –, ohne sich die Mühe zu machen, leise zu sein: „Meine Ex. Keine Ahnung, was die will. Nur eine Sekunde.“

„Was ich will? Dich fragen, warum du unsere Absprache nicht einhältst.“

„Ich habe auf den Jungen aufgepasst“, sagte Aron. „Bis heute Morgen.“

„Du solltest bei ihm sein, bis ich komme.“

„Der Bengel ist elf“, sagte Aron. „Der kann mal eine oder zwei Stunden allein sein. Das Spiel hier ist wichtig für mich.“

„Dein Junge sollte dir wichtig sein.“

„Ich reise immerhin nicht für fünf Tage ins Ausland, um Geschäftspartner zu treffen.“

„Nein, du spielst lieber Golf mit irgendwelchen *Geschäftspartnern*. Und? Gibt es diesmal einen Vertragsabschluss?“

„Ich bin dabei.“

„Das glaube ich dir“, sagte sie und legte all ihre Wut und jede einzelne Nuance ihrer Enttäuschung in ihre Worte. „So wie du seit Jahren dabei bist. Wann kommt denn die nächste Pfändung ins Haus? Vergiss nur bitte nicht, dass wir seit acht Wochen rechtskräftig geschieden sind. Ich komme für deine Kosten nicht mehr auf.“

„Da kommt nichts“, zischte er ins Telefon, mit einem Ton in der Stimme, der sie dazu anhalten sollte, ein wenig leiser zu sprechen.

Was Victoria nicht im Traum einfiel. „Kümmere dich um deinen Jungen“, zischte sie.

Dann legte sie auf.

3

„Du, äh, Papa."

Andreas hörte nicht zum ersten Mal, dass Marie versuchte, mit ihm ein Gespräch anzufangen. Vorhin, als er in aller Eile unter die Dusche gesprungen war, hatte sie vor der Badezimmertür gestanden und versucht, ihm etwas zu sagen, ohne dass er es verstand.

Ihren zweiten, kümmerlichen Vorstoß hatte sie unternommen, als er gerade Brote schmierte und Anweisungen gab, wie die Getränke zum Wagen getragen werden sollten. Und schließlich jetzt, wo er Jasmin in den Kindersitz setzen wollte.

Marie stand da, trat von einem Bein auf das andere und spielte mit ihren Fingern. So, wie sie es schon immer getan hatte, wenn sie nervös war oder nicht wusste, wie sie ein Thema beginnen sollte.

Als Andreas Jasmin anhob und sah, dass ihr kanariengelbes, mit Bugs Bunny bedrucktes T-Shirt voller Schokolade war, verdrehte er die Augen. „Ich hatte dich doch darum gebeten, ihr saubere Klamotten anzuziehen", sagte er über die Schulter hinweg zu dem liebenswürdig an ihrem Abflugtag zur Hilfe erschienenen Kevin.

„Habe ich doch", sagte der schulterzuckend, während er eine Tasche zum Wagen trug.

„Da ist noch …"

„Das hat sie gemacht, nachdem ich sie umgezogen habe", sagte Kevin und stellte die Tasche ab.

„Also, Papa?"

Andreas hob die gackernde und lachende Jasmin aus dem Sitz und verzog im nächsten Moment das Gesicht: „Echt jetzt? Auch noch die Windel voll?"

„Habe Pup gemacht."

„Das ist kein Pup. Das ist eine volle Ladung." Er versuchte zu lächeln, ohne dabei kaschieren zu können, dass er sich nichts sehnlicher wünschte, als dass Jasmin endlich lernte, auf die Toilette zu gehen. Er wollte sich nicht stressen lassen. Ganz und gar nicht. Aber jetzt staute sich der Stress in seinem Inneren. Er kannte das Gefühl der Überforderung. Leider. Er hatte schon immer damit zu kämpfen gehabt.

Schon damals, als er in der Schule gewesen war, und später, als er sein Studium begonnen hatte. Jetzt aber, seitdem er allein mit den Kindern war, er unentwegt für sie da sein musste, ballten sich seine Empfindungen. Sie zogen, wie er es nannte, langsam aber sicher einen roten Vorhang vor seine Augen. Einen Vorhang, der, wenn er geschlossen war, etwas anrichtete, das ihm nicht gefiel. Es war wie die Pause nach dem ersten Akt in einem Theater, wenn man hörte, wie auf der vor den Blicken verborgenen Bühne gearbeitet wurde. Es entstand etwas, das mit voller Macht im zweiten Akt über einen hereinbrach.

Bei ihm war es der Knall der Überforderung.

Du brüllst jetzt nicht. Du brüllst jetzt nicht. Du brüllst jetzt nicht!, sagte er sich ununterbrochen.

„Wegen meinem Abitur", sagte Marie.

Andreas drehte sich herum und hielt die lachende Jasmin ein Stück von sich weg. „Ich mache schnell ihre Windel. Packst du bitte die restlichen Sachen in den Wagen? So, dass sie passen und mir nicht entgegenfallen, wenn wir gleich eine Pause machen müssen."

„Ja, klar, mache ich!", sagte Marie und murmelte etwas, das Andreas nicht verstand, sich aber verdächtig wie *Ich wollte dir nur sagen, dass Jura nichts für mich sein wird* anhörte.

Was er nicht glauben wollte. Nicht glauben konnte.

Es war ihr gemeinsamer Traum gewesen, dass Marie sich nach dem Abitur an der Universität der Rechte einschrieb, um auf eine Karriere als Anwältin hinzuarbeiten. Sie hatten Abende um Abende beieinandergesessen, miteinander geredet und gefachsimpelt, sich ausgemalt, wie es sein würde, wenn sie in einer großen Firma oder einer großen Kanzlei arbeitete. Ihr eigenes Büro eröffnete und Recht und Ordnung ins Land brachte. Er musste sich verhört haben, ganz bestimmt.

Er legte Jasmin auf den Wickeltisch und zog ihr die Windel vom Hintern, um mit einem Feuchttuch darüber zu wischen.

„Das kitzelt", sagte sie und kicherte.

Andreas drehte den Kopf in Richtung des offenstehenden Fensters.

„Du kannst mit deinem Vater zurzeit nicht reden", hörte er Kevin beschwichtigend sagen. „Er hat anderes zu tun. Finde jemand anderen zu reden. Jemand, der dir zuhört. Hast du eine gute Freundin?"

4

Veronica liebte das Reisen – eigentlich.

Sie mochte Outfits so wie jenes, das sie gerade trug: die Sonnenbrille auf der Nase, ihre dunklen, lockigen Haare zu einem Pferdeschwanz gebunden, der ihr locker über die Schulter hing. Die zum knielangen Rock passenden Turnschuhe verliehen ihr einen sportlichen, eleganten Touch. Ihr Top mit Tweety-Druck, das sich eng an Arme, Brust und Bauch schmiegte.

Dazu der angenehme, weiche Geruch von frisch aufgebackenen Brötchen und aufgebrühtem Kaffee und die irgendwie ruhig wirkende Geschäftigkeit der meisten Menschen. Selbst die Leute, die in Hektik zu ihren Gates liefen, stressten Veronica keineswegs.

Das übernahm Stephan.

Sie seufzte, als sie ihn musterte und seinen ablehnenden Gesichtsausdruck sah.

„Es geht leider nicht anders. Es wird dir gefallen", versuchte sie ihn erneut davon zu überzeugen, dass in einem kleinen, hübschen Strandhotel am Mittelmeer sehr viel Spaß auf ihn warten würde.

„Was denn? Am Strand spazieren gehen und Muscheln sammeln?", fragte er und verpasste ihr damit erneut einen Schlag in den Magen. „Kann ich nicht zu Oma und Opa?"

„Die fliegen morgen nach Mallorca", sagte sie zum x-ten Mal. „Das weißt du."

„Die können mich doch mitnehmen.“

„Und was willst du auf Mallorca, wenn Opa da arbeitet und Oma Besichtigungen macht? Am Strand spazieren gehen und Muscheln sammeln?“

„Bei Opa in der Finca sein und mich mit den Jungs treffen und etwas Fußballspielen“, sagte Stephan, der lustlos seinen Koffer vor sich hervorhob und missmutig zum Sicherheitspersonal des Flughafens blickte.

„Die Jungs sind gar nicht da.“

„Woher willst du das wissen?“

„Ich habe mit Oma darüber gesprochen.“

„Echt?“

„Ich hätte, wenn ich die Zeit dazu gehabt hätte und Oma ans Telefon gegangen wäre.“

„Du bist echt sch...“

„Unterstehe dich! Außerdem war der Flug von Oma und Opa schon gebucht. Ende jetzt mit der Diskussion. Wir werden Spaß haben.“

„Meinst du!“ Stephan sah sie zweifelnd an, was Veronica einen weiteren Stich versetzte. Und ihr war bewusst, dass er am liebsten vor Wut in die Luft gesprungen wäre, wenn er daran dachte, wie sein Vater seinen Anruf abgewimmelt hatte.

Veronica hatte, schon als sie Stephan erlaubte, seinen Dad anzurufen, ein ungutes Gefühl im Bauch gehabt. Und sie erinnerte sich noch genau an Stephans Worte.

Hey, Dad, Mom meint, ich dürfte in der Woche bei dir bleiben, in der sie auf dem Workshop ist. Ist das nicht cool? Wir könnten endlich mal zusammen in den Freizeitpark gehen ... Oh. Okay. Also hast du keine Zeit für mich. Schade.

Es hatte ihr beinahe das Herz zerrissen. Sie war auf ihren Jungen zugegangen, hatte ihn in den Arm genommen und gewusst, dass er sie wegstoßen würde. „Nicht jetzt, Mom", hatte er mit tränenerstickter Stimme gesagt, sie angefunkelt und war dann schnellen Schrittes aus dem Wohnzimmer gestürmt.

Obwohl sie wusste, dass es schmerzen und sie Aron dafür hassen würde, folgte sie ihm auf leisen Sohlen und sah durch den Spalt seiner Tür. Stephan saß geknickt auf der Bettkante, und sie haderte mit sich, ob sie ihn trösten sollte, als das Handy in ihrer Hosentasche vibrierte. Erschrocken und von der Angst beseelt, ihr Junge könnte sie erwischen, setzte sie einen hastigen Schritt in den Flur und nahm ab. „Was willst du?", fragte sie leise und verärgert.

Worauf Aron nicht antwortete. Er machte ihr stattdessen Vorwürfe. „Wie kommst du darauf, dass ich eine Woche Zeit hätte, um mich um den Jungen zu kümmern? Du weißt, dass ich viel zu tun habe. Ich kann nicht immer für ihn da sein."

„Du bist sein Vater."

„Getrennt von seiner Mutter lebend." Damit versetzte er ihr einen solchen Stoß, dass sie am liebsten geheult hätte. „Deinetwegen getrennt."

„Willst du das ernsthaft noch einmal ausdiskutieren?", fragte sie.

„Auf jeden Fall darauf hinweisen, dass du die Scheidung wolltest und das Sorgerecht für den Jungen."

„Du hast es abgelehnt."

„Weil ich wusste, dass kein Richter der Welt mir das Kind zusprechen würde. Frag deine Eltern, ob sie auf ihn aufpassen können."

„Die fliegen nach Mallorca, um da zu arbeiten."

„Wie bedauerlich", sagte er. „Du hättest dich nicht von mir trennen dürfen. Dann wäre alles einfacher für uns beide."

„Du hast mich betrogen."

„Einmal. Und das war ein Versehen. Die Frau gefiel mir nicht einmal."

Veronica wäre am liebsten geplatzt.

Selbst jetzt noch, wo sie hier am Flughafen breit grinsend vor ihrem Sohn stand und versuchte, ihm ein wenig Urlaubsfeeling zu vermitteln, indem sie sich die Sonnenbrille auf die Nase setzte.

Wenn sie die Ausrede schon hörte. Die Frau habe ihm nicht gefallen! Blödsinn. Bullshit. Bescheuert. Hätte sie ihm nicht gefallen, wäre er nicht mit ihr ins Bett gegangen.

Und wärst du nicht so eine Langweilerin geworden, hätte er dich nicht betrogen, meldete sich eine tief in ihrem Inneren verborgene Stimme, die sie am liebsten ignoriert hätte.

Aber wie immer, wenn es um das Thema ging, war da dieses unstetige, verunsichernde Gefühl, sie könnte Schuld daran haben, dass Aron damals nach anderen Frauen Ausschau gehalten hat.

Hatte sie sich nicht auch von ihm entfernt? War ihre Arbeit ihr nicht zu wichtig geworden? Wollte sie nicht etwas erreichen?

„Du ... du wirst mit den Kindern der Erntehelfer spielen können, wenn wir bei Angelina und Pablo sind", versuchte sie, ihre Gedanken unter Kontrolle bekommen, und wünschte sich nichts sehnlicher, als ihre Selbstzweifel endlich zu besiegen.

„Die sind viel älter als ich.“

„Vielleicht lassen sie dich einmal Moped fahren.“

„Als ob du das erlauben würdest“, sagte Stephan und schob seinen Koffer vor sich her, auf die gelangweilten und genervten Sicherheitsleute zu, die den Menschen vor ihnen immer wieder sagten, dass man Gürtel ebenso in eine Schale legen sollte wie elektronische Geräte.

„Vielleicht ändere ich mich ja.“ Sie lächelte krampfhaft. *Niemals werde ich ihn Moped fahren lassen. Niemals. Niemals. Niemals.*

„Du?“

„Vielleicht“, sagte sie, zog das Etui aus ihrer Tasche und reichte es ihm.

„Was ist das?“

„Mach auf.“ Sie grinste ihn an.

Stephan tat wie ihm geheißen und sah seine Mutter ungläubig an. „Eine Sonnenbrille?“

„Nicht irgendeine.“ Sie tippte gegen das Gestell.

„Partnerlock? Echt jetzt, Mom?“

„Wir werden Spaß haben.“ Sie lächelte, zweifelte aber daran, als sie in das sie düstere Gesicht ihres Jungen blickte.

5

„Los, los, los", hielt Andreas seine Mädels an, mit ihm Schritt zu halten. Jasmin unter den Arm geklemmt, den Koffer hinter sich herziehend, versuchte er, sich am Flughafen Catania-Fontanarossa zu orientieren. „Was tust du denn da?"

Er sah verzweifelt zu der lässig in ihrem Sommeroutfit dastehenden Marie.

„Nachrichten checken. Hier habe ich wieder Netz."

„Nichts da mit Netz. Wir müssen unser Shuttle erreichen."

„Die fahren doch nicht ohne uns."

„Und ob die das tun werden. Die fackeln hier nicht lange. Wenn gefahren werden muss, wird gefahren", sagte er, noch immer darum bemüht, sich nicht aufzuregen, sich nicht zu streiten und auf keinen Fall die Situation eskalieren zu lassen.

Die Fahrt zum Flughafen war ihm schon auf den Magen geschlagen. Und seine verzweifelten Versuche, während des Flugs mit Marie ins Gespräch zu kommen, waren vergeblich gewesen.

Er lächelte sie an, schob sich die strampelnde Jasmin unter den Arm und hob den Zeigefinger. „So musst du mich gar nicht ansehen, junge Dame. Wir müssen unser Shuttle bekommen. In Karls Mail stand eindeutig, dass die Fahrer nicht länger als fünfundvierzig Minuten warten."

„Es sind doch nur fünfzehn Nachrichten und sechzehn Mails."

„Lies sie später", sagte er zähneknirschend. Er hatte schon während des Flugs gewusst, dass die Reise nach Italien im Chaos enden würde. Nicht nur, dass Marie schlecht geworden war, als sie ein Luftloch passierten und sie aufgestanden war, um auf die Toilette zu gehen. Sondern auch Jasmins irritierte Frage „Hat jemand mein Schnuffi gesehen?" hatte dazu beigetragen. Die Spannung in ihm war gestiegen, was Jasmin unruhig werden ließ. Obwohl sie den ganzen Flug über friedlich gewesen war, ein kurzes Schläfchen gehalten und sich ununterbrochen mit ihren Stofftieren beschäftigt hatte, fasste sie Andreas ins Gesicht und zog ihn an den Ohren.

„Lass das, du Frechdachs", sagte er, was sie zu einem heiß und innig geliebten Lachen animierte. Nur um unruhig zu werden, als er Marie einen warnenden Blick zuwarf.

„Habe Durst", sagte sie und wiederholte es in einer Tour.

„Was zu trinken könnte ich auch vertragen", meinte Marie, die ihr Handy sinken ließ und ihren Vater mit einem abschätzenden Blick betrachtete.

„Ich dachte, dir ist schlecht."

„Vielleicht wird es besser, wenn ich meinem Magen etwas anbiete?", fragte sie genervt.

„Im Shuttle könnt ihr was trinken."

„Ich habe jetzt Durst."

„Habe Durst. Durst. Durst!"

Das hektische Durcheinander setzte ihm zu. Er schloss kurz die Augen und hoffte, dass sich alles lohnen würde, was er auf sich nahm.

Auch jetzt, als er versuchte, die italienischen Schilder zu lesen, rief Jasmin: „Durst! Durst! Durst.“

„Gleich!“

„Wo müssen wir denn hin?“, fragte Marie. „Kennst du den Weg?“

„Woher denn?“

„Durst?“

„Hätte ja sein können.“

„Erst einmal zum Ausgang, würde ich sagen.“ Er musste Jasmin ignorieren und Marie irgendwie davon überzeugen, ein wenig von der auf ihm lastenden Verantwortung zu übernehmen.

„Und unsere Koffer?“

„Die werden zum Hotel gebracht“, sagte er und war sich plötzlich nicht mehr sicher, ob das wirklich stimmte. Hatte er das nicht so in der E-Mail gelesen? Oder irrte er sich?

„Echt?“

„Ich glaube.“

„Darauf würde ich mich nicht verlassen. Oder hat Karl das so gebucht? Ich frage ihn mal.“

Andreas verdrehte die Augen. Obwohl er es gut fand, dass Marie ihm diese kleine Frage abnahm und er sich dadurch auf Jasmin konzentrieren konnte, wurde der Stress nicht weniger. Er fühlte sich heillos überfordert und sagte schärfer als er wollte: „Im! Bus! Gibt! Es! Zu! Trinken!“

Er roch sich selbst. Was er noch nie hatte leiden können.

„Karl schreibt, dass er für den Transport der Koffer gesorgt hat. Die sollten vor uns im Hotel ankommen und in der Lobby stehen, wenn wir eintreffen.“

Andreas sehnte sich nach einem Deoroller. „Wunderbar. Dank dir, mein Schatz.“ Er lächelte und drückte Jasmin ganz fest an sich. „Gleich wird alles ganz toll.“

„Ich muss mal, Papa.“

„Auch das noch, klar“, sagte er gequält lächelnd und sah zu seiner Erleichterung ein WC ausgeschildert.

Als sie von der Toilette kamen, er Jasmin fest an der Hand hielt und aus der automatischen Schwingtür trat, riss er die Augen auf. Er wurde von der italienischen Betriebsamkeit erschlagen.

Obwohl der Flughafen nicht sonderlich groß war, nachdem man die etwas unübersichtliche Flurführung begriffen und abgeschätzt hatte, schlug ihm ein lautes Wirrwarr an Stimmen und Gerüchen entgegen. Sengende Hitze hatte die Luft stickig gemacht und ließ der Klimaanlage keine Chance. Er sah adrett gekleidete Frauen irgendwelcher Autovermietungen sowie Uniformierte, die das hektische Treiben genau beobachteten. Hier und da standen Informationsschalter, an denen Mitarbeiter darauf warteten, den irritierten Touristen dabei zu helfen, ihren Ausgang zu finden, um ihren Bus oder ein Taxi zu bekommen.

Andreas versuchte, sich zu orientieren. Dabei merkte er, dass ihm nicht nur der Schweiß von der Stirn über die Augenbrauen in die Augen floss, sondern sich auch unter seinen Achseln und in seinem Schritt sammelte. Während es in Hamburg noch ausgesprochen gewesen kühl war, um nicht kalt zu sagen, herrschten hier auf Sizilien schon an die dreißig Grad.

Er wischte sich mit dem Ärmel über die Augen, versuchte zu erkennen, wohin sie gehen mussten, und meinte dann für einen kurzen, irritierenden Augenblick, die Orientierung zu verlieren.

Da war der große, bogenartige Ausgang, auf den die meisten Menschen zuströmten. Neben einem kleinen Kiosk, der für überteuerte Preise Getränke sowie kleine Snacks anbot, befand sich ein weiterer Ausgang, auf den Andreas jetzt zusteuerte.

Er wollte nur noch raus.

„Komm", sagte er und eilte der sich automatisch öffnenden Tür entgegen. Draußen angekommen prallte er, im wahrsten Sinne des Wortes, gegen eine Wand aus Hitze. Hatte er eben noch gemeint, im Inneren des Flughafens wäre es warm gewesen, so musste er das revidieren.

Natürlich war ihm bewusst gewesen, dass hier auf Sizilien andere Temperaturen herrschten. Dass sie höher waren, nicht mit denen in Hamburg zu vergleichen. Ihm wurde bewusst, wie lange er nicht mehr im Süden gewesen war.

Es fühlte sich an, als würde er permanent gegen diese Wand aus brennender Hitze rennen; als hätte er unbedacht die Klappe zu einem auf zweihundert Grad erhitzten Ofen geöffnet.

Die Sonne stach grell in seine Augen. Er kniff sie zusammen, verzog das Gesicht und bereute es, dass er mit langer Hose und Pullover ins Flugzeug gestiegen war anstatt seinem Impuls zufolge eine kurze Hose und ein T-Shirt anzuziehen. Suchend sah er sich um, ließ den Koffer los und versuchte, an sein Handy und so die

Mail zu gelangen, in der stand, in welchen Bus sie steigen mussten, um zum Hotel zu kommen. Als er es nicht gleich fand und Jasmin ihm beinahe vom Arm fiel, fragte Marie ihn: „Was suchst du denn?"

„Ich habe vergessen, welchen Bus wir nehmen müssen", sagte er. „Greif mir mal bitte in die Hosentasche und hol das Handy raus."

„Was soll ich?"

„Das Handy rausholen."

„Papa!"

„Was denn, es ist doch nur ein Handy."

„Aber es ist in deiner Hosentasche!"

Andreas starrte seine Tochter entgeistert an. Sie sah erschrocken aus; die großen, dunkelbraunen Augen dominierten ihr Gesicht. Noch nie in seinem Leben hatte er solch einen Ausdruck bei ihr gesehen wie in diesem Augenblick. Ein Stich durchfuhr ihn. Und es verletzte ihn zu sehen, dass sie sich bei dem Gedanken ekelte, in die Hosentasche ihres Vaters greifen zu müssen.

Er wollte gerade etwas sagen, ihr erklären, dass er es damals auch nicht toll gefunden hatte, ihre Windeln zu wechseln, um dann überrascht Jasmin anzuschauen. Die hatte, ohne mit der Wimper zu zucken, in seine Hosentasche gegriffen und das Handy hervorgeholt.

„Da, Papa."

„Äh ..."

„Der 54 fährt uns", sagte Marie schließlich, als sie das Handy nahm und Jasmin ignorierte, die wissen wollte, ob sie Feuerwehrmann Sam gucken durfte.

„Und das ist wo?"

„Da hinten steht er", sagte sie und eilte los.

„Dann auf auf!"

Andreas war kaum eingestiegen und suchte noch nach einer Möglichkeit, möglichst nahe zusammensitzen zu können, als jemand etwas rief. Verwunderte hob er den Kopf, blinzelte und sah zwischen alten und jungen, blassen und braungebrannten Leuten hindurch zu einer entsetzt wirkenden Frau. Es war, als hätten die Fahrgäste für ihn und seine Blicke eine Schneise geschlagen.

Und so wie sie schaute auch er.

Er schluckte und hörte ihren entgeistert und erheitert klingenden Ruf in seinen Ohren nachhallen. *Das gibt es doch nicht ...!*

6

Veronica wusste nicht, ob sie lachen oder weinen sollte. Immer wieder sah sie zu dem hilflos wirkenden Andreas. *Warum ich?*

Unablässig kreisten die Gedanken und ließen sie kopfschüttelnd das Schicksal fragen, was es mit der erneuten Begegnung bezweckte. Reichte es nicht, dass sie ununterbrochen ihren maulenden Jungen bei Laune halten musste? Sollte sie sich jetzt ernsthaft noch mit Andreas Petersen herumschlagen? Mit dem Mann, der es mit einem Fingerschnippen schaffte, sie völlig aus der Fassung zu bringen? Und ihr andererseits das verloren geglaubte Gefühl zurückgegeben hatte, etwas wert zu sein? Der sie anlächelte, der sie neckte, der sie mit seiner Fröhlichkeit anstecken und zum Lachen bringen konnte?

Was macht er hier im Bus? Sie versuchte, sich daran zu erinnern, ob sie ihm irgendwann bei einem Meeting bei Karl Hansen über den Weg gelaufen war.

Vielleicht hat er mich deshalb im Lokal angesprochen, weil er mich schon einmal auf dem Flur des Verlags gesehen hat. Ein freier Mitarbeiter vielleicht? Einer der Autoren, die selbst noch ab und zu in den Verlag kommen, um sich über mögliche Aufträge zu informieren und zu erkundigen, was zurzeit gefragt ist?

Während sie ihre Gelassenheit zu verlieren drohte, fiel ihr etwas auf, das sie den Kopf schief legen und ihr Herz schneller schlagen ließ.

Bei all der Unbeholfenheit, die Andreas an den Tag legte, um der Kleinen die Fahrt schön zu gestalten oder mit der Großen ins Gespräch zu kommen, war da eine Zärtlichkeit in seinen Blicken, die sie berührte. Dazu hatte er ununterbrochen ein Lächeln auf den Lippen, das sie verwirrte, weil es ihr bisher nie aufgefallen war. Jetzt aber, wo sie hier saß, vor sich einen glatzköpfigen, stark schwitzenden Mann, beobachtete sie, wie Andreas seine Kleine auf den Schoß nahm und aus dem Fenster auf das an ihnen vorbeiziehende Meer zeigte. Da war etwas in seinen Bewegungen, in den Küsschen, die er der Kleinen auf die Wange hauchte, das sie auf eine sonderbare Art und Weise berührte. Obwohl sie es nicht wollte und fand, dass Andreas der größte Blödmann war, dem man auf Gottes Erden begegnen konnte – abgesehen von Aron –, musste sie dennoch lächeln.

Jetzt beugte er sich zu dem Mädchen, gab ihm ein Küsschen und streichelte durch das lockige, zerzauste Haar. Selbst zu der Großen, zu der er ein sichtbar distanziertes Verhältnis hatte, war er freundlich. Er stieß spaßeshalber gegen ihren Sitz und lachte. „Nimm die Stöpsel ...“

„EarPods.“

„... aus den Ohren und sieh mal aus dem Fenster. Das Mittelmeer. Ich kann uns da schon schwimmen sehen. Und die Strände, Marie, guck doch mal, die Strände.“

„Ja, Papa, Strände. Ganz toll.“

Von der jugendlichen Arroganz ließ er sich nicht entmutigen, ließ sich seine Freude nicht nehmen. „Ich werde die größte Sandburg bauen, die jemals gebaut worden ist."

„Großartig, Papa."

„Ich trete gegen dich an und mach dich fertig."

„Ich gebe jetzt schon auf."

„Hab dich nicht so. Machen wir es wie damals, als wir auf Kreta waren. Was meinst du?"

„Ich passe."

„Ich nehme die Herausforderung an", sagte er und zwinkerte.

„Ich glaube nicht!"

So ging es unentwegt weiter. Sie steigerten sich so sehr in ihr kleines Sandburgenbauvorhaben, dass sie irgendwann kicherten, lachten und mit ausgestreckten Fingern aufeinander zeigten, um dabei Grimassen zu schneiden.

So albern und nervig Veronica Andreas auch fand, hatte diese kleine Hänselei zu ihrer Überraschung etwas für sie angenehm Schönes. Erst meinte sie, dass es eine in ihr verborgene, lange niedergekämpfte Sehnsucht nach einer heilen Welt und Geborgenheit war. Nur um dann zu merken, dass es nicht um sie oder ihre Gefühle ging. Sondern um Stephan.

Sie wollte solche Neckereien auch. Nur ein kleines, kaum wahrnehmbares Anstupsen mit dem Ellenbogen, gefolgt von einer kurzen und kindischen, aber lieben Rangelei.

Gemeinsamkeiten austauschen, dachte sie, während sie sah, wie Andreas seiner Jüngsten mit dem Zeigefinger auf die Nase stupste und ihr etwas ins Ohr flüsterte.

Was wiederum zur Folge hatte, dass sie ihn umarmte, ihm ein Küsschen gab und über ihr rundes, frech wirkendes Gesicht strahlte.

Es versetzte ihr einen erneuten Stich.

Wann hat Stephan mich das letzte Mal so angelächelt? Sie unterdrückte den Drang, nach seiner Hand zu greifen und sie zu drücken. Denn fast sofort kam ihr ein Gedanke, der sie daran hinderte, ihn zu berühren. Ein Gedanke, der – wie sie mit Schrecken feststellte – so alt und modrig war, dass er einen üblen Beigeschmack mit sich brachte, der sie beinahe würgen ließ. Der sie schaudern ließ. *Seit seinen Kindergartentagen nicht mehr. Seit mehr als sechs Jahren nicht. Immer wieder war mir etwas anderes wichtiger. Karriere. Geld verdienen. Meine kaputte Ehe retten.*

Sie schluckte, hob eine Hand und versuchte, ihr Gesicht zu verbergen, weil sie nicht wollte, dass jemand sah, wie ihr die Tränen in die Augen schossen.

„Hast du was, Mom?“ Stephan wandte den Blick von der Landschaft ab und musterte sie von der Seite.

„Nein, alles gut.“

„Echt? Sieht aus, als würdest du weinen.“

„Tue ich nicht.“

„Ist es wegen dem Kerl da?“ Er deutete mit einer kurzen Bewegung des Kinns in Richtung Andreas.

„Nein. Ist es nicht. Mach dir keine Sorgen.“

„Wer ist der Vogel überhaupt?“

„Eine schlechte Erinnerung“, sagte sie und berührte seine Hand mit einer liebevollen, beruhigenden, ihr Gewissen wieder in Einklang mit sich selbst bringenden Geste. Sie lächelte, als sie merkte, wie Stephan auch ihre Hand nahm und sie drückte.

7

„Mir bleibt auch nichts erspart“, begrüßte Veronica Andreas, während sie ihren Reisekoffer hinter sich herzog und wie er geradewegs auf die Rezeption zuging.

„Das Gleiche wollte ich gerade sagen.“

„Da war ich wohl schneller.“

„Unhöflicher.“ Andreas lächelte. Er wollte sich die gute Laune nicht verderben lassen, die er hatte, seitdem er das blaue Mittelmeer mit seinen weißen Wellenkämmen und goldenen Stränden gesehen hatte. In der Ferne waren kleine Schiffe mit vom Wind geblähten Segeln dahingedümpelt.

Er hatte sich nicht sattsehen können an den kleinen, im Landesinneren errichteten Zitronenplantagen, an den Gebäuden aus Sandstein, die auf groteske Art und Weise heruntergekommen und auf der anderen Seite malerisch erhalten aussahen. Dazu kam, dass er für einen klitzekleinen Augenblick ernsthaft das Gefühl gehabt hatte, dass er eine neue Brücke zu Marie hatte bauen können, die es ihm ermöglichte, mit ihr zu lachen und sich gegenseitig zu necken. Dieses Glücksgefühl wollte er sich nicht nehmen lassen.

„Wie ich mein Glück kenne, werden wir sicherlich auf dem gleichen Flur unterkommen.“

„Vielleicht sind wir sogar Zimmernachbarn.“ Er grinste, fasste Jasmins Hand etwas fester und sah sich nach seiner Älteren um. „Maus, bleib mal hier. Wir erkunden das Hotel gemeinsam.“

„Das fehlt mir noch.“ Veronica verdrehte belustigt die Augen. „Jeden Morgen dein Gesicht sehen.“

„Ach komm, so hässlich ist es nicht. Du gewöhnst dich dran und freust dich morgens dann, wenn du die Tür öffnest und mich siehst. Und ich denke mir dann hey, man nimmt, was man kriegen kann. Aua!“

Veronicas Sohn, der die Lippen fest aufeinandergepresst hielt und Andreas aus funkelnden, grünen Augen anstarrte, die seiner Mutter nicht so unähnlich waren, hatte ihm auf den Fuß getreten.

Veronica runzelte die Stirn. „Lass das.“

„Meine Mom ist hübsch“, sagte der Junge. „Richtig hübsch.“

„Schönheit liegt im Auge des Betrachters“, antwortete Andreas, der wusste, dass er etwas gesagt hatte, was er lieber hätte sein lassen sollen.

„Herzallerliebst“, sagte Veronica. „Komplimente machen kannst du.“

„Wenn sie angebracht sind.“

„Schön zu sehen, wie Vorurteile sich bestätigen.“

„Dito“, sagte er, als Marie auf sie zueilte.

„Die haben hier einen Pool“, rief sie und deutete über die Schulter zu einer feinsäuberlich geputzten Fensterfront, durch die das gleißend helle Sonnenlicht drang. „Und einen eigenen Shop!“ Sie blickte sich in der wuchtig eingerichteten Eingangshalle des Hotels um. „Und einen Friseur. Guck mal, wie die da einem die Haare schneiden!“

„Deine Frisur bleibt, wie sie ist.“

„Ich will …!“

„Man *möchte*, und jetzt Schluss. Lass uns nicht streiten."

„Darum geht es ja." Marie seufzte, als die auf ihre Zehenspitzen starrte.

„Worum?"

„Das wir immer später reden wollen und es dann nicht tun."

Andreas lächelte, klopfte Marie auf die Schulter, ignorierte mit väterlicher Gelassenheit ihr missmutiges Gesicht und merkte, dass die Eingangshalle ihn auf befremdliche Art und Weise einschüchterte. Bisher war er immer der festen Überzeugung gewesen, dass er sich von so etwas nie beeinflussen ließ. Jetzt aber, wo er über den Marmorboden schlenderte, an den glatt polierten Säulen vorbeiging und die teuren Ledersofas und -sessel vor der kleinen Bar betrachtete, musste er schlucken. Er wollte sich gar nicht vorstellen, wie teuer die Cocktails hier waren.

Um sich abzulenken, wandte er sich an Marie. „Wir shoppen lieber auswärts." Dabei kam er sich so albern und blöd vor, dass er am liebsten im Erdboden versunken wäre. Er gehörte hier nicht hin, und sein Mund wurde bei dem Gedanken daran trocken, dass seine Kinder etwas fanden, das ihnen gefiel, seine Reisekasse aber um die Hälfte schrumpfen ließ.

„Ich sehe mich nur um. Nur gucken, nicht kaufen", sagte Marie, als hätte sie seine Gedanken gelesen.

Er lächelte schief und ließ Veronica mit einer Geste den Vortritt, als sie den langen Tresen mit der Rezeptionistin erreichten, die sie auffordernd anblickte.

Veronica nickte ihm zu, legte die Hand auf den Rücken ihres Kindes und ging auf die freundlich lächelnde Dame zu. „Wyss. Veronica.“

„Sì“, sagte die blondierte, schlankgewachsene Frau, deren braungebrannter Teint ihr ausgesprochen gut stand. Sie schob irgendetwas auf Italienisch hinterher, was Veronica mit einem Nicken beantwortete, um dann in fließendem Italienisch zu antworten.

„Deine Mom hat es drauf, wie?“ Andreas versuchte, den Jungen mit einem Lächeln dazu zu bringen, seine finsteren Blicke aufzugeben.

„Meine Mom kann alles“, sagte der und stemmte die Hände in die Hüfte.

Andreas hob anerkennend den Daumen. Er fand Veronicas Sohn unheimlich. Er hatte etwas von einem Racheengel.

„Glaubst du mir nicht?“, fragte der und erntete einen vernichtenden Blick seiner Mutter. „Was denn?“

„So redet man nicht mit Fremden.“

„Schon gut.“ Andreas winkte ab. Er meinte verstehen zu können, warum er so reagierte. Er war damals nicht anders gewesen, wenn er merkte, dass seine Mutter sich mit jemandem nicht gut verstand. Er hatte, ohne mit der Wimper zu zucken, Partei ergriffen und jedem mit in die Hüften gestemmten Händen die Stirn geboten. Er konnte sich in Veronicas Sohn hineinversetzen. „Und, passt das T-Shirt, das deine Mutter dir gekauft hat?“

„Woher weißt du davon?“, fragte der Junge und sah ihn aggressiv an.

„Ich habe es dir ausgesucht.“

„Hast du nicht!“

„Ich kannte voll deinen Geschmack“, sagte Andreas und versuchte, sich cool und lässig zu geben. Es klang allerdings selten dämlich.

„Ich spüle das Shirt die Toilette herunter!“

„Stephan.“

„Was denn? Der da hat mir mein Shirt ausgesucht?! Mom!“

„Eigentlich ist er nicht so“, sagte sie entschuldigend und hinderte Stephan daran, etwas zu erwidern.

„Was ist mit dem denn los?“ Marie hatte ihren kleinen Rundgang beendet, gesellte sich zu ihrem Vater und stupste gegen seinen Oberarm.

„Ein kleiner Cowboy versucht, einen alten Schimmel einzureiten.“ Andreas lächelte.

„Es tut mir wirklich leid“, sagte Veronica und zog Stephan am Kragen seines T-Shirts. „Komm jetzt. Rauf ins Zimmer.“

Mit einer Geste, die so viel bedeutete wie *Ich lasse dich niemals aus den Augen* ließ sich Stephan hinter seiner Mutter herziehen.

„Dödel“, sagte Marie, und Stephan stockte kurz. „Der hat sie doch nicht alle.“

Jasmin dagegen legte den Kopf schief und lächelte Stephan an. „Du hast tolle Haare.“

Er starrte Jasmin an und wurde von seiner Mutter weitergezogen. „Komm schon.“ Sie drehte sich nicht einmal mehr um und eilte klickenden und klackenden Schrittes Richtung Fahrstuhl, drückte mehrmals hektisch auf den Knopf und trat dann sichtlich erleichtert in die mit einem kleinen Sitz versehenen und mit Teppich ausgelegte Kabine. Wenige Augenblicke später verschwanden sie und Stephan hinter der sich langsam schließenden Tür.

Was Andreas zum Lächeln brachte. Warum auch immer. Er fand ihr Verhalten niedlich. Da war etwas in ihrer kühlen Fassade, das er nicht greifen konnte, aber interessant fand. Vielleicht das peinlich berührte, verwirrte Lächeln, das sich auf ihre Lippen gestohlen hatte, nachdem ihr Sohn ihn so angefahren hatte. Vielleicht aber auch die Weichheit ihrer hellen, grünen Augen, in denen ein plötzlicher Glanz gelegen hatte, der ihn neugierig machte.

„Wollen Sie?", fragte die junge Dame an der Rezeption, lächelte und hielt Andreas die Hand hin, um seine Reiseunterlagen in Empfang zu nehmen.

„Gerne", sagte er, rief seine Töchter zu sich und füllte das Formular aus, das sie ihm entgegen schob. „Ist unser Gepäck schon auf dem Zimmer?"

„Welches Gepäck?", wollte die junge Frau wissen, und Andreas rutschte das Herz in die Hose.

8

„Was?", fragte Veronica, als sie Andreas mit seinen Mädchen auf sich zukommen sah. „Sitzt du auch noch an unserem Tisch?"

„Das Schicksal weiß halt, was gut für dich ist." Er grinste sie an, was sie leise in sich hineinlachen ließ. Nicht, weil sie seinen Spruch so lustig fand, sondern weil sie nicht verstehen konnte, was er an dieser Situation überhaupt noch spaßig finden konnte. Waren sie nicht genervt voneinander?

Veronica meinte es deutlich in sich zu fühlen – diese sich anschleichende Abneigung.

Oder spiele ich mir selbst nur was vor?

Die Frage besaß einen unangenehmen Unterton, der sie beinahe liebevoll darauf hinwies, dass sie ihre Maske fallen lassen konnte. Hatte sie nicht ab und zu an Andreas gedacht? Und hatte sie nicht den Anflug eines Kribbelns in ihrem Bauch verspürt, nachdem er sich im Hotel in Hamburg von ihr verabschiedet hatte?

„Drei Kinder und doch noch immer zu einem Späßchen aufgelegt", meinte eine ältere, ebenfalls an dem runden, eingedeckten Tisch sitzende Dame, deren Perlenkette im gedämmten Licht des Speisesaals funkelte und glänzte. „So mag ich das ja."

Veronica sah die grauhaarige Frau fassungslos an, deren faltiges Lächeln etwas Freundliches, Zufriedenes hatte. Sie wollte gerade den Kopf schütteln, sagen, dass sie weder mit Andreas bekannt noch in irgendeiner Art und Weise zusammen war, doch die Frau kam ihr zuvor. „Mein Herbert und ich halten das genauso. Ein Lacher, sagen wir immer, hält die Beziehung frisch, nicht wahr? Oder, Herbert?", sagte sie und stieß ihren teilnahmslos dasitzenden, in die Leere starrenden Mann mit dem Ellenbogen an.

„Wie?", fragte er, nachdem er den Kopf gedreht hatte.

„Dass wir immer lustig sind. Späße machen. Uns gemeinsam amüsieren."

„Jeder Tag ist ein Geschenk", sagte Herbert und klang in Veronicas Ohren sarkastisch.

„Weil du mich noch heute zum Lachen bringst!", sagte sie und deutete auf Jasmin, die von Andreas auf einen Stuhl neben sich platziert wurde. „Und du bist wer, kleine Prinzessin?"

Jasmin blickte die Frau strahlend an. „Jasmin!"

„So ein schöner Name. Wie aus Tausendundeiner Nacht. Dir fehlt ja nur noch eine kleine Krone, und ich würde denken, du bist wirklich eine königliche Hoheit."

Jasmin strahlte weiter. „Ich mag Prinzessinnen."

„Wer mag die nicht?"

„Ich", sagte Veronica und hielt über den Tisch hinweg nach ihrem Sohn Ausschau, der bereits wieder aufgesprungen und irgendwo im Gewühl der Leute untergetaucht war. Sie entdeckte ihn – er wuselte wie ein Derwisch zwischen den Menschen her –, als die ältere Dame auf Marie deutete. „Und das da ist Ihre Älteste?"

„Die junge Dame da gehört …"

„Ein zu hübsches Mädchen. Hat sie von der Mutter.“
Die ältere Dame stieß wieder Herbert an. „Oder, was
meinst du, mein Schatz? Schatz! Was meinst du?“

„Wie?“, fragte Herbert und beugte sich zu seiner Frau.

„Ob die junge Dame da nicht genau so hübsch ist wie
ihre Mutter!“

„Ja. Sehr hübsch!“

Veronica zuckte mit einem hilflosen, auf Andreas gerichteten Blick die Schultern. „Was sollen wir machen?“, fragte sie lautlos.

Andreas zog eine Grimasse und winkte Marie zu sich.
„Und? Wie sieht das Büfett aus? Kann man es wagen?“

„Die haben hier alles, was du essen möchtest“, sagte
Marie, die glücklich aussah. Da war ein zuckersüßes,
unschuldiges und doch so seltenes damenhaftes Lächeln in ihrem Mundwinkel, und Veronica fragte sich,
wie ihre Mutter ausgesehen haben mochte. „Die machen dir sogar eine Pizza. So wie du sie gerne hast.“

„Fluffiger Rand …?“

„… mit Käsefüllung …“

„… sowie weicher Kern und hauchdünn mit Salami
und einer Spur Käse belegt?“

„Genauso.“

„Wunderbar“, freute sich Andreas, lächelte und
schien mit dem Gedanken zu spielen, seine Hand auszustrecken und seine Tochter zu berühren.

Und ebenso wie sie es getan hätte, hielt er sich zurück
und tat dann so, als wollte er mit den Fingern auf die
Tischplatte trommeln.

Es war interessant zu sehen, dass es ihm ähnlich ging wie ihr. Dass er nicht wusste, wie er sich verhalten, geschweige denn seiner Tochter gegenüber benehmen sollte.

Wollte sie Liebe? Brauchte sie Zuneigung? War es ihr recht, wenn er sie beschützen wollte?

„Drei Kinder, das sind viele. Wie schaffen Sie das denn nur?", wollte die Dame wissen und wandte sich an Jasmin. „Wie schaffen Mama und Papa das nur?"

„Mama ist gemein", sagte Jasmin, auf deren rundem, kleinem, niedlichem Gesicht sich ein Schatten abzeichnete.

„Wieso das denn, mein Engel?"

Die Dame hob den Blick, sah zu Veronica. Die zuckte nur mit den Schultern, lächelte verkrampft und erhob sich mit einer Geschwindigkeit, von der sie selbst überrascht war.

Ich kann doch einfach sagen, dass ich nicht die Mutter bin, schoss ihr ein Gedanke durch den Kopf. Sie spürte widersprüchliche Gefühle in sich aufsteigen. Gewaltig und groß. Einem aus der Asche steigenden Phönix gleich. Feuerlohnen hinter sich herziehend, den Nachthimmel ihrer Verwirrung grell erhellend.

Die Kleine ist zu süß, als dass ich ... was? Sie enttäuschen kann? Ich kenne sie doch nicht einmal.

Dennoch aber fand Veronica, wie damals, als sie das Foto der beiden Mädchen gesehen hatte, dass von Jasmin etwas ausging, das ihr gefiel. Verbundenheit wollte sie nicht sagen. Dafür ehrlich empfundene Interesse.

„Oh, war ich zu neugierig?", wollte die Dame wissen, als Veronica über sich selbst verwundert schwieg, und stieß wieder ihren Mann an. „Ich bin manchmal auch zu geschwätzig, oder Schatz? Schatz! Bin ich doch, oder?"

„Wie?", fragte Herbert wieder, beugte sich seiner Frau und hielt sein Ohr an ihre Lippen.

„Ob ich nicht manchmal zu neugierig bin?", rief sie.

„Schrecklich neugierig." Er nickte, lächelte und sah dann zu Veronica. „Sie wollen schon gehen?"

„Die Pizza", sagte sie hastig, „sieht köstlich aus. Danke für den Tipp." Sie lächelte Marie zu. „Die muss ich mir auch holen. Unbedingt."

„Was ist denn mit der los?", murmelte Marie, während Andreas grinste und dann zusammenzuckte, als die ältere Dame fragte: „Versteht Ihre Jüngste sich nicht gut mit Ihrer Frau? Ich habe ja schon von den Konflikten gehört, die Töchter und Mütter so austragen. Bin ja froh, dass ich immer nur Jungen zur Welt gebracht habe. Nicht wahr, Schatz? Schatz! Was meinst du?"

„Wie?" Wieder beugte Herbert sich zu seiner Frau.

„Ob du froh bist, dass wir nur Jungen haben?"

„Du vergisst Johanna schon wieder", sagte er kopfschüttelnd. „Die hast du auch zur Welt gebracht."

Die alte Dame schnaufte und funkelte ihren Mann böse an.

„Nur weil ihr beiden euch nicht versteht, heißt das nicht, dass sie nicht da ist, mein Engel ..."

9

Andreas verdrehte die Augen.

Richter, der geradewegs auf ihn zukam, als er an den Pool gehen wollte, entsprach genau dem Bild, das man von einem Bürokraten hatte. Hochgewachsen, blass, die Haare auf dem Weg von der Stirn zum Hinterkopf.

„Herr Petersen."

Andreas lächelte und entschied, eine Brücke zu bauen, auf die der unsicher wirkende Mann treten konnte. „Na, was kann ich Gutes für Sie tun?"

„Nur die Antwort auf meine Frage."

„Stellen Sie sie."

„Äh", machte der hagere Mann, der es sich nicht nehmen ließ, selbst bei dem heißen Wetter eine Anzughose und ein Hemd zu tragen.

Bei dem er wenigstens die Ärmel hochgekrempelt hat, dachte Andreas und sah wieder zu der jungen Frau hinter der Rezeption, die unentwegt auf ihrem PC herumtippte und immer wieder einen Blick aus skeptischen zusammengekniffenen Augen auf den Monitor warf.

„Also?"

„Es geht um das Briefing."

„Und?"

„Sie haben es erhalten?"

„Natürlich."

„Aber darauf reagiert haben Sie nicht."

„Ich wollte, aber dann ist dieses und jenes passiert. In der Redaktion ging es drunter und drüber, dann der plötzlich über mich hereinbrechende Urlaub. Sie wissen, was ich meine? Außerdem dachte ich mir, wir könnten uns hier austauschen. Mein Bruder hat mich ja auch mündlich gebrieft.“

„Ich hatte Anmerkungen hineingeschrieben“, meinte Richter, ohne auf Andreas’ Entschuldigung einzugehen, und versuchte es mit einem gewinnenden, aufbauenden Lächeln, das ihm nicht gelang. Es wirkte aufgesetzt, verbissen. Wie eine in Vergessenheit geratene Erinnerung, die sich an die Oberfläche des Verstandes grub.

„Die ich sehr interessant fand, ja. Diskussionswürdig, klar. Aber eben auch dazu gemacht, um hier zu reden. Also nicht nötig, um den Alltagsstress zu vernachlässigen.“

Andreas schaffte es nicht, Richter zum Lachen zu bringen.

„Nicht nötig?“

Andreas schüttelte den Kopf. „Nein. Denn aus Karls Text ergeben sich ja die Antworten.“

„Daraus entstehen ja die Fragen und meine, entschuldigen Sie, wenn ich das sage, Zweifel.“

„Ich finde es richtig, dass die Kompetenzen für die Cheflektoren erweitert werden sollten. Es beschleunigt die Abwicklung von Zu- und Absagen.“

„Ja, aber, meine Kompetenz …“

„Seien Sie froh, wenn Sie entlastet werden.“ Andreas klopfte dem verwirrt blinzelnden Richter freundschaftlich auf die Schulter, was der mit einem missbilligenden Räuspern quittierte. Was Andreas nicht interessierte.

Ihm war wichtig, was die junge Frau ihm in Bezug auf seine vermissten Koffer zu sagen hatte. Außerdem – und das war ihm ebenso ein Bedürfnis wie ein innerer Zwang – wollte er sehen, was Marie am Pool trieb.

Sie hatte ihm heute Morgen schon in den Ohren gelegen, dass sie sich einen neuen Bikini kaufen wollte. Einen Bikini, der – wie er mit Entsetzen festgestellt hatte – mehr ein Strich war als ein bestimmte Regionen bedeckendes Utensil.

Sein *Nein* dazu war ihm mit so viel Leidenschaft, so viel Argwohn über die Lippen gekommen, dass er sich jetzt dafür schämte. Nicht nur, weil Marie zusammengezuckt war wie bei einer Ohrfeige, sondern auch, weil sie ihn angesehen hatte, als wäre er ein Fremder.

„Aber Papa", hatte sie gesagt und dann abgebrochen. Eine Unart, wie er fand, die sie sich in der letzten Zeit angewöhnt hatte.

Was aber an dir liegt, mein Freund, war ihm ein erschreckender Gedanke gekommen, den er – ganz wie er es sich angewöhnt hatte – beiseiteschob.

„Gibt es noch was?", wollte er wissen, als er an Richter vorbei aus der Frontscheibe zum Pool blickte, an dessen Rand Marie stand, bekleidet mit der schnell gekauften kurzen Hose und einem T-Shirt mit Hotellogo. „Oder sind wir beide hier fertig?"

„Wir sehen uns beim Meeting", sagte Richter und bedachte Andreas mit einem Blick, der ihm nicht gefiel. Dann ging er und ließ ihn zurück, die Aufmerksamkeit

noch immer auf die junge Frau an der Rezeption gerichtet. Als sie gerade irgendetwas auf Italienisch murmelte, trat Stephan aus der entgegengesetzten Richtung an den Pool und setzte sich mit vor der Brust ver-
schränkten Armen auf einen freien Liegestuhl.

Marie, die ihn gesehen hatte, hob nur die Hand zum
Gruß. Was Veronicas Junge zum Anlass nahm, etwas zu
sagen. Marie antwortete ihm und ging dann auf ihn zu.
Als sie sich zu ihm auf den Liegestuhl setzte und über
die Schulter auf ihren Vater zeigte, zog sich sein Magen
zusammen.

„Sì", sagte die Frau und riss Andreas aus seinen Be-
obachtungen. „Die Koffer sind weg."

„Wie weg?"

Sie zuckte mit den Schultern. „Am Flughafen ja, in unserem Transporter nein ..."

„Und jetzt?"

„Ich suche weiter ..."

10

„Freunde haben wir beide uns heute nicht gemacht", sagte Andreas, als er Veronica mit dem Handy am Ohr aus dem kleinen Fahrstuhl treten sah.

„... gestern gelandet, Süße. Wann wollten deine Eltern uns zum Essen einladen?" Sie machte eine kurze Pause, redete dann auf Italienisch und wechselte wieder ins Deutsche zurück. „Klar bringe ich Stephan mit. Der möchte mit den Jungs der Erntehelfer doch Fußball spielen. Außerdem muss ich mich irgendwie um ihn kümmern. Der zieht eine Fresse, das glaubst du nicht." Sie schüttelte den Kopf, sagte wieder etwas auf Italienisch und nahm schließlich nach einem durchs Telefon geschickten Küsschen das Handy vom Ohr, ehe sie auf Andreas zutrat.

Der zuckte mit den Schultern und deutete mit dem Kopf zum Pool, wo ihre Kinder noch immer auf dem Liegestuhl saßen und miteinander redeten.

„Die Arbeit und meine Familie kollidieren immer", seufzte sie und hatte zu Andreas' Überraschung – und Freude? – offenbar ihre Abneigung ihm gegenüber beiseitegelegt. Sie lächelte hilflos, seufzte erneut und schüttelte den Kopf. „Immer."

„Geht mir nicht anders. Hätte ich Kevin nicht, wüsste ich oft nicht, wie ich das alles wuppen sollte."

„Kevin?"

„Mein Babysitter. Ein Junge aus der Nachbarschaft. Er verdient sich was für sein Studium dazu. Lieber Kerl."

„Sowas sollte ich mir auch überlegen."

„Sich einen lieben Kerl zulegen?" Andreas wollte lustig sein, wollte Veronica ein Lächeln entlocken, was ihm ansatzweise gelang. Sie schmunzelte und winkte ab. „Du willst auch baden gehen?" Er betrachtete ihr Outfit, das aus einem langen T-Shirt und einer bis zur Hälfte ihrer Oberschenkel reichenden, roten Hose bestand.

„Arbeiten", sagte sie. „Am Pool. Das Meeting muss vorbereitet werden."

„Meeting?"

„Weshalb ich hier bin."

„Geleitet von Richter?"

Sie sah ihn verwirrt an und blinzelte. „Woher ...?"

Er lachte. „Ich vertrete Karl Hansen. Hi!"

11

Die plötzlich zwischen ihnen entstandene Stille hatte etwas Faszinierendes, fand Andreas. Es war nicht nur die Überraschung auf Veronicas Gesicht, die ihm gefiel. Es war auch die Art, wie sie ihn nun mit einer gewissen Zurückhaltung betrachtete.

Sie strich sich mit einer unsicher wirkenden Geste durchs Haar. „Jetzt muss ich mich wohl entschuldigen, dass ich so zickig gewesen bin."

„Ach was." Er lachte. „Ich habe es ja auch eben erst erfahren, dass wir beide uns ab Montag gemeinsam langweilen dürfen."

„Jetzt muss ich echt ..."

„Warum?", unterbrach er sie, ehe er sich an die Frau an der Rezeption wandte und sie bat, sich bei ihm zu melden, wenn sich etwas mit seinen Koffern ergab. Dann sah er Veronica wieder an. „Ich habe mich ja auch nicht gerade von meiner besten Seite gezeigt."

„Warum ist mir das denn nicht vorher aufgefallen?", fragte sie mehr sich als Andreas. „Ich hätte die Ähnlichkeit sehen müssen. Aber ... der Nachname. Der ist anders."

Andreas nickte und deutete auf den Ausgang der Lobby. „Nicht so wichtig."

„Aber er ist ein anderer."

„Ist er“, sagte er und versuchte, nicht bitter und traurig zu klingen, als er in die ihn mit einem Hammerschlag begrüßende Hitze trat. „Es ist eine kurze Geschichte. Aber die muss nicht jetzt erzählt werden.“

„Verstehe“, sagte sie und ging geradewegs auf die Kinder zu, die sich, als hätten sie sich abgesprochen, von ihrem Platz erhoben. „Es tut mir wirklich leid, dass ich mich so blöd verhalten habe. Aber die Enttäuschung in dem Lokal, unser Treffen im Laden, unser offen ausgetragener …“

„Es geht um dich als neue Cheflektorin beim Verlag meines Bruders?“, fragte Andreas, der jetzt erst merkte, wie wenig er sich ernsthaft mit der Aufgabe beschäftigt hatte, die Karl ihm auferlegt hatte. Er lächelte. „Mach dir deshalb bitte keine Gedanken. Ich kann ja nichts dazu sagen. Wenn Karl dich gut findet, wird er seinen Grund haben.“

„Danke“, sagte sie sarkastisch.

„So war das doch nicht gemeint.“ Er bekam am Rande mit, wie Marie ins Wasser sprang und Stephan stehen blieb, starr und steif, als müsste er sich selbst davon überzeugen, ins Becken zu springen. „Ich würde Karl niemals einen Rat geben, ob er dich nehmen soll oder nicht.“

„Ich habe mich ja auch noch gar nicht dazu entschieden“, gab sie zu. „Der Wegzug aus der Heimat, die Übersiedlung nach Hamburg. Stephan. Das sind alles Veränderungen, die ich nicht übers Knie brechen möchte. Dazu … nun ja … Aron … mein …“

„Mann?“

„Ex.“

„Verstehe.“

„Er hat ja ein Recht auf den Jungen. Auch wenn er sich nur schlecht kümmert, um nicht sagen zu müssen, überhaupt nicht. Aber das muss berücksichtigt werden. Dazu meine Familie. Ach, ich weiß nicht."

„Setz dich doch." Er deutete auf eine freie Liege im Schatten und setzte sich auf den Rand der daneben. „Das musst ganz allein du entscheiden. Ich kann nur sagen, dass Karl dich gut findet. Er wollte dich anbaggern, wenn du verstehst, was ich meine."

„Wollte er das?"

Andreas nickte. „Jetzt muss ich das wohl übernehmen."

Veronica verzog das Gesicht. Als er grinste, schien sie zu begreifen, was er meinte. „Ich passe."

„Da entgeht dir was", sagte er und wusste nicht, woher die plötzliche Heiterkeit kam. All seine Sorgen, die er sich eben noch gemacht hatte, waren wie weggeblasen. Da saß diese unsicher auf der Unterlippe kauende, hübsche Frau, die ihm plötzlich so viel besser gefiel. Die etwas ausstrahlte, das ihn nicht verwirrte, sondern in abstruse Gedankengänge katapultierte. *Sei nett zu ihr. Du weißt jetzt mehr über sie als sie über dich. Sie fühlt sich unsicher und hilflos. Außerdem ... gefällt sie dir. Oder? Du magst sie ...*

Bei dieser Erkenntnis legte er die Stirn in Falten, lächelte dann und nickte in Richtung Stephan, der sich noch immer zierte, ins Wasser zu springen, obwohl Marie ihn rief. „Was ist mit ihm los? Wasserscheu?"

„Schlechter Schwimmer. Eine Familienkrankheit."

„Verstehe."

Veronica lächelte. „Was ist mit Marie und dir? Sie ist ein so süßes Mädchen."

Die Frage überraschte ihn. „Was soll schon sein?"

„Ihr wirkt, nun, etwas angespannt, wenn ich das so sagen darf."

„Darfst du. Na ja." Er zuckte mit den Schultern und wunderte sich darüber, dass er sich dagegen sträubte, sich Veronica zu offenbaren. „Irgendwie stehen wir uns selbst im Weg. Sie wird so schnell groß. Ich komme nicht hinterher. Dazu unsere Pläne ... meine ... also, die Zukunft, die wir uns gemeinsam überlegt haben. Es ist kompliziert."

Stephan tauchte neben ihnen auf. „Kommst du mit ins Wasser, Mama?"

Veronicas Lächeln verlor sich, als ihr Handy klingelte, und machte einem gequälten Gesichtsausdruck Platz. „Da muss ich rangehen", flüsterte sie und sackte in sich zusammen.

Andreas lächelte, nickte und traute sich zu seiner Überraschung, nach ihrer Hand zu greifen und diese zu drücken. „Ich mache das schon."

12

Veronica spürte einen unangenehmen Druck im Magen, als sie sah, wie Andreas ins Wasser sprang und die Arme ausbreitete. „Spring rein", sagte er zu Stephan. „Komm. Ich bin bei dir."

Ihr Gefühl der Unsicherheit verwunderte sie, und am liebsten wäre sie zu ihrem Sohn gegangen, um ihm dabei zu helfen, den letzten, entscheidenden Schritt zu machen. Aber als sie sah, wie Stephan dastand, zögerte und sich selbst zunickte, als wollte er sich Mut machen, nahm sie den Anruf entgegen. „Wyss." Sie hörte kaum zu, als einer ihrer momentanen Auftraggeber fragte, ob sie es schaffen würde, das demnächst erscheinende Magazin schnell gegenzulesen.

Als sie sah, wie ihr Junge die ihm entgegengestreckte Hand annahm, zuckte sie innerlich zusammen. All seine Abneigung Andreas gegenüber schien verschwunden.

Er tauchte ins Wasser ein und kam prustend und schnaubend wieder hoch. Dabei paddelte er wie ein Hund.

„Warte mal", rief Andreas, „so machst du das falsch. Guck, so geht es!"

Er schwamm los und ließ Stephan dabei nicht aus den Augen, während er drei schnelle Schwimmzüge machte. Marie, die wohl sah, dass Stephan sich unwohl fühlte, rief: „Papa ist der Beste. Mir hat er auch das

Schwimmen beigebracht." Sie lachte. „Er hat mir damals Schwimmflügel in den Badeanzug gesteckt und mich treiben lassen. Das war voll cool."

„Mir steckt niemand einen Schwimmflügel irgendwo hin", rief Stephan ernst. „Ich schaffe das auch so."

„Dann komm, zeig, was du kannst", sagte Andreas und nickte, als Stephan wieder ungelenk und unkoordiniert losschwamm. „Sicherer wirst du, wenn du es so machst ..."

Und in dem Augenblick veränderte sich etwas in Veronica.

Sie beobachtete, wie ihr Sohn losschwamm, zu Andreas blickte und nach der ersten Runde rief: „Ich kann es! Ich glaube, ich schaffe es."

„Du packst das!"

Da beendete sie das Gespräch, ging zum Pool und sprang mit einem Köpper in das Wasser.

13

Das Merkwürdige war, dass sich Andreas in Veronicas Nähe immer wohler fühlte. Von seiner anfänglichen Unsicherheit, gefolgt von den kurzen Panikattacken und Schweißausbrüchen, war ebenso wenig geblieben wie von den ihn rüttelnden und schüttelnden Gedanken. Sie waren jetzt plötzlich ganz leise, beinahe schon schüchtern.

Geblieben war ein ihm ein Lächeln auf die Lippen treibender Hauch, der ihm zuraunte: *Besser kannst du es nicht getroffen haben. Sieh sie dir nur an. Ein dir nie zugetrautes Glück. Allein wie sie aus dem Wasser steigt. Andreas, sieh nur, wie sie aus dem Wasser steigt.*

Es verschlug ihm den Atem.

Natürlich hatte er gewusst, dass Veronica eine attraktive, sogar eine schöne Frau war, nachdem sie ihren Panzer abgelegt und Nähe zugelassen hatte. Trotzdem traf ihn die Erkenntnis mit solch einer Wucht, dass er schlucken musste.

Er hatte die ganze Zeit schon gefunden, dass ihre weich geschnittenen Gesichtszüge mit dem runden Kinn und den geschwungenen, zarten Lippen ihn an das Gemälde *Lesendes Mädchen* des niederländischen Künstlers Jean-Honoré Fragonard von 1776 erinnerte. An diese still dasitzende, zierliche, junge Frau, deren Mundwinkel die Freude über das widerspiegelte, was sie soeben auf den Seiten fand. Andreas konnte sich nicht sattsehen an Veronicas dunklen Augen, die ihn immer so genau beobachteten.

Ebenso hatte er gewusst, dass sie unter der meist weiten Kleidung einen schlanken Körper verbarg, der ihm gefiel. Sie jetzt aber im schwarzen Bikini aus dem Wellen schlagenden Wasser steigen zu sehen, raubte ihm schier den Atem. Obwohl er nicht starren wollte, tat er es. Er konnte seine Blicke nicht von ihren langen Oberschenkeln nehmen. Konnte es nicht verhindern, dass seine von der Sonnenbrille verborgenen Blicke über das knappe Badehöschen wanderten, hinauf zu dem kleinen, verspielten Bauchnabel, der durch ein Piercing betont wurde.

Während er ihren braungebrannten, schlanken Körper bewunderte und sich selbst plötzlich wie ein nasser, unförmiger Sack vorkam, jubelte in ihm der längst verloren gegangene Jugendliche. Andreas konnte sich wieder vor einer der unzähligen Kneipen und Discos stehen sehen; lässig ein Bier in der Hand, das er gar nicht mochte. Auf der Nasenspitze die Sonnenbrille mit den froschgrünen Gläsern. Dazu eine schlecht gegelte Frisur und auf den Lippen ein anzügliches, zufriedenes Lächeln, wenn die Mädchen an ihm und seinen Freunden vorbeischlenderten. Damals, in seiner unbeschwerten, naiven, unverbrauchten Zeit, hatten sie sich gegenseitig mehr als einmal freudestrahlend auf die Schulter geklopft und sich dazu gratuliert, Männer zu sein. Allein bei dem Anblick schöner Frauen hatte er damals gar nicht anders gekonnt. Heute, mit so vielen Jahren Abstand und dem Wissen, dass eine Frau sehr viel mehr war als nur eine Verführung auf zwei langen Beinen und ansehnlich rundgewachsenen Brüsten, kam ihm der Gedanke albern, ja beinahe lächerlich vor. Dennoch aber hämmerte er unablässig durch seinen Kopf. Er jagte durch die einzelnen Hirnwindungen und ließ seine Gedanken im wahrsten Sinne des Wortes in Flammen stehen.

Ihr läuft das Wasser aus den Haaren, es läuft ihr aus den Haaren und fällt ihr perlend auf die Schultern. Junge, die Tropfen zerspringen. Sie zerplatzten und reflektieren das Sonnenlicht.

Andreas glaubte, seinen Augen nicht zu trauen, als Veronica den Kopf zurückwarf und sich das Wasser aus den Haaren schüttelte. Plötzlich war er wieder ein unerfahrener Jugendlicher, der unter dem Bett seines älteren Bruders eine Zeitschrift gefunden hatte, in der nackte Frauen abgelichtet worden waren, die in ihm Gefühle verursachten, mit denen er nichts hatte anfangen können.

Während er weiterhin versuchte, Stephan das Schwimmen beizubringen, er dem Jungen motivierend zurief, dass er es gut machte, konnte er seine Blicke nicht von Veronica nehmen. Sich nicht eingestehen, dass sie ihm gefiel. Dass sie ... ihre Härte verloren hatte.

Andreas lächelte. So herrlich leicht und locker hatte er sich schon lange nicht mehr gefühlt. Er schluckte. *Mach keinen Scheiß, Alter. Lass es gut sein. Frauen enttäuschen dich nur. Sie tun dir weh. Sie ... verlassen dich.*

Er verzog das Gesicht und wünschte sich, den Gedanken nicht gedacht zu haben.

Der Strand, das Meer und Verwirrungen

1

Andreas hatte damit gerechnet.

Genau so langweilig wie das Briefing, das er von seinem Bruder bekommen hatte, gestaltete sich auch der Vormittag. Er seufzte, als er den hochgewachsenen, glatzköpfigen Mann erkannte, der sich vor dem kreisrunden Mahagonitisch aufbaute und es sich selbst bei den Außentemperaturen nicht nehmen ließ, einen Anzug zu tragen.

Richter. Michael-Konstantin Richter, der gewissenhafteste und grauste Mensch, den Karl jemals eingestellt hatte. Ein Mann, dem es um nichts anderes ging als um schwarze Zahlen auf weißem Papier. Der nichts anderes wollte als Fakten, Fakten, Fakten und die Verlagswelt mit Rationalität auf neue Wege lenken.

Er reagierte auf Andreas äußerlich, wie Andreas innerlich auf ihn. Naserümpfend.

Richter betrachtete stirnrunzelnd seine kurze Hose, die Flip-Flops an seinen Füßen und das hastig gekaufte, mit Palmen bedruckte Shirt. „Ein wenig underdressed, meinen Sie nicht?", fragte er in seiner nasalen, langweiligen Art, sodass Andreas am liebsten demonstrativ den Kopf auf die Tischplatte hätte fallen lassen, um so zu tun, als wäre er ohnmächtig geworden.

„Ich sehe genau so aus, wie ich aussehen möchte."

„Ihr Redebeitrag wird ja nicht sehr lange dauern, nicht wahr?", merkte Richter an. „Und für den Rest unserer Besprechung werden Sie ja dann nicht mehr vonnöten sein. Sie werden an den Ausflügen teilnehmen, die Ihr Bruder für die Belegschaft organisiert hat?"

„Teils, teils. Wir werden uns zu vergnügen wissen."

Richter schnaufte. Natürlich hatte der hochgewachsene, langweilige Typ gewusst, dass Karl und Andreas miteinander geredet und sich ausgetauscht hatten. Ihm war ebenso bewusst, dass Andreas eher ein stiller Beobachter als ein leitendes Mitglied der Diskussionsrunde war. Außerdem, und das hatte Andreas mit Ruhe und einem Hauch Gelassenheit registriert, bekam er doch mehr Freizeit als anfangs befürchtet. So hatte er heute Morgen eine E-Mail seines Bruders erhalten, die ihm mitteilte, dass Andreas, wenn er wollte, zum Ende des Urlaubs den gemieteten Strand, ausgestattet mit kleinem Zelt, Kerzenschein und üppigem Essen, nutzen durfte.

Es wäre mein Geschenk an Carola gewesen, in der Hoffnung, dass wir unsere Differenzen endlich überstehen

hatte sein Bruder mit einem so deutlichen Unterton des Kummers geschrieben, dass Andreas am liebsten zum Telefon gegriffen und ihn angerufen hätte. Aber als er weiterlas, war ihm bewusst geworden, dass Karl alles wollte, nur nicht gestört werden. Er hatte mit den Worten geschlossen:

Bin gleich mit ihr zum Frühstück verabredet. Hören uns später.

„Sie werden schon wissen, was Sie tun", riss Richter ihn aus seinen Gedanken.

Er blickte auf und musterte den Mann, der ihm ein freudloses Lächeln schenkte. Es hatte so geklungen, als zweifelte Richter sehr wohl daran, was Andreas wusste und was er tat. Was diesen wiederum nicht störte.

Menschen wie Richter hatte er schon zu genüge in den Redaktionen kennengelernt. Er hatte sich ihnen gegenüber ein dickes Fell zugelegt und auf merkwürdige Art und Weise keinerlei Befürchtungen, ihnen nicht die Stirn bieten zu können. Was bei allen anderen menschlichen Problemen anders aussah.

Er musste nur an den gestrigen Tag denken. Daran, wie er versucht hatte, Stephan das Schwimmen beizubringen, wie er Veronica angesehen hatte, als sie neben ihm ins Wasser sprang und aus den Fluten stieg. Daran, wie er sich gefühlt und gemeint hatte, dass er von einem Hammerschlag getroffen wurde. All diese Empfindungen und Gefühle, die Verwirrung und Ekstase, hatten seine Gedanken Kapriolen schlagen lassen.

Andreas hatte alles erwartet, als er mit seinen Töchtern nach Sizilien geflogen war, nur nicht die Tatsache, jemals wieder solch eine Faszination für einen fremden Menschen empfinden zu können. Hinzu kam, und das verwirrte ihn am meisten, dass Veronica sich mit Marie unterhalten und gut verstanden hatte. Es war kein Geplänkel gewesen, keine ein, zwei ausgetauschte Floskeln. Sie hatten, während Andreas mit Jasmin im Wasser tollte, auf den Liegen zusammengesessen und sich unterhalten. Angeregt! Nickend. Sich füreinander interessierend.

Er schauderte, wenn er nur daran dachte, dass ihm Veronica – die für ihn bisher das Sinnbild des zwischenmenschlichen Schreckens gewesen war – ihm sympathisch werden konnte.

Dass sie … Andreas verschlug es den Atem.

Es lag nicht daran, dass sie einfach in den Konferenzraum geschritten kam, mit ihrem knielangen Rock, der locker über den Oberkörper geworfenen Bluse und den ihre Knöchel betonenden, hochhackigen Pumps. Nein, es war das glockenhelle Lachen, das ein Kribbeln in seinem Magen auslöste. Dazu zeigte sich auf ihrem ansonsten so starren, stoischen Gesicht eine weiche, angenehme, ihn faszinierende Feinheit, die er kaum in Worte fassen konnte. Aber als sie näherkam, schlug sie dem Mann, der mit ihr in den Raum getreten kam, spielerisch gegen den Oberarm. „Du schon wieder.“

Andreas war es, als würde ein bisher sorgsam von ihr gehütetes Geheimnis gelüftet werden. Ein Geheimnis, das Andreas niemals im Leben vermutet hatte.

Sie war weder die Kratzbürste, für die er sie gehalten hatte, noch der anstrengendste Mensch, dem er jemals begegnet war.

Sie war anders.

Jetzt, wo sie im Raum stand, die Haare zu einem dunklen Kranz geflochten und mit einer silbernen Spange zusammengehalten, war es ihm, als eröffnete sich der Blick auf eine neue, unbeschriebene Seite in ihr, die er – warum auch immer – nur zu gerne lesen wollte.

Andreas vergaß Richter und das ihm von seinem Bruder zugeschickte und mit Kommentaren versehene Memo. Für ihn gab es nur noch Veronica.

„Hallo, Herr Richter“, begrüßte sie sein Gegenüber. „Ich hoffe, Sie haben sich hier im Hotel gut eingelebt.“

„Ich habe mein Hamburg lieber. Da ist es kühler“, sagte Richter und deutete auf einen Platz direkt neben Andreas, was diesen zusammenzucken ließ. „Da können Sie sitzen.“

„Gerne“, sagte sie und hielt kurz inne, bevor sie Andreas ebenfalls mit einem knappen, schüchternen Lächeln bedachte. Er sah, wie es in ihr kämpfte, wie sie darum bemüht war, ihm gegenüber eine professionelle Haltung zu wahren.

Was er ihr nicht einmal verdenken konnte. Bisher hatte sie ihn ebenfalls als Mensch gesehen, mit dem sie nicht immer klarkommen konnte, nicht immer klarkommen wollte. Und jetzt, wo sie wusste, wer er war, jetzt, wo ihre berufliche Zukunft plötzlich mit seiner verbunden war, war sie hin und her gerissen, ob sie ihre Haltung weiterhin aufrechthalten oder ablegen wollte.

Andreas entschied, es ihr leicht zu machen und grinste. „Moin. Schön, dich wiederzusehen“, sagte er und versuchte, ihre Unsicherheit zu ignorieren.

„Sie kennen sich?“, wollte Richter wissen.

„Wie man es nimmt“, sagte sie mit einem heiteren Unterton in der Stimme. „Herr Petersen hat sich in unvergesslicher Manier in mein Gedächtnis gebrannt.“

„Die Freude liegt ganz auf meiner Seite“, sagte er. „Darf ich dann gleich mit dem Memo anfangen, das mein Bruder mir ausgehändigt hat?“

„Wir haben eine Agenda, und die wollen wir abarbeiten. Ihr Memo wird etwas später gebraucht. Sie wissen ja, wegen der Spartenerweiterung.“

Andreas nickte. Obwohl er am liebsten weggelaufen wäre und die Zeit mit seinen Kindern verbracht hätte, war da etwas in ihm, das sich freute, hierzubleiben. Hier bei Veronica, die ihm mit einem lässigen, nun wieder gespielt kühlen Gesichtsausdruck zu verstehen gab, was sie von ihm und seiner Anwesenheit hielt.

Er grinste, als sie sich neben ihn auf den Stuhl fallen ließ.

Machen wir uns den Tag doch schön, dachte er und fing an, sich über sich selbst köstlich zu amüsieren ...

2

Andreas grinste, als Veronica den ihr zugeschobenen Zettel mit einer wirschen Handbewegung beiseite wischte.

„Lies", sagte er.

„Nein", zischte sie ihm zu, während sie es nicht einmal für nötig hielt, ihn anzusehen.

„Es ist wichtig."

„Bestimmt so wichtig wie die anderen beiden Zettel, die du mir vorhin zugeschoben hast."

„Viel wichtiger."

Richter, der vorhin darüber lamentiert hatte, wie schlecht die Verkäufe der Printmedien waren, dass die Menschen einfach zu wenig lasen und er nur wenige Ideen hatte, wie der Abwärtstrend abzuwenden sei, wurde aufmerksam. „Gibt es etwas, das Sie uns zu sagen haben, Herr Petersen?"

„Nein", sagte Andreas mit einem Kopfschütteln.

„Warum dann die anhaltende Ruhestörung Ihrerseits?"

„Ich versuche mich nur irgendwie auf meinen Redebeitrag vorzubereiten", sagte Andreas mit einem untypischen Mut, der ihn selbst überraschte. Aber das aufgeblasene, sich selbst viel zu wichtig nehmende Gerede des Ressortleiters Marketing und Vertrieb hatte ihm vor Augen geführt, warum er nicht in den Verlag seines Bruders gewechselt war. Wieso er es tunlichst vermied, in einer Welt, die ihm viel zu abstrakt war, auch nur einen Hauch von Verantwortung zu übernehmen.

Er lächelte, als Richter eine Augenbraue hob und versuchte, ihn mit seinen herablassenden Blicken zu durchbohren.

„Indem Sie Frau Wyss ununterbrochen stören und vom Zuhören abhalten?"

„Ich will nur Ihre Meinung hören."

„Die uns alle interessiert?"

Andreas zuckte mit den Schultern. „Womöglich?"

„Was haben Sie da auf das Zettelchen geschrieben?", wollte Richter wissen und erinnerte Andreas plötzlich an seinen alten Physiklehrer Sommer, der auch immer mit diesem nasalen, herablassenden Ton gesprochen hatte. Der ihn damals ebenso angesehen hatte, als Andreas um die Aufmerksamkeit eines Mädchens buhlte, das er für ausgesprochen interessant und unwiderstehlich gehalten hatte. „Wenn Sie diese kindischen Spiele spielen möchten", sagte der langweilige Mann, streckte die Hand aus und blickte über den Rand seiner Brille zu Veronica, die mit hochrotem Kopf dasaß und nicht zu begreifen schien, was gerade vor sich ging.

Als Andreas Richter den Zettel reichte, zischte sie: „Du bist unmöglich."

Andreas zuckte mit den Schultern. Natürlich hatte er gewusst, dass er sich mit solch einer Aktion unwiederbringlich ins Abseits schießen konnte. Die Verlockung aber war zu groß gewesen. Er *wollte* diese Briefchen schreiben. Er *wollte* Veronicas Aufmerksamkeit!

Obwohl er sich nur schwer von seinen Kindern lösen konnte, er sie schweren Herzens heute Morgen bei der Jugendgruppe abgegeben und sich versichern lassen hatte, dass alles beim heutigen Ausflug an den Strand gut gehen würde, fühlte er sich in Veronicas Nähe wohl. Er meinte, immer wieder ein sanftes, liebevolles Lächeln in ihrem Mundwinkel zu sehen, wenn er ihr schrieb. Selbst jetzt, wo er Richter den Zettel reichte, sie den Kopf schüttelte und ihn mit weit aufgerissenen Augen anstarrte, schien es, als säße da in ihrem Mundwinkel ein verzücktes, sich nur ab und zu hinter seiner Deckung hervortrauendes Lächeln.

„Das verzeihe ich dir nie", meinte sie, als sie die Hand an die Stirn legte und ihr Gesicht damit zu verbergen versuchte.

„Kindisch", meinte Richter, als er vor versammelter Mannschaft das Papier auseinandergefaltete und mit gerunzelter Stirn las.

Andreas zuckte mit den Schultern und grinste unschuldig.

„Auch von Ihnen, Frau Wyss", sagte Richter und steckte das Zettelchen in seine Hosentasche. „Also … wollen wir über die Möglichkeiten eines schnelleren, effektiveren und für uns alle nachvollziehbaren Lektorats sprechen. Die Konkurrenz schläft nicht. Hinzu kommt, dass viele Verlage nun eigene E-Book-Imprints eröffnen, in denen der Markt mit Masse geflutet wird. Meine Damen und Herren, hören wir uns doch einmal an, was Frau Wyss zu dem Thema zu sagen hat. Sie war in den vergangenen Wochen ja mit Recherchen und vor allem der Auslotung von Möglichkeiten beschäftigt, wie wir dem schnelllebigen und ebenso schnell schrumpfenden Markt begegnen können. Bitte!"

Veronica drehte sich noch einmal zu Andreas um, als dieser sie am Arm berührte.

„Was hast du denn angekreuzt?“, fragte er. Sie kniff die Augen zusammen. „Er sagte“, wisperte Andreas, „es ist kindisch, auch von dir. Also bleib kindisch.“

„Es geht dich gar nichts an, was ich angekreuzt habe.“

„Also was Positives“, sagte er. „Also gut für mich.“

„Lass mich einfach.“

„Frau Wyss?“

Sie nickte, presste die Lippen aufeinander, erhob sich dann von ihrem Platz und sagte mit lauter, klarer, Andreas immer sympathisch werdender Stimme: „Sie haben vor sich ein kleines Exposé liegen. Wenn Sie einmal die Einleitung zur Hand nehmen würden …“

3

„Also, sag, was hast du angekreuzt?“

Veronica, die sich noch kurz mit Richter über mögliche Optimierungsprozesse austauschen wollte, war überrascht, dass Andreas sie ohne Umschweife ansprach. Er strahlte über das ganze Gesicht und wirkte wie ein Junge, dem gerade ein Streich eingefallen war.

Sie blinzelte.

„Sag schon.“

Sie schüttelte den Kopf und deutete auf den noch in ein Gespräch vertieften Richter. „Ich habe zu arbeiten.“

„Es ist doch nur eine Antwort. Ja, nein oder vielleicht. Sag schon.“

Sie musste grinsen. Obwohl sie es gar nicht wollte. Sie lachte, nahm die Hand vor den Mund und schüttelte den Kopf. Veronica fühlte sich plötzlich wieder in ihre Schulzeit zurückversetzt. Zu jenen Momenten, in denen unentwegt Zettelchen ihre Runden drehten, auf denen man die unterschiedlichsten Fragen mit einem Ja, Nein oder Vielleicht ankreuzen musste.

Das hier war genauso albern.

Und irgendwie niedlich, dachte sie, als sie sich daran erinnerte, wie Andreas ihr den Zettel zugeschoben und sie mit weit aufgerissenen Augen und einem breiten Grinsen bedacht hatte.

„Lass mich arbeiten“, lachte sie.

„Papa! Papa!“, ertönte es da in der Ferne. Marie lief auf Andreas zu, im Schlepptau die kleine Jasmin. „Das Ausreiten mit den Pferden am Strand war richtig gut“, sagte Marie und strahlte über das ganze Gesicht. „Wir sind sogar einmal im Galopp geritten.“

„Wow“, sagte Andreas und nahm seine Tochter mit einem erleichterten Gesichtsausdruck in den Arm. „Klingt ja voll nach einem Abenteuer.“

„Ich hätte noch schneller gekonnt.“

„Glaube ich dir“, meinte er und nahm dann Jasmin auf den Arm. „Und bei dir, mein Engel? Wie war es bei dir? Auch so gut wie bei Marie?“

„Mein Pony hat Kacka gemacht.“

„Auf den Strand?“

Sie nickte mit einem verkniffenen Gesichtsausdruck. „Bäh.“

„Pupsige Pferde.“ Andreas lachte. „Stephan hat sich auch gut gemacht?“

Marie winkte ab. „Der ist mitgeritten, mochte es aber nicht so schnell. War aber ganz nett. Er scheint okay zu sein.“

Als Veronica das hörte, lächelte sie. Auch wenn Stephan sich nicht die Mühe gemacht hatte, von seinem Tag zu erzählen, war es ihr, als bräche das Eis langsam, mit dem er sich selbst umgeben hatte.

„Er stellt nur immer viele Fragen. Das nervt etwas“, meinte Marie, die neben ihrem Vater stand und übers ganze Gesicht strahlte. „Ich antworte auch nicht auf alle.“

„Musst du ja auch nicht.“

„Finde ich auch.“

Dann drehte er sich zu Veronica herum und grinste sie an. „Was hast du angekreuzt?“

Sie schüttelte den Kopf und erwiderte sein Grinsen. „Ich werde im Bus ganz bestimmt nicht neben dir sitzen und mein Pausenbrot mit dir teilen.“

Er machte ein bekümmertes Gesicht. „Ich hätte so gerne an deinem Pausenbrot geknabbert ...“

4

„Sag das noch einmal, und ich boxe dir nicht nur in den Bauch", rief Marie, und Veronica blickte vom Büfett hinüber zum Frühstückstisch.

„Ich sage es so oft ich will."

„Dann boxe ich dich."

Andreas, der mit seiner kleinen Tochter eiligen Schrittes aus dem Speisesaal verschwunden war, war noch immer nicht zu sehen. Und Veronica, die nicht schimpfend auf den Tisch zulaufen wollte, an dem die Familien zusammensaßen, füllte ihren Teller weiter. Dann drehte sie sich um, ging auf den Tisch zu und war insgeheim froh darüber, dass das ältere Ehepaar seinen Platz noch nicht eingenommen hatte.

„Hier wird niemand geboxt", sagte sie, als sie hinter Stephan trat, der gerade die Faust hob.

„Ich schlage auch Mädchen."

„Das tust du nicht", sagte Veronica, während sie seine Hand nahm und herunterdrückte. „Niemand schlägt hier irgendjemanden. Was ist überhaupt los?"

Da brach ein Gewitter aus Vorwürfen und nicht enden wollenden Beschuldigungen über sie herein. Von den ersten Sätzen ihres Sohnes und den hysterisch klingenden Anschuldigungen Maries total überfordert, hob sie die Hand. „Stopp." Sie schloss kurz die Augen und versuchte zu sortieren, was sie soeben gehört hatte.

„Er hat meine Mutter beleidigt!“

„Sie ist einfach nur doof!“

„Mein Dad macht alles für uns!“

„Leute“, sagte sie, in der stillen Hoffnung, dass weder einer ihrer Kollegen mitbekam, was hier gerade los war, noch dass Richter naserümpfend erschien und ihr insgeheim vorhielt, keine Ordnung halten zu können.

Und er mich so ansieht wie in dem Moment, als Andreas ihm den Zettel gegeben hat, dachte sie in einem kurzen Anflug von Sorge. Was sie wiederum selbst irritierte. Konnte ihr nicht egal sein, was Richter sagte oder dachte?

Hatte sie den Zettel nicht mit einem inneren Schmunzeln gelesen? Und hatte sie gestern, als sie sich verabschiedet hatte, nicht selbst noch darüber gelacht?

Ich hätte den Zettel doch einfach wegschieben können, oder? Habe ich aber nicht. Ich habe sein Spiel mitgespielt. Weil es mir gefallen hat, dachte sie innerlich kopfschüttelnd.

Und sich selbst dabei einzureden, dass das alles gar nicht so wild war. Nicht so wichtig.

Ich habe nach dem dritten Zettel natürlich mitgemacht, nachdem ich die ersten beiden ignoriert habe. Aber warum habe ich mit Andreas herumgealbert? Weil mir die Aufmerksamkeit gefallen hat?

Erst wollte sie sich wieder einreden, dass sie Andreas albern und blöd fand, nervig und bescheuert, nur um dann zu begreifen, dass sie sich – wieder mal – wie eine Teenagerin anhören würde, die dabei war, zu begreifen, dass ihre anfangs irrtümlichen Gefühle ...

Sie wollte nicht weiterdenken.

Marie riss sie aus ihren Gedanken. „Ihr wisst gar nicht, was Papa alles für uns tun muss!"

Veronica sah sie an. „Das geht uns ja auch nichts an."

„Dann soll der da auch den Mund halten."

„Ich habe nur gefragt, wo ihre Mutter ist. Das ist doch nicht schlimm."

„Stephan! Manche Fragen stellt man nicht."

„Die macht voll das Geheimnis darum. Was ist denn mit deiner Mutter?"

„Es geht dich nichts an."

„Man spricht nicht über fremde Mütter", sagte Veronica und sah, wie sich Stephans Gesicht verdunkelte. Sie konnte in seinen Augen sehen, dass er sich von ihr verraten fühlte – es gab ihr das Gefühl, die miserabelste Mutter aller Zeiten zu sein. Dann jedoch straffte sie sich und sagte sich, dass sie alles erdenklich Mögliche tat, um ihrem Jungen beizustehen, wenn er glaubte, sein Vater würde ihn im Stich lassen.

„Die tut voll so, als wäre es schlimm, über ihre ..."

„Meine Mom ist weggelaufen", unterbrach Marie Stephan mit Tränen in den Augen. „Und hat Papa mit uns sitzen lassen."

5

Andreas, der mit einem gemischten Gefühl von Erheiterung und Reue an den Tisch getreten war, wunderte sich über die frostige Stimmung zwischen den Kindern. Gestern noch, als sie vom Reiten gekommen waren, hatte er den Eindruck gehabt, alles wäre in friedlicher Harmonie.

„Alles gut bei euch?", wollte er wissen und betrachtete die betreten dasitzende Veronica.

Sie zwang sich zu einem kurzen Lächeln. „Die Kinder haben sich gestritten."

„Oh." Andreas bedeutete Jasmin, sich hinzusetzen. „Konntet ihr es klären?"

Veronica zuckte mit den Schultern. „Stephan hat sich entschuldigt."

„Dann ist alles wieder gut?" Andreas sah, dass bei Marie gar nichts in Ordnung war. Sie atmete flach, schluckte und wischte sich mit den Händen unter den Augen entlang. Er setzte sich neben sie, legte eine Hand auf die ihre. „Mäuschen?", fragte er und sah, dass Tränen in ihren Augen schimmerten. „Was ist los?"

„Nichts", sagte sie, presste die Lippen aufeinander und machte den Eindruck, als habe sie mit Wut, aber auch einem schlechten Gewissen zu kämpfen.

„Ich sehe, dass es dir nicht gut geht."

Sie drehte den Kopf, holte tief Luft und sah dann zu seiner Verwunderung Veronica an. Die lächelte hölzern, was Andreas ebenso wenig gefiel wie das Verhalten seiner Tochter.

„Ich möchte ein Schokoladenbrot“, sagte Jasmin, die von der ganzen Situation offenbar nichts mitbekommen hatte.

„Hole ich dir.“ Er drückte noch einmal Maries Hand. „Willst du mit zum Büfett kommen? Dann können wir allein miteinander reden.“

„Ich habe keinen Hunger.“

„Marie, bitte, sag mir, was los ist. Habt ihr euch beleidigt, oder was ist passiert?“

„Lassen wir sie sich erst einmal beruhigen“, sagte Veronica. Ihre Stimme klang schwach, was Andreas verwundert aufblicken ließ. Veronica lächelte zaghaft und schluckte. „Der Ausflug steht doch vor der Tür“, sagte sie dann in einem sanften und versöhnlichen Ton, den er so nie bei ihr erwartet hätte. „Vielleicht ...“

„Ich will nicht mit“, sagte Marie.

„Aber es geht heute zur Küste, zum Naturschutzgebiet. Darauf hast du dich doch gefreut.“

Sie zuckte mit den Schultern.

„Du kommst mit“, sagte er lächelnd, streichelte ihren Kopf und wandte sich an Jasmin. „Und dir mache ich jetzt ein Schokoladenbrot.“ Als er sich aufrichtete und sie an die Hand nahm, deutete er auf Veronica und grinste. „Und von deinem Pausenbrot möchte ich nachher abbeißen dürfen.“

6

„Also, was ist jetzt? Bekomme ich dein Brot oder nicht?", fragte Andreas zögerlich. Er wusste nicht, wie er die plötzlich frostige Stimmung zwischen ihnen auflockern sollte. Anfangs hatte er noch gedacht, dass Veronica ihm gegenüber wieder auf Distanz gegangen war, weil sich die Kinder gestritten hatten. Doch in dem Moment, als sich Stephan neben Jasmin setzte, er ihr *Schnick, Schnack, Schnuck* beibrachte, war ihm bewusst gewesen, dass Veronica wegen etwas anderem die Busfahrt schweigend über sich ergehen ließ.

Sie betrachtete ihn durch die Sonnenbrille, deutete ein Lächeln an und zuckte mit den Schultern.

„Ich fand die Idee lustig", versuchte er sich zu verteidigen.

„Kindisch."

„Mach jetzt nicht auf Richter", sagte er, sah zu dem auf das Plateau strömenden Menschenpulk und konnte verstehen, dass die Leute den sich ihnen bietenden Anblick genossen. Ihm selbst war vor Staunen der Mund offengeblieben, als er aus dem klimatisierten Bus in die pralle Sonne getreten war und sein Blick weit auf das Meer hinausging. Er war wie weggetreten gewesen, als er die weiß gezeichneten Wellenkämme erkannte, die in der Ferne dümpelnden Schiffe, und ihm der angenehme, weiche Geruch nach Salzwasser in die Nase stieg. Er hatte sich kaum bewegen können, hatte ehrfürchtig dagestanden und – typisch Journalist – in Gedanken eine kleine Kolumne begonnen über das, was war, das, was ist und das, was sein würde. Er hatte sich Superlative überlegt, da Begriffe wie *schön* oder *majestätisch* diesem Anblick nicht gerecht wurden.

Erst als Jasmin an ihm vorbeihuschte, hinauf auf die aus groben Steinquadern zusammengesetzte Palisade, war er aus seiner Starre erwacht. Er war zu ihr geeilt und hatte sie an die Hand genommen. „Nicht einfach hier hinaufklettern. Du kannst hinunterfallen. Guck mal, wie tief das ist. Papa wäre total traurig, wenn dir was passieren würde."

Jasmin umarmte ihn, gab ihm ein Küsschen und sagte im Brustton völliger Überzeugung: „Ich passe sehr gut auf mich selbst auf, Papa."

Andreas musste lachen.

Und als Marie neben ihn trat und er den Arm um ihre Schulter legte, hatte er kurz mit dem Gedanken gespielt, doch noch einmal das Gespräch von vorhin aufzunehmen. Er wollte ihr das Gefühl geben, dass sie sich immer bei ihm melden konnte, wenn sie Sorgen oder Kummer hatte. Dass sie wusste, dass er für sie da war, auch wenn er mal wieder mit seinen Gedanken in anderen Sphären unterwegs war. Aber als er sie an sich drückte und ihr ein Küsschen auf die Stirn gab, wand sie sich aus seinen Armen. „Ich will mal von da hinten gucken."

„Mäuschen ..."

„Jetzt nicht, Papa", sagte sie, und er sah ihr an, dass sie den Tränen nahe war.

Sein Impuls, ihr zu folgen, war so groß, so übermächtig, dass es ihn wunderte, dass er sich zurückhielt. Aber sein plötzlich so sachlicher Verstand machte ihm unmissverständlich klar, dass er sie nicht zu sehr bedrängen sollte. Was ihm schwerfiel.

Ungemein.

Erst als sich Veronica neben ihn stellte und ebenso wie er den Ausblick genoss, kam er auf andere Gedanken. Er zeigte Jasmin, wie gut sie balancieren konnte, während er sie weiterhin an der Hand hielt.

„Ich mache auf gar nichts", nahm Veronica den Faden wieder auf, nachdem sie über irgendetwas nachgedacht hatte. „Ich fand es einfach nur nicht lustig."

„Aber du hast was angekreuzt!"

Sie blickte ihn schweigend an.

„Hast du." Andreas hob spielerisch den Zeigefinger. „Ansonsten hätte Richter nicht so einen Aufstand darum gemacht. Also was war es? Ein Ja? Ein Nein? Ein Vielleicht?"

Sie schüttelte den Kopf. „Sag ich dir nicht."

„Komm schon. Zier dich nicht. Ich habe mir echt viel Mühe mit den Fragen gegeben."

„Du meinst die Frage, ob ich mit dir am Wochenende zum Strand will? Die fandest du originell?"

„Aber sowas von. Warte, mein Schatz, Papa hilft dir herunter", sagte er, nachdem Jasmin von der Palisade herunterspringen wollte. Dann wandte er sich wieder an Veronica. „Auch war da ganz viel Überwindung bei."

„Überwindung?"

„Genau deshalb", sagte er und deutete mit dem Zeigefinger auf sie. „Dieser Blick. Der macht einem Angst. Der ist voll unheimlich."

Sie lachte. „Was?"

„Wenn ich es dir doch sage. Sieh dich doch nur an. So ein nettes Gesicht und dann solche Mundwinkel. Man könnte ja glauben, du willst die ganze Welt auffressen."

„Ich will mich nur vor kindischen Kerlen schützen."

„Vor allen Kerlen, glaube ich", schmunzelte er und traute sich, ihr kumpelhaft in den Arm zu knuffen, um ihr zu zeigen, dass es nur ein Spaß gewesen war.

Veronica nickte. Nicht so, wie er es von ihr kannte, mit der Ablehnung und dem bösen Blick. Sie wirkte so ernst, so überlegt.

„Vielleicht", sagte sie. „Stephan hat da ein blödes Ding ins Rollen gebracht." Sie holte tief Luft. „Ich weiß nicht, wie ich es besser ansprechen soll. Aber es tut mir echt leid. Er wollte bestimmt nicht, dass Marie sich schlecht fühlt oder wir etwas erfahren, das uns nichts angeht."

In Andreas breitete sich Unwohlsein aus. Er schluckte und kniff die Augen zusammen. „Euch nichts angeht?"

Sie nickte. „Ich weiß das von deiner Frau."

7

Andreas war es, als hätte er einen Schlag in den Magen bekommen. Er drehte langsam den Kopf in Veronicas Richtung und wunderte sich über seine Gedanken.

Bleib cool, ganz ruhig. Zeige niemandem, was in dir vorgeht.

Es geht niemanden etwas an. Du bist du. Das was war, ist Vergangenheit.

Bei dem letzten Satz spürte er, wie sich alles in ihm versteifte. Es war ihm, als drehte sich sein Magen zweimal um, und als er sich ein gequältes, verkniffenes Lächeln auf die Lippen zwang, hörte er sich selbst sagen: „Wie bitte?"

Um dann im nächsten Moment die Hand zu heben, mit der stummen Bitte, nicht weiter auf ihn einzudringen.

„Marie."

„Natürlich."

Seine Gedanken wirbelten durcheinander und ließen ihn schwindelig werden. Er schluckte, als er einen Schritt auf die Menge zu machte, die sich der Aussicht hingab, scherzte und lachte, die sich über dieses und jenes unterhielt. Für die der Tag in einer schönen Normalität verlief, während ihm gerade der Boden unter den Füßen weggezogen worden war.

Andreas versuchte, sich nicht verrückt machen zu lassen. Er wollte sich diesen schönen Nachmittag nicht selbst zerstören und merkte doch, dass irgendetwas mit ihm nicht stimmte. Dass da etwas im Ungleichgewicht war, dessen Kraft er unterschätzt hatte.

Wieder meinte er, sich in den Hausflur des Mehrfamilienhauses treten zu sehen. Wie er einen missmutigen Blick hinauf zu der flackernden Lampe warf und dabei dachte, dass es doch nicht so schwer sein konnte, sie reparieren zu lassen. Nur um dann innezuhalten und sich darüber zu wundern, dass ihm plötzlich schlecht wurde. Wie er dastand, den Fuß erhoben, um ihn auf die abgewetzte Treppe zu setzen, die unter jeder Last knirschte und knarrte. Und wie er die Hand nach dem Handlauf ausstreckte, diesen umfasste, und merkte, dass die abgesplitterte Farbe das Holz rau und unbearbeitet erscheinen ließ.

So wie ich meine Beziehung gesehen habe, dachte er damals, und das dachte er auch jetzt, während er geradewegs einen Schritt auf Marie zumachte.

Die ihre Arme vor der Brust verschränkt hielt und in kurzen, schnellen Bewegungen den Kopf schüttelte, als wollte sie sich selbst sagen, wie dumm sie gewesen war, dass sie so emotional reagierte, indem sie weglief und ihr Heil in der Flucht suchte.

Und während Andreas versuchte, stark für seine Tochter zu sein, war ihm wieder, als hätte er nicht nur einen Blick in die Vergangenheit geworfen. Sondern er war durch ein Portal getreten, um wieder eben an jenem schicksalhaften Tag anzukommen, um erneut zu erleben, wie ihm das Herz aus der Brust gerissen wurde. Er war wieder hautnah dabei, wie er mit seiner Frau stritt, wie sie ihm sagte, dass sie nicht mehr konnte, nicht mehr wollte. Das sie am liebsten ihre Sachen packen und gehen wollte. Und er ihr, in einem Anflug männlicher Überheblichkeit, an den Kopf schmiss, dass es nach der Schwangerschaft wieder besser werden würde. Der Stress, den sie jetzt empfand, würde verschwinden und sie nicht weiter aushöhlen.

„Schwanger und ein siebenjähriges Kind, Schatz, da würde jeder an seine Grenzen kommen. Jeder."

Sie hatte daraufhin nur genickt, ihn mit einem stechenden, vernichtenden Blick bedacht und ihm zum ersten Mal das Gefühl vermittelt, er schätze die Situation, in der seine Familie steckte, falsch ein.

Andreas versuchte, seine Gedanken wieder unter Kontrolle zu bekommen, und dann erreichte er seine Tochter, die ihren Blick hinaus aufs Meer gerichtet hielt.

Sie sah nicht einmal auf, als er sich neben sie stellte. „Na." Ihm fiel nichts anderes ein.

„Ich wollte das nicht", sagte Marie gleich und musterte ihren Vater.

„Ich weiß."

„Es ist mir so herausgerutscht." Die ersten Tränen schlichen sich in ihre Stimme.

Was ihm ebenfalls zusetzte und dazu brachte, die Hand auszustrecken, seine Tochter zu umarmen und sie sanft an sich zu ziehen.

„Stephan wusste es nicht besser."

„Er hat nicht aufgehört. Er hat immer weitergemacht."

Andreas wollte ihr noch einmal gut zureden, ihr sagen, dass es okay war, wenn sie verletzt war, oder es sie ärgerte, wenn jemand so gemeine Sachen zu ihr sagte.

Das aber, was sie mit einem zitternden Unterton in der Stimme sagte, riss ihn in tausend kleine Stücke.

„Ich hasse es, dass wir keine richtige Familie sind.“

8

„Du musst nicht denken, dich jetzt um mich kümmern zu müssen." Andreas lächelte milde, als Veronica auf ihn zukam, nachdem der ganze Tross um Richter in ein kleines Lokal eingefallen war. Er hatte es vorgezogen draußen zu bleiben, um im Sonnenschein zu sitzen und die Aussicht zu genießen.

Die Besichtigung des Naturschutzgebietes hatte ihn interessiert, war aufschlussreich und selbst unter der sengenden Hitze ganz schön gewesen. Wäre da nicht die immerwährende über Andreas schwebende Drohung einer erneut aufreißenden seelischen Wunde.

Es hatte ihn getroffen, als Marie ihm sagte, sie wären keine Familie. Ihm war gewesen, als hätte sie ihm nicht nur eine Faust in den Magen gerammt, sondern mit der Hand mitten in den Brustkorb gegriffen. Während der Führung durch den kleinen Park, bei der die kundige Führerin ihnen von der Vegetation erzählte, versuchte er, gute Miene zum bösen Spiel zu machen. Er hatte sich zwanglos mit einigen Verlagsmitarbeitern unterhalten, hatte mit Jasmin Insekten beobachtet und Veronica das eine oder andere versteckte Lächeln geschenkt.

Im Lokal aber, wo sich alle heiter unterhielten, war es ihm, als würde es in seiner Brust zu eng, in seinem Kopf zu turbulent und in seinem Magen zu unruhig. Darum hatte er sich nach draußen gesetzt, unter einen Sonnenschirm, und den Blick auf die weit vor ihm liegende Stadt gerichtet, deren Name ihm entfallen war.

„Ich kenne diese Situationen“, sagte er weiter, als Veronica ein bekümmertes Gesicht machte. „Leider. Ich habe sie schon mehr als einmal erlebt. Und“, er hob spielerisch den Zeigefinger, „überlebt.“

„Darf ich mich trotzdem setzen?“

„Immer.“

„Danke.“

Verwundert darüber, wie unsicher Veronica plötzlich wirkte, wie zurückhaltend und gehemmt, musterte er sie. Eben noch, als er sich seinen Platz außerhalb des Lokals gesucht hatte, um allein sein zu können und Jasmin besser im Blick zu haben, hatte sie so stark auf ihn gewirkt. Im Gespräch mit Richter hatte sie mehr als einmal ihre Stellung behauptet und ihn jedes Mal darüber belehrt, was es hieß, die Texte nur flüchtig zu lektorieren, die Tag für Tag in den Verlag gespült wurden.

Da hatte er noch gedacht, dass sie etwas Professionelles, etwas für ihn nicht wirklich Greifbares an den Tag legte. Da wirkte sie – glatt.

Oder ... kühl?

Andreas konnte sich die Frage selbst nicht beantworten. Er begriff nur, dass er aus Veronica nicht schlau wurde. Oder, um es besser zu sagen, er wusste nicht, was ihn immer wieder an ihr neu faszinierte. Jetzt, wo sie sich neben ihn setzte, die Finger gespreizt, von den Zehen auf die Fersen wippte und ihn mit aufgeplusterten Wangen anschaute, war er ehrlich verwirrt. Warum war sie ihm gegenüber plötzlich so unsicher? Was war es, das sie dazu brachte, die Augen zu schließen und tief Luft zu holen, um dann ebenso geräuschvoll auszuatmen?

Fühlt sie sich unwohl in dieser merkwürdigen Situation, in der wir uns befinden? In der ich mich befinde, verbesserte er sich schnell und räusperte sich, um die merkwürdige Stimmung zu überbrücken. „Es hat Marie ebenso schwer wie mich getroffen, als meine Frau, Karin", sagte er, als müsste er seine Ex vorstellen, „damals gegangen ist. Sie", er zuckte mit den Schultern, „hat uns einfach sitzen lassen. Von heute auf morgen."

„Du musst es mir nicht erzählen."

„Jetzt steht es zwischen mir und deinem schlechten Gewissen."

Sie schmunzelte. „Ich hatte ja sowas in der Richtung geahnt, damals schon, im Restaurant."

„Echt?"

„Ja, weil ich nur die Bilder deiner Töchter, aber kein Bild deiner Frau gesehen habe." Sie hob eine Hand und wackelte mit dem Ringfinger.

„Leer", flüsterte er.

„Ja."

Andreas holte tief Luft und erhob sich von seinem Platz, als er sah, wie Jasmin auf die Palisade kletterte und wieder zu balancieren versuchte. „Du bist ein kleiner Sherlock Holmes."

„Eher ein guter Watson. Ich sehe viel, bekomme das Logische aber nicht immer ganz zusammen."

„Bei mir hat es gereicht. Mäuschen, pass auf, nicht dass du fällst."

„Ich kann das!"

„Deine Knie erzählen eine andere Geschichte“, sagte Andreas, als er Jasmin erreichte und ihr die Hand entgegenstreckte.

„Die reden gar nicht.“

„Aber sie zeigen was.“

„Was denn?“ Jasmin sah ihn provozierend an und blinzelte, da sie ganz offenbar sicher war, dass ihr Vater keinerlei Ahnung hatte, wovon er überhaupt redete.

„Schrammen.“

Jasmin blickte an sich herab, ehe sie wieder lossprang. „Fang mich!“, rief sie und wäre beinahe in einer Gruppe von vier jungen Erwachsenen gelandet. Einer der braungebrannten, einen glitzernden Ohrring tragenden Männer, reagierte schnell und machte einen Schritt zurück. Der andere blieb wie angewurzelt stehen und konnte nicht verhindern, dass Jasmin ihm auf den Fuß trat und dann zu Boden fiel.

Eine der jungen Frauen rief irgendetwas, das Andreas nicht gleich verstand. Die andere meinte: „Pass doch auf.“

„Entschuldigung“, sagte Andreas und kniete sich neben Jasmin. Die sah aus, als wüsste sie nicht, ob sie lachen oder weinen sollte. „Alles gut mein Schatz, ich bin ja hier“, versuchte er, sie zu beruhigen, und sah dann zu dem jungen Mann, auf dessen weißem Turnschuh ein brauner Sandalenabdruck prangte. „Ist bei Ihnen alles okay?“

„Ja, ja“, meinte der nur und zwang sich zu einem Lächeln. „Hauptsache, der Kleinen ist nichts passiert. Dir geht es doch gut?“, wollte er wissen, wobei er seine Stimme verstellte.

Jasmin nickte.

„Danke sehr." Andreas tippte sich zum Dank an die Stirn.

„Kein Ding", sagte der und imitierte eine Pistole mit Zeigefinger und Daumen. „Ist ja nichts passiert."

In dem Moment klingelte Andreas' Handy, das er mit einem verwirrten Gesichtsausdruck aus der Hosentasche zog. Eine unbekannte Nummer.

„Signore, Ihr Koffer ist gerade eingetroffen." Es war die Frau von der Rezeption.

„Wunderbar", sagte er erleichtert und wollte noch etwas anfügen, als ihm ein Satz entgegenwehte, der ihm einen weiteren Hieb in den Magen versetzte. Der ihn auf solch unangenehme Art und Weise traf, dass es sich anfühlte, als würde alles um ihn herum in Flammen stehen.

„Man sollte sich echt überlegen, ob man Kinder haben will oder nicht", sagte eine der jungen Frauen. „Die sind voll dreckig. Hast du gesehen, wie schmutzig die Kleine am Mund war?"

9

Andreas hatte schon immer gewusst, dass er Kinder haben wollte.

Schon damals, als Jugendlicher, als er selbst noch nicht wusste, ob er Fisch oder Fleisch war, wohin seine Lebensreise einmal gehen würde, hatte er diesen Wunsch gehabt. Er hatte sich vorgestellt, wie er sich um ein Baby kümmerte, wie er es wiegte und wickelte, es beruhigte und kuschelnd mit ihm im Bett lag.

Heute war der Wunsch noch immer da. Er brannte ebenso lichterloh wie damals, nur mit anderen, stärkeren Folgen, als er es sich jemals hatte vorstellen können. Folgen, die sich so schnell veränderten, dass er manchmal kaum noch mitkam. Eben saßen seine Töchter noch, ganz nach Reinhard Mey, mit Schleifen im Haar auf seinem Schoß, im nächsten Moment wollten sie ihre Schritte allein machen.

Von jemandem zu hören, dass Kinder mehr eine Überlegung waren als ein Wunsch, hatte ihn zutiefst getroffen. Hatte ihn wieder hinabgeschleudert in die dunkle, verzehrende, ihn erschreckende Vergangenheit, als er die Treppe zu der Wohnung nahm, in der er mit seiner Frau lebte. Schon beim ersten Schritt ins Innere hatte er gespürt, dass etwas nicht stimmte. Da war nichts gewesen, das ihm entgegenwehte.

Kein ... *Leben.* Damals war ihm dieses kleine, nach Selbstverständlichkeit klingende Wort nicht eingefallen.

Er hatte die Hand nach dem Türknauf ausgestreckt, ihn gedreht und die Tür mit einem leichten Schwung aufgestoßen. „Ich bin da! Wer noch?"

Er hatte diesen Spruch geliebt, seitdem er ihn zum ersten Mal in der TV-Serie *Die Dinos* gehört hatte. Dann war Marie ihm immer brüllend entgegengekommen, die Arme ausgebreitet, ihre zerzausten und verstrubbelten Haare von keinem Haargummi und keiner Bürste gebändigt.

Da war ... *Leben gewesen,* seufzte er innerlich und wollte nicht wieder in die geistige Starre verfallen oder in den Drang, zu flüchten.

Er schluckte ebenso hart wie damals, als er Jasmin aufhalf und ihr zuflüsterte: „Papa ist bei dir. Sei nicht traurig."

Damals hatte er keine Chance gehabt, seine wachsende Angst, gepaart mit Trauer und Wut, mit jemandem zu teilen. Die Gefühle hatten damals nicht an Schwung, an Kraft verloren.

„Hat sie sich doll weh getan?", fragte Veronica, die hinter ihn getreten war und sich neben Jasmin kniete. „Geht es dir gut, Süße?"

Jasmin nickte. Sie sagte nichts.

Vermutlich, weil sie weinen würde, wenn sie nur irgendeinen Laut von sich gab. So saß sie nur da, hielt die Hand ihres Vaters und sah Veronica aus ihren großen Kulleraugen an, in denen ein Wunsch geschrieben stand, der Andreas zusätzlich zu seinem sowieso schon aufgewühlten Gemüt zusetzte. Sie wollte auf den Arm genommen werden. Nicht von ihm.

O nein. Von *ihr.*

Was Veronica ebenso verstanden haben musste, da sie zusammenzuckte und Andreas einen schuldbewussten Blick zuwarf. Der schluckte und lächelte. „Nur zu." Er wünschte sich, dass es nicht wieder die Bilder heraufbeschwor, die er seit Jahren zu verdrängen versuchte.

Er hatte gewusst, dass niemand zu Hause war, als sein Ruf unbeantwortet blieb. Die Leere, einem Schlussstrich gleich!

Andreas war damals vorsichtig in die Diele getreten, hatte sich nicht die Schuhe ausgezogen, wie es sonst seine Art war. Als hätte er die Chance haben wollen, so schnell wie möglich wieder weglaufen zu können.

Was ich nicht getan habe. Nicht sofort. Ich bin durch den Flur, hin zum Wohnzimmer, weil ich da etwas gehört hatte. Ein Geräusch, ein Rascheln, vielleicht das Kichern von Marie, die es liebte, sich zu verstecken und andere Menschen zu erschrecken. Was ihr nicht oft gelungen war. Wer erschreckte sich schon vor einem Kind, das sich immer an ein- und demselben Ort verbarg?

Er hatte sich an die Hoffnung geklammert, das hatte er später begriffen. Ein verzweifelter Wunsch, dass seine Befürchtungen und Ängste sich nicht erfüllten. So war er dann, vorsichtig und leise, in das im Dämmerlicht liegende Wohnzimmer getreten und hatte den weißen Fleck auf dem Esszimmertisch schimmern sehen. Als er den Tisch erreichte und eine Hand nach dem

Zettel ausstreckte, hatte er gewusst, was das zu bedeuten hatte. Was ihm da mitgeteilt werden würde.

Und ebenso wie jetzt, wo es ihm das Herz zerriss, dass Jasmin lieber auf Veronicas Arm wollte, hatte er sich schon damals gefühlt.

Leer und ausgebrannt. Hoffnungslos. Nicht dazu in der Lage, zu begreifen, was damals falsch gelaufen war.

10

„Darf ich?"

Veronica hatte insgeheim gehofft, Marie allein anzutreffen, als sie morgens über den Flur spazierte und die Tür zu Andreas' Zimmer offenstehen sah. Marie saß auf dem Bett, blickte kurz auf, als das zaghafte Klopfen ertönte, und blinzelte verwundert.

„Darf ich kurz reinkommen?"

Marie nickte zögerlich, ihr Blick ging an Veronica vorbei auf den Flur.

„Ich bin allein. Stephan ist schon runter."

„Okay."

„Deshalb wollte ich dich noch einmal ansprechen", sagte Veronica. „Ist das okay für dich?"

„Worum geht es denn?" Marie hatte sich wieder ihrem Koffer zugewandt und wühlte sich durch einen Haufen Klamotten, die ihr, wie es schien, allesamt nicht gefielen.

„Um das, was gestern vorgefallen ist."

„Aha."

„Ich habe nur wenig mit deinem Papa gesprochen."

„Ich will nicht darüber reden", sagte Marie mit steinerner Miene und betrachtete ein T-Shirt, das sie dann kopfschüttelnd beiseitelegte.

„Verstehe ich."

„Aber?"

Veronica war beeindruckt, wie weit Marie denken konnte. Welch ein Gespür sie für eine nicht mehr von ihr abzuwendende Situation hatte. Als sie Veronica musterte, musste sie eine verdutzte Frau sehen, deren Stirn in Falten lag und der ihre Überraschung ins Gesicht geschrieben stand.

„Ich wollte dir nur sagen, dass ich, also … nun ja …"

„Für mich da bist?"

„Wenn du das so bitter sagst, klingt es, als wäre es nur eine hohle Phrase."

„Weißt du, wie viele Menschen mir schon versprochen haben, für mich da zu sein?"

Veronica spürte einen unangenehmen Druck in sich aufsteigen. Sie schluckte, versuchte, die Bauchschmerzen zu ignorieren und hoffte inständig, dass Marie sie nicht in der Luft zerreißen würde.

„Ne… nein …"

„Ich könnte mir davon einen neuen Bikini kaufen, wenn ich jedes Mal zehn Cent für den Spruch bekommen hätte."

„Oh."

„Ich will nicht drüber reden", seufzte Marie. „Papa hat echt kein Badezeug für mich eingepackt." Sie warf ein weiteres T-Shirt achtlos beiseite.

„Wie, kein Badezeug?"

„Na eben keine Badesachen. Nicht mal einen blöden, hässlichen, langweiligen Badeanzug." Marie seufzte erneut. „Er macht das mit Absicht."

„Weil er Angst um dich hat", versuchte Veronica, Andreas zu verteidigen, und erinnerte sich an ihre kurzen Treffen in Hamburg. Daran, wie unsicher er gewesen war, wie sehr es ihm Unbehagen bereitet hatte, dass

Marie zu einer jungen Frau heranwuchs. *Einer hübschen jungen Frau,* verbesserte Veronica sich in Gedanken und betrachtete das Mädchen. Je länger sie das tat, desto mehr neue, hübsche Facetten bemerkte sie. Da war nicht nur der tiefe, alles durchdringende Blick ihrer dunklen Augen. Nicht nur der weiche Schwung ihrer Lippen oder das fein gezeichnete Kinn, das ihr Charakter verlieh. Was Veronica am besten gefiel, waren ihre hoch angesetzten Wangenknochen, die mit den großen, ausdrucksstarken, immer eine Frage stellenden Augen harmonierten. Sie seufzte innerlich, als sie sich an ihre Kindheit erinnerte. Wie ihr Vater versucht hatte, sie daran zu hindern, erwachsen zu werden.

„Er möchte dich beschützen."

„Er nervt manchmal so", sagte Marie und warf eine lange Hose beiseite. „Soll ich mich totschwitzen?"

„Er hat", begann Veronica und wusste, dass sie sich mit ihren Worten in die Nesseln setzen konnte, „schon einmal jemanden verloren, den er geliebt hat. Das will er nicht noch einmal erleben."

Marie blickte sie aus weitaufgerissenen Augen an.

Veronica nickte und war davon überrascht, dass sie selbst ganz ergriffen war, als würde irgendetwas ihren Hals zuschnüren. „Das will er verhindern. Mit aller Macht."

„Ich will das nicht."

„Verstehe ich. Komm, kaufen wir dir einen Badeanzug."

Marie starrte Veronica verwirrt an.

„Ich meine es ernst. Komm. Vorm Hotel gibt es kleine Läden. Da wirst du bestimmt etwas finden." Veronica ging auf Marie zu, streckte die Hand nach den dunklen, glatten Haaren aus und streichelte darüber. „Du sollst die sein, die du gerne sein möchtest."

Sie ahnte nicht, was sie damit anstellte.

11

„Was ... was ... ist ... denn ... das ... da? Und wie sehen deine Haare aus?" Andreas wusste nicht, was er denken, geschweige denn sagen sollte. Er hatte sich schon beim Frühstück darüber gewundert, dass Marie nicht zu ihnen gestoßen war. Allein mit Jasmin und Stephan am Tisch hatte er mehr als einmal zum Saaleingang geblickt, ohne Veronica oder Marie zu entdecken.

„Barcelona ist die beste Mannschaft der Welt", sagte Stephan und ließ Andreas' Kopf schwirren. Die ganze Unterhaltung, einfach alles, was gerade vor sich ging, verursachte ihm einen unangenehmen Schauer aus Verwirrung und Ängsten. Er hatte das Gespräch begonnen, während Stephan am Tisch saß, sich sein Schokoladenbrot schmierte und missmutig Jasmin beobachtete, die ihre Cornflakes in sich hineinschaufelte. Dabei hatte sein Gesicht auf eine merkwürdige Art maskenhaft gewirkt. Obwohl er alles abzulehnen schien, was Andreas oder Jasmin taten, suchte er dennoch ihre Nähe, wollte nicht allein sein.

Aus dem Grund hatte Andreas versucht, mit einem lockeren Spruch die Situation zu entkrampfen. „Auf Frauen muss man immer warten, wie?"

„Mama ist pünktlich", verteidigte der Junge seine Mutter und machte ein düsteres Gesicht. „Männer sind die, die zu spät kommen. Oder nie."

„Klingt nicht nach deinen Worten“, sagte Andreas und traf damit ins Schwarze.

„Mama hat das mal gesagt. Am Telefon. Habe ich gehört.“

„Dich meint Mama damit aber nicht“, sagte Andreas und erntete einen Blick, den er nur zu gut kannte. Den er schon viel zu oft in den Gesichtern seiner Töchter gesehen hatte: ehrlicher Zweifel an den Worten von Erwachsenen. Ein Misstrauen all dem gegenüber, wofür er und alle anderen Eltern zu stehen versuchten.

„Sie meinte deinen Dad“, versicherte Andreas dem Jungen. „Er hat sie ... nun ... enttäuscht. Aber du nicht. Du machst sie glücklich.“

„Weißt du doch gar nicht.“

„So wie sie dich ansieht, dir mit den Fingern durch die Haare streicht, dich an sich drückt, wenn du etwas sagst, zeigt mir etwas anderes.“

„Ich nerve sie.“

„Echt?“

„Ja. Weil ich immer Fußball spielen will.“

„Fußball ist cool. Bist du auch HSVler?“

Und so hatte Andreas sich einen langen, niemals enden wollenden Monolog über Fußball, unterschiedliche Klubs und Ligen anhören müssen. Was schließlich dazu führte, dass er sich fühlte, als habe er eine Tür zu einem Haus geöffnet, in dem nur fremde Menschen lebten und ihn anstarrten und erwarteten, dass er einen Witz erzählte, der alle zum Lachen brachte.

Und jetzt, nachdem Veronica ihm auf die Schulter getippt hatte und ihm mit einem Lächeln zu verstehen gab, dass er sich zu seiner Tochter umdrehen sollte, war es ihm, als würde er ungebremst in die Tiefe stürzen. Er

schluckte, als er Marie in dem kurzen Rock sah, der
ihre schlanken, langsam weiblich wirkenden Beine be-
tonte. Er betrachtete das Top, das sich hauteng an Maries Körper schmiegte und ihm Dinge zeigte, von denen
er gehofft hatte, sie in den nächsten Jahren noch nicht
zu Gesicht bekommen zu müssen.

„Das ist …“

„Sieht sie nicht schön aus?“, fragte Veronica, die
Stimme voller Stolz.

„Erwachsen“, verbesserte Andreas sie und stand mit
einer schnellen Bewegung auf. „Zieh das aus. Das bist
du nicht. Das bist du ganz und gar nicht.“

„Papa!“ Marie starrte ihn verwirrt an. „Ich mag es.“

„Aber da sieht man alles. Alles!“ Andreas wusste selbst
nicht, warum er sich plötzlich wie ein Derwisch be-
nahm. Warum er auf Marie zustürmte, sie mit seinen
Armen zu verdecken versuchte und aus dem Speisesaal
schieben wollte.

Als er sah, wie die neue Frisur ihr feingeschnittenes
Gesicht noch mehr zur Geltung brachte, der Pony Konturen und Formen umrahmte, war nur ein Gefühl in
ihm geblieben.

Panik!

Eine nicht zu kontrollierende, ihn in den Wahnsinn
treiben wollende Angst, dass er etwas erleben könnte,
das er nicht noch einmal durchmachen wollte.

„Ich bleibe so“, sagte Marie und hielt Andreas einen
Spiegel vor, in den er nicht blicken wollte. In dem er
nicht das entstellte, verzerrte Gesicht eines Mannes sehen wollte, der ernsthaft verlangt hatte, dass seine
Tochter die neuen Klamotten wieder auszog. Der sie

am Arm packen und Richtung Fahrstuhl schieben
wollte.

Als sie mit dem Fuß aufstampfte und eindeutig wütend war, begriff er, wovor er die ganze Zeit Angst gehabt hatte.

*Dass sie erwachsen wird. Ich will sie weiter beschüt-
zen und behüten, will ihr einen goldenen Käfig bauen,
weil ich mich vor dem Leben fürchte und erwarte, dass
sie das auch tut. Ich lasse sie nicht nach den Sternen
greifen ...*

12

Der Abend war angebrochen. Mit ihm war ein laues, angenehmes Lüftchen gekommen, das Veronica dazu brachte, die Augen zu schließen, sich auf der Liege zurückzulehnen und zum ersten Mal zur Ruhe zu kommen.

Stephan, der neben ihr saß und in einem Buch las, war ebenfalls entspannt. Er hatte ihr zu ihrer Verwunderung sogar ein Küsschen auf die Wange gegeben, als er sich neben sie setzte.

Und gerade in dem Moment, als sie sich entspannte, fragte sie jemand: „Ist hier noch frei?"

Veronica blickte auf.

Andreas Peters und Kinder. Er stand vor ihr, die Lippen aufeinandergepresst, auf dem Gesicht eine zur Schau gestellte Gelassenheit, die sie ihm nicht abnahm. Sie sah zu ihm hinauf. „Klar."

„Habt ihr nicht Lust, noch eine Runde zu schwimmen?", fragte Andreas die Kinder und sprach wandte sich an Stephan. „Willst du den Ladys nicht mal zeigen, was du alles gelernt hast?"

„Darf ich vom Sprungbrett springen?"

„Aber vorsichtig!", ermahnte Veronica ihn.

„Klar, Mom."

Damit war er weg und zu Marie und Jasmin gelaufen, die vorsichtig ins Wasser gestiegen waren. Kurz darauf hörte man die Kinder juchzen und johlen, das Platschen von Wasser und Rufe wie „Guck mal was ich kann" oder „Arschbombe!"

„Ich habe übertrieben, oder?", sagte Andreas, nachdem er sich auf die Kante der Liege setzte, auf der Stephan eben noch gelegen hatte.

Sie zuckte mit den Schultern. „In meinen Augen schon, ja."

„Aber ..."

„Ich hätte dich auch fragen sollen, ob es okay für dich ist, Marie zu *verändern*", gab sie zu, in der Hoffnung, die aufgeworfenen Wogen ein wenig glätten zu können.

„Hättest du."

„Aber ..."

„Ja?"

Er sah sie an, lange, durchdringend, forschend, beinahe sezierend, während sie sich aufrichtete und versuchte, ihre Sicht der Dinge zu erklären. Als sie ihm sagen wollte, dass sie fand, dass er Marie zu sehr ankettete, dass er ihre Möglichkeiten beschnitt, hob er die Hand.

„Was wird das? Eine Belehrung, wie ich meine Tochter zu erziehen habe?"

Sie musste nur daran denken, wie gelöst und locker Marie gewesen war, als sie zusammen losgegangen waren. Wie ausgeglichen sie redete und plauderte, aller Sorgen beraubt und ohne diesen familiären Schatten.

Sie zuckte die Schultern. „Ich finde, sie hat es verdient, sie sein zu dürfen."

Daraufhin entbrannte eine kurze, hitzige Diskussion, die zu eskalieren drohte, als Andreas ihr an den Kopf schleuderte: „Aber mit Stephan machst du alles richtig, oder?"

Was sie nicht auf sich sitzen lassen wollte. Ein Wort führte zum anderen, und Veronica war sich sicher, dass sie nicht nur diskutierten, sondern in einen handfesten Streit geraten würden.

Es kam anders. Was sie überraschte. Als sie kurz schwiegen, sich anstarrten, jeder das Gesicht verkniffen, war es, als hatte die Auseinandersetzung etwas gelöst. Ähnlich einem Sommergewitter, das die unangenehme, schwül drückende Luft vertrieb.

Andreas lachte plötzlich und schüttelte den Kopf. „Wir sind echte Helden. Halten dem anderen vor, was er bei den eigenen Kindern falsch macht, und sehen den Wald vor lauter Bäumen nicht, wenn es um uns selbst geht."

„Vielleicht brauchen wir einfach die Perspektive des anderen."

Andreas musterte sie, wie er es noch nie zuvor getan hatte. Sie nahm an, dass er aufbrausen und ihr sagen würde, wie übergriffig sie war. „Das war nicht so gemeint."

„Es klang gut", murmelte Andreas, während er seine Blicke nicht von ihr nahm. „Wollen wir noch herunter zum Strand? Etwas reden? Zwanglos? Den anderen kennenlernen?"

„Finde ich gut." Sie rief den Kindern zu, dass sie noch zum Strand wollten, um dort spazieren zu gehen.

„Wir bleiben hier!", brüllte Stephan, der Marie nassspritzte.

„Ich mache den Giftzwerg fertig", drohte Marie und warf sich auf ihn.

„Ich will auch hierbleiben“, sagte Jasmin, die mit ihren Schwimmflügeln und dem Schwimmring gemächlich auf dem Wasser dahindümpelte.

Das obligatorische „Passt auf Jasmin auf“ wurde mir einem „Ja, ja“, beantwortet.

„Dann los“, sagte Andreas und ließ Veronica den Vortritt.

Sie kamen sich näher. Nicht körperlich oder physisch.

Seelisch, dachte sie und wunderte sich darüber, wie leicht es ihr fiel, das zu denken. Es zu akzeptieren, dass sie an Andreas neue, ihr bisher unbekannte Facetten entdeckte und diese zu schätzen lernte.

So wie seinen blöden Humor mit den Zetteln, die er mir geschrieben hat.

Aber in dem Moment, als sie zusammen am Pool gesessen hatten, war es Veronica gewesen, als ob die plötzlich zwischen ihnen herrschende Vertrautheit auch Gefahren barg. Unüberwindbare Hindernisse, die man erst erkannte, wenn man auf sie gestoßen war. Warum war das so? Wovor hatte sie Angst?

Sie wusste es nicht.

Weil dir die Intimität zu groß wird?, fragte sie sich, um es kurz darauf mit einem beschämten, sie vor unlösbare Aufgaben stellenden *Ja* zu beantworten.

13

„Sind wir heute weiter zusammen?", fragte Jasmin und überraschte Veronica. Obwohl sie sich für selbstbewusst hielt und meinte, ohne mit der Wimper zu zucken ihre Meinung vertreten zu können, fiel es ihr hier und jetzt schwer. Nicht nur, weil sie merkte, wie gerne sie die Kleine hatte, sondern auch, weil Jasmin sie aus ihren großen Augen anblickte und so niedlich schief aussah, mit ihrem fahrig von Andreas geflochtenen Zopf, der ihr wuschelig über die Schulter fiel.

„Ja?"

Veronica spürte, wie ihre Fassade bröckelte, dass sie Risse und Sprünge bekam. Die Antwort – *Weißt du, ich wollte mit Stephan heute gerne mal einen Tag allein verbringen, das verstehst du doch, oder?* – lag ihr auf der Zunge, kam aber nicht über ihre Lippen.

Stattdessen sah sie zu Andreas hinüber. „Was meinst du?" Als sie ihre Frage stellte, wusste sie bereits, dass sie beide verloren hatten.

„Strand zu zweit oder zu fünft ist ein und dasselbe", sagte er schulterzuckend.

„Lass uns zusammen an den Strand gehen, Mama, bitte", bettelte auch Stephan und dachte sich nichts weiter dabei, als dass er nicht mit seiner ihre Nase andauernd in irgendwelche Bücher steckenden Mutter allein sein musste.

„Ich glaube, aus der Nummer kommen wir beide nicht mehr heraus", sagte Andreas, und Veronica gab auf, zuckte mit geschlossenen Augen die Schultern und ließ die ausbrechenden Jubelschreie über sich ergehen.

Sie machten sich auf zum Strand, wo sich Veronica eine Liege suchte und kurz darauf beobachtete, wie Jasmin fleißig Schaufelladung um Schaufelladung Sand zur Seite schippte, um das größte Loch zu buddeln, das jemals ausgehoben worden war. Sie musste sich eingestehen, dass es ihr doch ganz gut gefiel.

Dazu hielt Andreas sein Versprechen ein, mit seiner Tochter die größte Sandburg zu bauen, die jemals an einem Strand errichtet worden war. Auch, wenn Veronica schmunzelnd feststellen musste, dass sie ausgesprochen schief und krumm war. Aber als Andreas mit einem „Tada!" die Arme ausbreitete und Jasmin es ihm gleichtat, die Hände in die Hüfte stemmte und mit ihrem Po wackelte, schmolz Veronica dahin. Sie merkte, wie sich etwas in ihr ausbreitete, das sie erst widerwillig, aber dann ganz ruhig willkommen hieß.

Zuneigung!

Sie schmunzelte bei der Feststellung und wischte den Gedanken beiseite, dass sie gerne mit Stephan in die Innenstadt gegangen wäre, um ein Eis zu essen und den freien Tag mit ihm zu vertrödeln. Jetzt aber zu sehen, wie Marie dalag, auf dem breit ausgelegten Handtuch, in dem von Veronica gekauften Bikini, empfand sie das alles gar nicht mehr als so schlimm. Auch die von dem Hotel mitgegebenen Melonenstücke aßen sie in einem Akt familiärer Genügsamkeit gemeinsam. Während Andreas Jasmin nach der Schlemmerei im Meer den Mund abwischte, Stephan sich den Ball schnappte und einige Schüsse abgab, glaubte sie, dass der Tag doch ganz schön werden konnte.

Und nicht nur, weil mir das schüchterne Lächeln von Andreas immer besser gefällt, dachte sie in einem Anflug von Heiterkeit und Schreck, was sie dazu brachte, den Kopf zu schütteln und sich selbst dafür zu tadeln. *Keine Männer mehr. Sie enttäuschen dich nur. Aber was, wenn er anders ist als andere?*

Sie begriff, dass sie nichts von dem verstand, was sie gerade zu lesen versuchte. Ihre Gedanken waren plötzlich so laut, so unbeschreiblich dominant, dass sie gar nicht anders konnte, als sich einzugestehen, dass sie auf eine Weise dachte und fühlte, die sie nie mehr für möglich gehalten hatte.

Du bist und bleibst ein hoffnungsloser Fall! Sie schloss kurz die Augen, um dann zu sehen, wie Stephan erneut anlief, gegen den Ball trat und ein entmutigtes „Verdammt" ausstieß, das ihr das Herz zu zerreißen drohte.

„Beim nächsten Mal wird der Schuss besser."

„Das sagst du immer", maulte Stephan und machte sich daran, dem Ball hinterherzulaufen.

„Weil ich dich liebe", rief sie ihrem Jungen hinterher und sah erschrocken zu Jasmin, die sie geradewegs anblickte.

„Liebst du mich auch?"

„Äh!" Mehr bekam sie nicht heraus. Überrascht von der offenen Frage suchte sie in einem Anflug fieberhafter Erregung nach einer Möglichkeit, irgendwie aus der Nummer wieder herauszukommen. Was ihr nicht gelang. Ganz und gar nicht.

Sie musste sich eingestehen, dass sie gegen Jasmins abrupte Kursänderung keine Chance hatte.

„Sicher", sagte sie, um sich dann selbst zu fragen, ob sie noch alle Eier auf dem Dach hatte, so etwas zu einem ihr eigentlich fremden Kind zu sagen.

Sieh doch, wie sie strahlt, meldete sich eine nach Mutterinstinkt klingende Stimme in ihr und ließ Veronica von einem Ohr zum anderen lächeln. *Sie freut sich. Sie ist so herrlich schön gelöst. Da ist keine versteckte Trauer in ihren hübschen, kleinen, dunklen Augen. Keine Befürchtung, dass ein eben erlebter, schöner Augenblick wieder verloren gehen kann. Keine Angst, wieder enttäuscht zu werden?,* fragte sie sich selbst und zuckte wie unter einem Peitschenhieb zusammen, der ihr die Haut vom Rücken riss.

Veronica begriff, dass sie fieberhaft darum bemüht war, eine gute und passende Ausrede für diese Frage zu finden. und sie musste zugeben, dass ihr mehrere, herzzerreißende einfielen, denen sie keinerlei Platz in ihrem Herzen geben wollte.

Ich mag sie. Basta. Aus. Ich mag sie, und sie soll wissen, dass ich sie mag. Sie hat es verdient, gemocht zu werden.

Sie lächelte Jasmin zu. „Wer mag dich denn nicht?"

„Mami", antwortete die Kleine ohne aufzusehen und schaufelte weiter.

Veronica zerriss es das Herz.

Marie hob den Kopf, blickte zu ihrer kleinen Schwester und schüttelte den Kopf. „Das stimmt gar nicht."

„Sie weiß nur nicht, was sie an dir versäumt", meinte Veronica hilflos und hoffte, dass sie das plötzlich enttäuschte Kind so wieder aufbauen konnte.

„Du weißt, was du an mir hast?" Man konnte Jasmin ansehen, dass sie die Frage, die sie eben gestellt hatte, nicht verstand. Trotzdem waren ihr die Worte über die Lippen gekommen. Als lechzte ihre Seele danach, einmal aus dem Mund einer Frau, aus dem Mund einer Mama zu hören, dass sie nicht nur gemocht, sondern heiß und innig geliebt wurde.

Veronica schluckte bei dem Gedanken – und lächelte zugleich.

Sie versuchte sich vorzustellen, wie es in dem kleinen Mädchen aussehen mochte. Allein der Gedanke daran, dass es nach nichts anderem lechzte als der Aufmerksamkeit einer Frau, machte Veronica das Herz schwer.

Es ist wie Stephan, der sich einen aufmerksamen Vater wünscht.

„So wirst du nie einen Freistoß versenken", rief Andreas und riss sie aus ihren Gedanken.

„Mehr als schießen kann ich doch nicht." Stephan drosch den Ball wieder weg.

„Natürlich kannst du das", sagte Andreas und schüttelte den Kopf. „Du musst es nur wollen."

„Will ich ja, aber es geht nicht."

„Warum versuchst du es dann nicht?"

„Du hast doch gesehen, dass der Ball weggeflogen ist!"

„Weil du ihn falsch getreten hast."

„Habe ich nicht."

„Hast du, und ich beweise es dir. Los, ins Tor mit dir."

„Willst du jetzt draufschießen, oder was?"

„Da kannst du Gift drauf nehmen."

Und er tat, womit Veronica nie im Leben gerechnet hatte. Er legte den Ball auf den siedend heißen Sand, drehte ihn einmal kurz, platzierte ihn neu und deutete dann auf das untere, linke Eck, in dem Stephan widerwillig seinen Platz eingenommen hatte.

„Das schaffst du nie", sagte Stephan und riss die Arme hoch, als der Ball haargenau einschlug. „War das geil!" Dass er sich ein Tor gefangen und keine Chance gehabt hatte, den Schuss auch nur ansatzweise zu parieren, schien ihn nicht zu stören. In seine Augen war der Glanz von Heldenverehrung getreten, der Veronica missfiel.

Und gerade jetzt, wo sie sich in der Biografie *Greenlight* von Matthew McConaughey verlor und darüber lachen musste, wie der US-amerikanische Schauspieler im Drogenrausch meinte, seinen polizeilichen Bewachern entkommen zu können, hörte sie, wie Andreas sagte: „Wenn du so schießen willst, wie ich gerade, mach Folgendes: Lehn dich leicht vor. Fixiere dein Ziel." Er kam Stephan dabei so nahe, dass es sie störte. Er legte dem Jungen die Hände auf die Schultern und schob ihn mit winzigen Bewegungen hin und her, bis er offenbar eine zufriedenstellende Position eingenommen hatte. „Und dann visiere den Punkt an, den du treffen willst."

„Habe ich."

„Konzentriere dich. Du weißt, was du willst, und du weißt, was du kannst."

Noch immer irritiert darüber, dass der ihr so unsportlich und irgendwie ungelenk wirkende Andreas es verstand, Fußball zu spielen, ließ sie das Buch sinken. Sie wollte erst rufen, dass Stephan nicht enttäuscht sein sollte, wenn es nicht klappte, und ihm so den Druck nehmen, etwas können zu müssen. „Schieß hier nicht die Katzen von den Standbänken", sagte Marie spöttisch.

Stephan aber ignorierte sie ebenso wie seine Mutter. Er blickte zu niemand anderem als zu Andreas.

Der lächelte, nickte und deutete auf den Ball. „Das ist deiner."

Und du willst ihm sagen, dass er sich nicht zu sehr an Andreas gewöhnen sollte. Dass er nicht auf einen weiteren Mann hereinfallen darf, der höchstwahrscheinlich am Ende des Sommers in den Flieger steigt und für immer aus unserem Leben verschwindet.

Veronica wollte nicht, dass Stephan Andreas mit weitaufgerissenen Augen anhimmelte. Als sie gerade den Mund öffnete, um etwas zu sagen, nickte Stephan begierig. „So?"

„Genau so", sagte Andreas, was Stephan grinsen ließ. „Und jetzt schieß das Ding in den Winkel." Mit diesen Worten lief er ins Tor, stellte sich breitbeinig auf und wirkte zu Veronicas erneuter Überraschung wirklich so, als wüsste er, was er tat. Da war kein ungelenk wirkendes Hüpfen, kein unecht erscheinendes Armenwedeln. Er beugte die Knie, legte die Hände auf diese und fixierte den Ball.

Als ihr Junge anlief, die ihm beigebrachte Körperhaltung einnahm und schoss, hielt Veronica den Atem an. Sie schluckte und blinzelte, als der Ball einen leichten Bogen schlug und sich dann geradewegs auf die Torlinie herabzusenken schien.

Andreas blieb starr stehen, fixierte ihn und hob dann nur den Arm. „Zu hoch!", rief er im Ton eines Fachmannes und klatschte in die Hände. „Das war super. Schon sehr viel besser. Komm, gleich noch einmal."

„Hast du gesehen, wie der Ball geflogen ist?", rief Stephan atemlos, die Wangen rot vor Freude, in den Augen ein stolzes, zufriedenes Glitzern.

„Mega Schuss. Nur etwas präziser musst du werden. Du hast den Oberkörper doch noch zurückgenommen, als du geschossen hast, deshalb ist er zu hoch geflogen. Aber die Haltung war schon viel besser. Komm. Schieß noch einmal."

„Ich hole den Ball", rief Stephan, rannte los und machte einen Hopser der Freude, der Veronica einen Stich mitten ins Herz versetzte.

Als er einen weiteren Schuss platzierte, der wieder zu hoch flog, der dritte zu weit am Tor vorbei und der vierte genau in Andreas' Arme, breitete sich auf Stephans Gesicht Frust aus. Er trat in den Sand. „Das schaffe ich nie." Jetzt sah er aus wie früher, wenn er die Arme vor der Brust verschränkte und sich weigerte, eine ihm gestellte, schwere Aufgabe zu erfüllen.

„Schatz", setzte Veronica an und war überrascht, als Andreas sie unterbrach.

„Glaubst du nicht an dich selbst, tut es keiner. Und wenn es keiner sonst tut, dann werde ich in Gedanken bei dir sein. Versprochen." Er zwinkerte Stephan aufmunternd zu. „Bevor das aber passiert, musst du diesen verdammten Ball hier in die Maschen hauen. Also! Konzentrier dich, beuge dich leicht nach vorne, und zimmer mir das Ding um die Ohren." Er lächelte. „Ich glaube an dich!"

Veronica schluckte. Sie wollte die Szene unterbrechen. Wollte aufstehen und ihrem Jungen sagen, dass er nicht schießen brauchte, er nicht irgendetwas irgendwohin *zimmern* musste. Er sollte einfach nur tun, was ihm Spaß machte. Sie wollte ihn aus dieser Situation herausholen. Nicht, weil sie Angst hatte, dass Stephan in Andreas mehr hineininterpretieren konnte, als gut für ihn war, sondern weil sie ihn zum ersten Mal seit Langem so ausgelassen erlebte.

Später am Abend verstärkte sich der Eindruck, als sie Stephan eingekuschelt im Bett liegen sah. Er betrachtete sie aus schläfrigen Augen. „Ist Andreas wie Papa?“

14

Veronica legte den Kopf schief, während sie Andreas dabei beobachtete, wie dieser Jasmin an der Hand hielt und Marie hinterherrief, dass sie sich heute nichts kaufen durfte.

„Nein, auch wenn du dir das T-Shirt vorhältst und mich mit deinem Dackelblick ansiehst. Heute wird nicht geshoppt."

„Aber guck doch mal, wie gut es aussieht."

„Das ist es ja." Er schüttelte den Kopf, während sie durch die Altstadt von Cefalù schlenderten und die im Zentrum liegende Normannenkirche bewunderten. Andreas merkte, wie müde und ausgelaugt er von dem Tag am Strand war. „Ich will nicht, dass du gut aussiehst."

„Papa", protestierte Marie und hielt ihm demonstrativ das T-Shirt hin.

„Häng es weg."

Sie blieb stur. Andreas ebenfalls. Obwohl, und das musste er zugeben, es ihm immer schwerer fiel. Er wusste, dass er so oder so nachgeben würde. Aber weil Veronica und Stephan bei ihm waren, hatte er den merkwürdigen Drang, den starken, konsequenten Vater zu spielen.

Warum? Er wusste es nicht.

Erst später, sehr viel später, sollte er begreifen, warum er den Kopf geschüttelt und mahnend den Zeigefinger gehoben hatte. „Ich will keine Diskussion.“

Ich will ihr gefallen. Als strenger, aber liebevoller Mann. Jemand, dem man ansieht, dass er zu seinem Wort steht.

„Fußball?“, fragte Veronica, die beobachtete, wie Stephan durch die engen, gitterförmig angelegten Straßen der Stadt flitzen sah. „Bleibst du wohl hier. Komm von der Fensterscheibe weg. Nein, nicht anfassen. Es könnte umfallen.“ Schließlich lachte sie. „Nicht einen Satz können wir hier beenden.“

„Fußball?“ Andreas lachte. Er sah noch immer zu Marie und wartete darauf, dass sie endlich das T-Shirt weghing.

„Du spielst“, meinte sie und wandte den Kopf wieder Stephan zu. „Nicht immer alles anfassen, verdammt noch mal.“

„Ich gucke doch nur“, verteidigte der sich.

„Man guckt mit den Augen, nicht mit den Fingern. Äh, ja, du spielst.“

„Ach so, ja. Also, nein. Nicht mehr. Häng das T-Shirt endlich weg!“

„Papa. Bitteee!“

„Nein.“

„Ich muss Pipi.“

Andreas verdrehte die Augen, ehe er Veronica musterte, was noch immer etwas mit seinen Gefühlen anstellte. Er musste sie ansehen, da er ihr Gesicht und ihre feinen Züge in sich aufsaugen wollte – tat er es nicht, würde er etwas versäumen.

„Ich bin gleich wieder da.“

„Warte, da vorne ist eine Pizzeria. Wollen wir uns dahin setzen und was essen?“

„Wenn es eine Toilette gibt.“

„Ich vermute.“

Andreas lächelte verloren und begriff, dass er den Starrwettbewerb gegen seine Tochter verlieren und sein Ansehen bei seiner Begleitung einbüßen würde. „Morgen bekommst du aber nichts“, sagte er dann, und es fühlte sich gut an. So, als würde er nicht nur seiner Tochter, sondern auch sich selbst einen Gefallen tun.

„Du bist so cool“, sagte Marie, und ihm war, als würde die Sonne aufgehen.

Veronica lächelte. „Doch kein strenger Papa.“

Da ging die Sonne nicht nur auf, sondern sie schien und leuchtete in ihm. Sie flutete alles golden und ließ ihn übers ganze Gesicht strahlen, während er mit den Schultern zuckte. „Ich kann nicht anders.“

„Du bist gut so, wie du bist“, sagte sie. „Komm jetzt hierher, verdammt noch mal!“, rief sie dann Stephan zu. „Wir wollen essen gehen.“

„Was sind wir ausgeglichen.“ Er lachte und beeilte sich, so schnell wie möglich zur Toilette zu kommen, sobald sie die Pizzeria erreichten. Als er an dem Kellner vorbeikam, zeigte er über die Schulter hinweg zu Marie, Veronica und Stephan. „Die da nehmen Platz. Die hier macht sich gleich allerdings in die Hose.“

„Sì“, antwortete der hochgewachsene, gutaussehende, in ein weißes Hemd gekleidete Mann, ohne Andreas wirklich zu vermitteln, ob er ihn verstanden hatte oder nicht.

Der verstand allerdings, dass er mit Jasmin so schnell wie möglich zur Toilette musste. Als er die ersten drei

Stufen der in den Keller führenden Treppe passiert hatte, rief sie: „Pipialarm!"

„Anhalten", ermahnte er sie. Sie erreichten den kleinen, viereckigen Vorraum, und er orientierte sich in Windeseile, ohne genau zu begreifen, wo die Damen- und wo die Herrentoilette war. Als er einfach eine Tür öffnete, hörte er den erschrockenen Ausruf einer drallen Frau, die ihm drohend den Zeigefinger unter die Nase hielt.

„Entschuldigung", sagte er auf Deutsch und begriff, als er einen Schritt zurückwich, dass die Frau ihn vermutlich gar nicht verstanden hatte.

Sie schimpfte und zeterte, packte ihn unsanft am Arm, schlug ihm gegen die Schulter und schubste ihn dann in Richtung einer angelehnten Tür.

Andreas versuchte, die nächsten auf ihn niedergehenden Schläge abzuwehren, als Jasmin sich mit großen Augen meldete.

„Zu spät."

„Echt jetzt?", fragte er und fuchtelte dann wild mit den Armen in Richtung der noch immer zornigen Frau. „Sehen Sie, was Sie getan haben? Vor Schreck hat meine Tochter sich jetzt in die Hose gemacht."

Die ältere Dame blickte verwundert, dann betrübt, rief irgendetwas von „Bambina" und riss die Arme in die Höhe.

Andreas glaubte, im falschen Film gelandet zu sein ...

Nähe und Distanz

1

„Fußball, ja?", fragte Veronica, nachdem Andreas sich – endlich – zu ihr an den Tisch gesetzt hatte.

Wieder sah er sie verwundert an. Noch immer war er gestresst. Nicht nur, dass Jasmin auf den Boden gemacht hatte, sie hatte auch seine Hose getroffen und ihn dazu gezwungen, schnell eine Shorts zu kaufen, die ihm gar nicht gefiel. Dazu kam, dass Veronica ihn mit einem „Sexy", begrüßt hatte, was ihn härter traf, als er sich eingestehen wollte. Außerdem, und das beschäftigte ihn zusätzlich, hatte sie ihm Jasmin abgenommen, als er aus der Toilette zurückgekommen war. Sie hatte gemeint, dass sie sich schnell um neue Kleidung für die Kleine kümmern wollte. Und jetzt, wo Jasmin eine Schorle trank und den Kopf nach einer nur ihr bekannten Melodie bewegte, fiel ihm auf, wie hübsch sie zurechtgemacht war. Nicht nur, dass sie in dem T-Shirt niedlich aussah, auch ihre Haare zierten zwei neue Spangen und verliehen ihrem kleinen, runden Gesicht einen Andreas bisher verborgen gebliebenen Anstrich.

Sie sieht selig zufrieden aus. Ich hatte nie das Gespür dafür, sie so zurechtzumachen. Ich habe sie immer nur ... angezogen. Ohne Liebe?

Zu diesen ihn erschreckenden Gedanken kam, dass er sich unwohl fühlte in seiner Shorts. Selbst jetzt noch, wo er die Beine unter dem Tisch verbarg, hallte Veronicas spöttische Bemerkung in seinen Ohren nach. Was dazu führte, dass er auch dann noch ein verbissenes Gesicht machte, als der Restaurantbesitzer zu ihnen an den Tisch kam – umgeben von einem schweren, gleich in die Nase steigenden Duft, der Andreas die Nase kraus ziehen ließ – und sich dafür entschuldigte, dass seine Mutter so harsch gewesen war.

„Sie, Signore, haben die private Toilette benutzt", sagte er, indem er die Handinnenflächen nach oben drehte.

Andreas nickte. „Was mir sehr leidtut."

„No, no!" Der dunkelhaarige, vollbärtige Mann, dessen weißes Hemd – jedes Klischee bedienend – bis zur Brust aufgeknöpft war, schüttelte den Kopf. „Mir tut es leid. Sie gut. Alles gut. Pizza für Kinder auf meine Einladung."

„Nein, das müssen Sie nicht!"

„Seien Sie mein Gast", bat der Mann, sich die Hand gegen die Brust pressend. „Mama wird die beste Pizza backen. Für die *bambini.*"

„Das ist sehr lieb von Ihnen, aber ..."

„Bitte."

Andreas gab es auf, lächelte und sah schulterzuckend zu Veronica. „Wir werden wohl eingeladen."

„Vielleicht solltest du öfter in Toiletten stürmen und dich von alten Damen verhauen lassen."

„Haha."

„Komm schon", sagte sie, ein Schmunzeln im Mundwinkel, das ihm ausgesprochen gut gefiel. „Nimm es leicht."

„Nehme ich." Er lächelte und beugte sich vor. „Sowas passiert immer nur mir", flüsterte er. „Frag mich nicht warum, aber ich habe ein Abo aufs Chaos abgeschlossen."

„Bei uns läuft immer alles schief", meinte Marie, die ihren Vater auf eine sonderbare, befremdliche Art und Weise anschaute, die er sich nicht erklären konnte. Es war ihm, als wollte sie in ihm lesen. „Weißt du noch, das mit der Polizei?"

„Lass es."

„Polizei?"

„Hast du ein Ding gedreht?", wollte Stephan mit weitaufgerissenen, vor Begeisterung glühenden Augen wissen.

„Habe ich nicht. Die haben einfach nur abends bei uns geklingelt, als ich nicht da war."

„Und warum das?"

„Weil sie meine Daten abgleichen wollten. Ich bin mit dem Wagen meiner Ex gefahren ..." Er holte tief Luft, versuchte, nicht wieder in die kummervolle, böse Vergangenheit abzugleiten, und musste sich doch eingestehen, dass er genau das tat. „Ich wurde geblitzt und habe dann online aus Versehen falsche Angaben gemacht. Ich habe mein Bild gesehen, sagte: Ja, das bin ich. Ich habe das Auto gefahren. Haken gesetzt, dass ich der Fahrer war, und weggeschickt. Das Amt fand es seltsam, dass ein männliches Bild zu sehen war und angeblich eine Frau gefahren ist."

„Und ich war allein zuhause, als die Polizei geklingelt hat", sagte Marie.

„Lass ich das Kind einmal mit ihrer Schwester allein, und schon klingelt die Polizei", schmunzelte Andreas.

„Wie aufgeregt du warst!" Marie lachte.

„Und du hast die Situation falsch eingeschätzt." Er
schüttelte noch immer den Kopf über die mit einem la-
chenden Smiley versehende Nachricht, die er bekommen hatte:
Die Polizei war gerade hier ha ha ha.

„Ich bin vor Sorge fast gestorben", erklärte er und
seufzte. „Man geht nur einmal weg und lässt seine Kinder allein. Das habe ich danach niemals wieder gemacht."
„Aber alles hat sich geklärt?"
„Natürlich. Alles. Nachher konnte ich drüber lachen.
Aber als die Nachricht kam, dachte ich, da ist ein Betrü-
ger unterwegs. Ich hatte bisher nie gehört, dass die Polizei um halb acht abends bei einem an der Haustür
klingelt, um abzuklären, ob man das auf dem Blitzer-
bild ist."
„Skurril."
„Deshalb habe ich auch der Polizeiwache angerufen
und Marie gesagt, sie soll abschließen und niemanden
mehr reinlassen. O Mann, das hat mich echt er-
schreckt."
„Und was hat die Polizei gesagt? Dass man abends
Leute besucht?"
Andreas nickte. „So skeptisch wie du guckst, habe ich
auch das Telefon angeglotzt. Ja, manchmal machen sie
das. Unser Dorfpolizist hat es auf dem Nachhauseweg
erledigen wollen."
Veronica lachte.
„Aber ich bin ja noch da" sagte Marie, die in dem Moment wieder etwas Kindliches, Beschützenswertes an

sich hatte, das Andreas mit einem wohlig-warmen Schauer absoluter Vaterliebe durchflutete.

„Zum Glück", meinte er und wandte sich Veronica zu. „Bei euch ist immer alles eitel Sonnenschein?"

Sie schmunzelte und schüttelte den Kopf. „Nicht immer."

„Wenn Dad da ist, dann wird es kompliziert", sagte Stephan, der nach dem Weißbrot griff, in Aioli dippte und sich in den Mund schob. „Dann streiten sie sich immer. Und Dad sagt dann: Wie kann ein Mensch mit so einem Knackarsch so eine Zicke sein."

„Stephan!"

„Hat er gesagt", meinte der Junge unschuldig, während er sich ein weiteres Stück Brot in den Mund schob. „Ehrlich."

„Das gehört doch nicht hierher."

„Aber Dad sagt das immer zu dir. Er liebt deinen Po, und er sagt, du hast seinen Körper auch mal gemocht, weil er so durchtrainiert ist."

„Jetzt stehe ich voll oberflächlich da." Veronica lachte verlegen, als sie sich die Hände vors Gesicht schlug. „Er sah wirklich gut aus damals. Aber ich habe schnell gemerkt, dass es nur Fassade war. Wirklich. Du musst mir glauben."

„Gut sah er aus, ja?"

„Er hat voll den Sixpack und so. An den Oberarmen Muskeln. So will ich auch mal aussehen!" Stephan strahlte. „Dad sieht richtig gut aus." Dann legte sich ein kurzer, trauriger Schatten über sein Gesicht, und Andreas begriff, dass die Enttäuschung darüber, wie sein

Vater sich um ihn kümmerte, tiefer saß als die Hoffnung darauf, eines Tages so auszusehen wie sein Erzeuger.

„Gegen den stinke ich ab, wie?", fragte er und machte ein bekümmertes Gesicht.

„Ja." Stephan nickte. „Dad steckt dich in die Tasche. Aber ..." Er blinzelte und ließ es zu, dass Veronica dicht an ihn heranrückte und ihn in den Arm nahm. „Du bist auch cool", zwang er sich zu sagen, ganz offenbar, um alle Emotionen, alle Tränen niederzukämpfen, die in ihm aufzusteigen drohten.

2

Obwohl das normannische Fort schon geschlossen war und nur einzelne an den Wänden angebrachte Strahler die Dunkelheit zu vertreiben versuchten, konnte Andreas erahnen, wie schön es hier am Tag war. Unter ihnen lag Cefalù an der Küste, mit ihren alten, sandsteinfarbenen Bauten, den Restaurants an der Promenade, während das Meer ununterbrochen gegen den sich weiß und weit erstreckenden Strand spülte.

Er sah die Menschen von hier oben flanieren. Wie sie Hand in Hand über den Strand schlenderten, wie sich Autos durch die engen Gassen zwängten und schlängelten.

Es verströmte eine angenehme, schöne Ruhe, die er gut gebrauchen konnte. Auch wenn er sich noch immer in seiner mit Palmen bedruckten Shorts unwohl fühlte und am liebsten etwas anderes angehabt hätte, wollte er den Ausblick doch nicht missen.

Er genoss den lauwarmen Wind, der ihm über das Gesicht strich, und war von Ruhe erfüllt, während er sich mit einem zufriedenen Lächeln an die kleine Steinmauer lehnte. Er fragte sich, warum ihn der Vergleich mit Veronicas Ex so sehr getroffen hatte. Das war doch albern, oder?

Ich meine, ich habe nichts mit ihm gemein. Uns verbindet nichts. Das Einzige, was ich getan habe, war mit Stephan Fußball zu spielen und etwas mit ihm zu schwimmen. Mehr nicht. Und dennoch gebe ich was darauf, was der Junge über mich denkt? Wieso?

Andreas spürte, dass eine Antwort in ihm schlummerte. Dass es da etwas gab, das all seine Fragen mit Leichtigkeit beantworten konnte. Aber er verdrängte den Gedanken und drehte sich zu Jasmin um. „Hab ich dich!" Er erschrak, als er nicht seine Tochter zu fassen bekam, sondern Veronica an der Hüfte berührte. „Sorry", stieß er erschrocken aus und wusste nicht, wie er sich verhalten sollte. Schamesröte stieg ihm heiß in die Ohren, und seine Wangen glühten, als hätte er einen Sonnenbrand.

Veronica hatte die Augen weit aufgerissen. „Ach du heiliger Bimbam."

Andreas schluckte. Er wusste, dass es zu lange dauerte, dass seine Hände noch immer auf ihren Hüften lagen. Aber dieser Moment, in dem er die Geräuschkulisse ausblendete und das Meer verstummte, hatte etwas, das er nicht aufgeben wollte. In seinem ganzen Körper kribbelte es auf eine Weise, die er beinahe vergessen zu haben glaubte und ihn unter Strom setzte.

Er lächelte schief, als er sich dazu zwang, die Hände von ihr zu nehmen. „Ich wollte dich nicht erschrecken." Es klang in seinen Ohren dumpf und weit entfernt, als wollte sein Verstand ihn davon überzeugen, dass er wirklich seine Hände von ihr nehmen wollte.

„Hast du aber", sagte sie und blickte auf seine noch immer nach ihr ausgestreckten Arme.

„Ich dachte, du wärst Jasmin", flüsterte er und hatte den Eindruck, als hätte Veronica seine Berührung ebenso genossen wie er.

„Bin ich nicht", sagte sie.

Er lächelte verlegen. „Entschuldige.“

„Ich hätte mich ja nicht so anschleichen müssen.“ Ihre Stimme war leise, zart, mit einem merkwürdigen Ton darin, der ihn die Stirn in Falten legen ließ. Er starrte sie an und lächelte schief.

„Fußball habe ich als Junge gerne gespielt und habe auch bis zu Maries Geburt auf dem Platz gestanden. Dann wurde es zu stressig. Nun ja, seitdem schiebe ich nur noch ab und zu mit Kumpels eine Kugel hin und her.“

Veronica blinzelte verwirrt und versuchte ganz offensichtlich, seinen plötzlichen Themenwechsel zu begreifen.

„Okay“, sagte sie.

„Ja, so bin ich eben. Lieber die Kinder als ich“, meinte er, rieb sich die Hände und deutet dann hinaus aufs Meer. „Schöne Aussicht, oder?“

„Schöne Aussicht“, murmelte sie.

Und Andreas dachte: *Du bist ein Idiot.*

3

„Bringst du mich ins Bett?", fragte Jasmin, die, seitdem sie aus der Pizzeria gekommen waren, nicht mehr von Veronicas Seite gewichen war.

Veronica hatte nur einen verstohlenen, heimlichen Blick in das Zimmer werfen wollen, in dem Jasmin mit Marie und Andreas schlief, und kam sich vor, als hätte man sie bei einer Straftat erwischt. Ihr erster Impuls war gewesen, so zu tun, als hätte sie Jasmin nicht gehört. Nur um dann von ihrem schlechten Gewissen mit solch einer Wucht getroffen zu werden, dass sie glaubte, ihr Herz würde in tausend kleine Stücke zerspringen.

Allein die Vorstellung, dass Jasmin wusste, dass sie an der nur einen Spaltbreit geöffneten Tür stand ... nein, sie konnte nicht einfach gehen.

„Ist Papa denn nicht da?"

„Der kommt noch", sagte Jasmin, die im Schneidersitz auf ihrem Bett saß, die Haare offen und mit einem kleinen, grünen T-Shirt bekleidet, das mit einem winkenden Teddybären bestickt war.

„Dann bringt der dich ..."

„Bringst du mich bitte ins Bett?", fragte sie wieder und starrte Veronica an, die noch immer halb vom Türrahmen verborgen wurde. Die nickte sich unsicher selbst zu. Stephan würde sich darüber freuen, wenn sie nicht gleich zu ihm zurückkehrte.

Sie machte den Schritt vor und trat in das – zu ihrer Überraschung – penibel aufgeräumte Zimmer.

„Wie schläfst du denn gerne ein?", fragte sie mit einem Lächeln.

„Mit einem Lied …"

Veronica nickte, noch immer unsicher, wartete nur darauf, dass jeden Augenblick Andreas hinter ihr stehen und sie fragen würde, was das denn werden sollte. „Welches magst du denn besonders gern?"

„So wie du bist."

„So wie du bist?" Veronica versuchte, sich an jene Momente und Augenblicke zu erinnern, in denen sie Stephan noch zu Bett gebracht hatte. Als sie ihm die Hand auf den Kopf gelegt und ihm leise ins Ohr gesungen hatte.

„Von Rolf Zuckowski", half Jasmin ihr.

„Oh, das kenne ich. Ich liebe es."

„Ich auch."

Veronica setzte sich zu Jasmin auf die Bettkante. Ohne zu zögern, und als wäre nie etwas gewesen, legte das Mädchen sich hin, strich sich einige Haare aus der Stirn und griff nach Veronicas Hand.

Ihr wurde plötzlich heiß und kalt zu gleich. Sie lächelte schief und versuchte, sich an den Text zu erinnern. Bisher fiel ihr nur die Melodie ein.

„Mag sein, dass Julia die Bessere im Schwimmen ist", sang Jasmin leise und ging gleich zur nächsten Zeile über. „Mag sein, dass Claudia viel schneller läuft als du."

Und Veronica übernahm, weil ihr eingefallen war, wie es weiterging. „Mag sein, dass Annika die Hausaufgaben nie vergisst. Und bei Sabine ist um acht Uhr

abends Ruh. Mag sein, dass ich zu oft von dir ein bisschen viel verlang. Und manchmal nicht die rechten
Worte für dich find. Doch glaub mir dies, mein Kind. So
wie du bist, so wie du bist, so und nicht anders sollst du
sein.“

Ihr lief eine Gänsehaut über den Rücken, als Jasmins
Kopf sich tiefer ins Kissen grub, ihre Finger Veronicas
Hand sanft streichelten, und noch mehr überraschte es
sie, dass Jasmin an sie heranrückte. So dicht, dass sie ...
kuschelten. Aber das, was sie am meisten verwirrte,
war ... sie fühlte sich wohl.

4

Als Andreas, zwei Wasserbecher in der Hand, an die Tür trat und zu seiner Verwunderung hörte, wie im Zimmer gesungen wurde, stockte er. Ein merkwürdiges Gefühl von Angst, Panik und einer noch nie gekannten Verwirrung breitete sich in ihm aus. Er blinzelte und wollte nicht wieder an den schrecklichsten aller Momente denken. Aber als er hörte, wie jemand sang „So wie du bist, so wie du bist, so und nicht anders sollst du sein", verschlug es ihm den Atem. Er hatte das Gefühl, als würde der Boden sich unter ihm öffnen und er in die Tiefe stürzen.

Sein erster wütender, ärgerlicher, auf den Wogen des Zorns reitender Impuls war, einfach hineinzustürmen und irgendetwas zu brüllen, vielleicht: „Was soll das denn werden, wenn es fertig ist?" Aber dann begriff er in der Verwirrung seiner Gefühle, dass es Veronica war, die da ganz leise und zart einem kleinen Menschen schöne Träume schenkte.

„Mag sein, dass wir uns hin und wieder auf die Nerven gehen", sang sie. „Und uns nicht immer gleich in allem einig sind. Doch glaub mir dies, mein Kind ..." Es klang so liebevoll, dass sich sein Zorn in Zuneigung wandelte. Abgelöst von einer stechenden Form der Eifersucht, die er bisher in seinem Leben nicht gekannt hatte. Es war nicht diese unter den Nägeln brennende, das Herz in Flammen setzende Eifersucht, sondern vielmehr eine seichte Form von *Ich will die Nähe zu meinem Kind nicht teilen.*

Was für ihn ganz logisch war. Allein der Gedanke daran, dass es irgendjemanden geben könnte, der Jasmin am Abend ins Bett brachte, der neben ihr lag, ihr die Haare streichelte und in ihr süßes, kleines Gesicht blickte, ließ seinen Magen krampfen. Er schluckte, als er die Tür etwas weiter aufschob und sah, wie Veronica ins Bett kletterte, während sie weitersang. Jasmins Kopf lag nun auf ihren Oberschenkeln, und sie fuhr ihr mit den Fingerspitzen über die Haare.

Andreas schluckte. Das war seine Aufgabe. Er sollte da sitzen, er sollte das Lied singen, das ihn noch immer zu Tränen rührte. Er wollte derjenige sein, der Jasmin ins Reich der Träume geleitete und zufrieden seufzte, wenn er ihren Kopf sanft auf dem Kissen bettete, sich dann mit einem zufriedenen Lächeln auf den Lippen zu ihr herüberbeugte und ihr ein Küsschen auf die Stirn gab.

Er sollte ...

Was?, unterbrach ihn die unangenehme, bissige Stimme, die ihn an seine dunkelsten Stunden erinnerte. *Wer solltest du sein? Einer, der seine Kinder von allen Problemen abschirmt? Der es nicht zulassen will, dass sie eine Bindung zu fremden Menschen aufbauen? Du willst zu jemandem werden, den du ...*

Andreas biss die Zähne zusammen. Er wollte nicht weiterdenken, wollte sich nicht ausmalen, was passieren würde, wenn er auch nur zwei weitere Wörter seiner Befürchtungen zuließ. Obwohl er mit all ihm zur

Verfügung stehender Macht alles daransetzte, seine Gedanken aufzuhalten, schaffte er es nicht. Wie ein Donnergrollen, das nach einem grell über den Himmel zuckenden Blitz auftauchte, schossen ihm die Worte durch den Kopf.

... auch magst.

Andreas schluckte.

Er hob den bis zum Rand gefüllten Becher zum Mund, verschüttete dabei etwas Wasser und spürte, wie ihm die Knie weich wurden.

„Du bist du, und ich bin ich, die große Welt um uns herum verändert sich. Ich bin ich, und du bist du, und zwei wie uns, die bringt so leicht nichts aus der Ruh", beendete Veronica das Lied und sagte etwas, das Andreas mit weiteren Emotionen überspülte und verunsicherte. „Schlaf schön, kleine Prinzessin."

Als sie sich erheben wollte, fasste Jasmin nach ihrer Hand, drückte sie fest und flüsterte etwas, das Andreas glauben ließ, in tausend Stücke zerrissen zu werden.

„So ist das mit einer Mama."

5

„Nein", lachte Veronica, nachdem sie sich auf den warmen, von der Sonne beschienenen Sand niedergelassen hatten, die Beine ausstreckte und ihre Blicke über das sich unendlich weit vor ihnen ausbreitende Meer schweifen ließen. „Er sieht ganz und gar nicht aus wie du. Nicht eine Sekunde."

„Na toll", sagte Andreas, der ihre Heiterkeit nicht nachvollziehen konnte – nicht wollte, wie er sich selbst verbesserte. Hinzu kam, dass er es albern fand, sie erneut auf das Thema anzusprechen. Vorgestern, als sie zusammen im Restaurant gesessen hatten und Stephan ihm in kindlicher Unschuld erzählt hatte, wie gut Veronicas Ex-Mann aussah, hatte es ihn schwer getroffen. Und jetzt, wo sie allein hier waren und nichts weiter zu tun hatten, als die Seele baumeln zu lassen, musste er wieder daran denken. Und was hatte er davon? Es brachte ihm nichts. Gar nichts. Dabei sollte er sich darüber freuen, dass die Konferenz endlich ihr Ende gefunden hatte. Dass sie sich, ohne die Kinder, hierher an den Strand zurückziehen konnten.

Veronicas *Ja* auf dem ihr erneut zugesteckten Zettel hatte ihn mit Freude erfüllt. Und die wollte er sich jetzt selbst nehmen, indem er wieder in der Vergangenheit wühlte? Er Erinnerungen hervorkramte, sie mit einem Scheinwerfer aus Unsicherheit und einem leichten Hauch Zweifel aus der Dunkelheit seiner Seele riss?

Ich sollte mich vielmehr darüber freuen, mit Veronica hier zu sein. Allein. Die Kinder nicht weit weg von uns, mit den Pferden unterwegs, während wir einmal ungestört sind. Keinem Elterntourette ausgesetzt!

Außerdem musste er sich eingestehen, dass Veronicas Ex natürlich gut aussah. Warum sollte er auch nicht?

Sieh sie dir nur an, wie hübsch sie ist. Natürlich konnte sie sich die Männer aussuchen, mit denen sie ausgeht. Und du, mein Freund, wirst sicherlich nicht ihr Beuteschema gewesen sein. Typen wie du sind unter ihrem Radar geflogen. Eindeutig!

„Was denn?“, riss sie ihn aus seinen Gedanken.

Andreas verzog das Gesicht und winkte ab. „Ach nichts.“

„Komm schon. Aron ist einfach ein ganz anderer Typ als du. So ein Draufgänger. Einer, der die Sachen in die Hand nimmt – wenn es seinem Vorteil dient.“

Andreas sah sie von der Seite her an. Er hatte sich schon heute Morgen kaum an ihr sattsehen können, wie sie in ihrem gelben Kleid in den Konferenzraum getreten war, die Sonnenbrille keck auf dem Kopf sitzend, die Flut ihrer dunklen Haare bändigend. Jetzt aber, wo sie hier am Meer saß, sich einzelne, kleine Sommersprossen auf ihrer sich nach und nach verdunkelnden Haut zeigten und in einem sanften Bogen über ihren Nasenrücken liefen, meinte er, nicht mehr an sich halten zu können. Andreas musste mit sich kämpfen, seine Hände nicht nach ihr auszustrecken, um ihren bloß liegenden Oberschenkel oder ihre Hand zu berühren, mit der sie ihren Rock glattstrich.

Es tat ihm beinahe körperlich weh, sie nur ansehen zu dürfen und ihr Lachen zu hören, das in seinen Ohren wie ein kurzer Anflug aus Hohn und Spott klang.

Was es nicht war. Ganz und gar nicht.

Aber gerade jetzt, wo er nicht wusste, wie er sich verhalten sollte, er sich fühlte wie damals in der Schule, als er aus dem Chemieraum auf den Schulhof blickte und meinte, vor Liebe von einem Blitz getroffen zu werden, war es ihm, als wollte Veronica ihn auf sicherer Distanz halten. Sie wollte ihm nicht die Hoffnung geben, dass zwischen ihnen etwas passieren konnte. Aber so wie damals, als er sich Hals über Kopf in ein fremdes Mädchen verliebt hatte, fühlte er sich auch jetzt.

So leicht und frei, von Gefühlen getragen, die er in sich längst versiegt geglaubt hatte. Die in ihm abgestorben und verloren gegangen waren, als Karin ihn von einem Tag auf den anderen verlassen und nichts zurückgelassen hatte als einen Brief in ihrer peniblen, sauberen Handschrift.

Er seufzte innerlich und klammerte sich an eine Beobachtung, die einen Schimmer Hoffnung in ihm aufsteigen ließ. Die ihm zuraunte, dass er nicht nur ein auf Distanz gehaltener Gockel war, der vergeblich um Veronica herumstolzierte. Denn war da nicht ein Hauch echter Zuneigung in ihren Blicken? Ein kurzes, angenehmes Zucken in ihrem Mundwinkel, das kein einfaches, lapidares Lächeln andeutete, sondern ehrliche, liebevolle Zuneigung für ihn?

Aber als er sie gefragt hatte, wie Stephans Vater denn so war, und ob es Parallelen zwischen ihm und sich selbst gab, hatte Veronica unverhohlen gelacht. Sie hatte den Kopf geschüttelt, die Hand vor den Mund genommen und ihn mit einem Blick bedacht, den Andreas noch von früher, vom Schulhof her kannte. Der ihn an die unangenehme Situation erinnerte, die er mit seiner heutigen besten Freundin verband. Wie sie durch die gespreizten Finger gesehen hatte, mit denen sie ihre verheulten Augen verdeckte, und Andreas das Gefühl gegeben hatte, nicht richtig zu sein – nicht wichtig. Da hatte sie in ihm etwas ausgelöst, das ihn zu tiefst irritierte. Das ihm wehtat, da es ihn an die Blicke seiner Mutter erinnerte. Daran, nicht zu genügen.

Auch wenn er ernsthaft versuchte, sich nicht angegriffen zu fühlen, lächelte er schief und zog sich von Veronica zurück, indem er die Lippen aufeinanderpresste, die Augen niederschlug und sich zu beruhigen versuchte. *Was hast du denn erwartet? Dass sie dich doch mehr mag, als du es dir vorstellen könntest? Dass sie es genießen würde, einen Mann ihr Herz zu schenken, der nicht ist wie ... Aron?*

In dem Moment, als der Namen ihres Ex-Mannes durch seinen Kopf zog und er überlegte, wie es auf sie wirken musste, wenn er sich beleidigt gab – weil er nicht ansatzweise wie Aron war –, begriff er, wie lächerlich sein Verhalten war. Einem Teen gleich, der nicht verstand, wie er mit dem Aufwallen der Hormone umzugehen hatte.

„Ich dachte nur", sagte er und fand, dass es klang wie der Anfang eines abgedroschenen, lahmen Theaterstücks, das man nach zehn Minuten wieder verlassen wollte, weil es einem nicht gefiel. „Also", versuchte er es noch einmal. „Nun ja ... keine Ahnung, also ..."

„Warum wolltest du denn wissen, ob du bist wie er?", fragte sie noch immer lachend. „Ich meine, sei froh, dass du es nicht bist. Er ist so ein Idiot, das kannst du dir nicht vorstellen."

„Nun ja." Er zuckte mit den Schultern, suchte nach einer passenden Antwort und verzweifelte, weil er sie nicht fand. „Vielleicht wollte ich einfach nur, keine Ahnung, irgendjemand sein, der dich interessiert."

Sein Herz schlug ihm bis zum Hals, und in dem Moment, als die Worte aus seinem Mund kamen, wünschte er, sie zurücknehmen zu können. Als er ihren ihn verwirrenden Blick bemerkte, wollte er plötzlich ganz woanders sein.

Im Meer vielleicht, oder oben, auf einer der Klippen, um von dort dem leisen Klatschen und Plätschern der gegen die Küste brandenden Wellen zu lauschen. Irgendwo, wo er nicht meinte, unter dauernder Beobachtung zu stehen und sich ausmalen zu müssen, wie es war, ausgelacht zu werden.

„Das tust du doch", meinte sie leise. „Ich mag dich, das weißt du."

„Ja, schon ..."

„Wie soll ich dich denn sonst noch mögen?"

„Keine Ahnung!"

Andreas zuckte mit den Schultern, vergrub die Hände im Sand und wünschte sich erneut, dass irgendetwas passieren würde, um die Situation zu lösen. Aber weder flog ihm plötzlich ein Frisbee an den Hinterkopf noch löste ein heraufziehender Orkan Alarm aus. Er musste also hier sitzen und sich ihren Blick gefallen lassen, in dem etwas lag, das er nicht genau beschreiben konnte.

Andreas, der bisher immer gedacht hatte, in den Menschen oder ihren Gesichtern lesen zu können, fand etwas in Veronicas Mimik, das ihn an das Leuchten der Morgensonne denken ließ. So, als würde sich eine Erkenntnis in ihren Verstand graben. As sie den Kopf schief legte und ihm ihr herrlich schönes Lächeln schenkte, während sie ihn weiter musterte, war es, als legte sich um ihre Lippen ein erkennender, lieblicher Zug. Ein verstehendes, begreifendes Lächeln, das ihn mit heißem Schrecken erfüllte. *Sie begreift, dass du mehr für sie empfindest als sie für dich. Und gleich wird sie dir sagen, dass sie sich nicht so für dich interessiert, wie du es gerne hättest. Was nicht schlimm ist. Überhaupt nicht. Was du aber ertragen musst ist, dass sie nach den richtigen Worten suchen wird. Nach einer liebevollen Umschreibung, dass es sie ehrt, sie aber lieber nur mit dir befreundet sein will.*

„Wie soll ich dich mögen?", fragte sie ihn wieder und spielte ihm einen Ball zu, den er gar nicht haben wollte. „So sehr, dass ich dich fragen soll, ob du und die Kids Stephan und mich zu meiner besten Freundin Angelina begleiten wollt? Okay, wenn du das willst, frage ich dich hiermit."

Hilflos schloss er die Augen, zuckte mit den Schultern und stieß dabei die Luft aus, während er sich wünschte, so abgeklärt und cool wie ein Filmschauspieler zu sein. Einfach ein Bruce Willis, der sich für seine große Liebe durch eine Masse an Terroristen kämpft. Wie ein Adam Sandler, der es ohne Mühen schafft, sich seinen Gefühlen zu stellen und sich an die Strandbar neben Jennifer

Aniston zu setzen, um ihr dann mit verschmitztem Lächeln zu sagen, dass er seine Hochzeit ihretwegen abgesagt habe.

Ich bin nicht so!

So schwer es Andreas auch fiel, er musste sich eingestehen, dass er weder ein Draufgänger noch ein unbeschreiblicher und die Frauenherzen im Sturm erobernder Romantiker war.

Ich bin ich, dachte er in einem Anflug ehrlich empfundener Traurigkeit und straffte sich dann. *Und das ist schlecht? Nein! Ich bin ich!*

So fand er ein kurzes, mutiges Glimmen in sich, um das er versuchte, seine Hände zu schließen.

„Nicht wie den Bruder deines Chefs", traute er sich zu sagen.

„Wie soll ich dich sonst sehen?"

„Wie mich."

„Tue ich das denn nicht?"

Andreas zuckte mit den Schultern. „Keine Ahnung."

„Ich glaube", sagte sie lächelnd, „ich kann dich schon ganz gut sehen."

„Okay."

„So, wie du es verdienst", meinte sie und sah ihm zu seiner Verwunderung tief in die Augen. Er hatte gar nicht mitbekommen, dass sie ein wenig an ihn herangerückt war, dass sie ihm zulächelte. Als er es jetzt begriff, durchzuckte ihn ein kurzer, intensiver, wohligwarmer Schauer, der ihm ein unsicheres Lächeln auf die Lippen legte. Ein Lächeln, das all seine Erleichterung, all seine Hoffnung widerspiegelte. Das dann aber wiederum zu einer Grimasse aus Verstörtheit und Verwirrung wurde, als er begriff, dass ihr Blick über sein

Gesicht wanderte, an seinen Augen hängenblieb und in ihnen zu lesen versuchte.

Sein Herz begann wie wild zu schlagen.

War es nur ein Kribbeln gewesen, als er sie heute Morgen im Konferenzraum gesehen hatte, so war es ihm jetzt, als würde sich eine ganze Horde von Schmetterlingen daran machen, seinen Magen zu erobern und dort ihre Kreise zu ziehen.

„Wollen wir …?" Seine Stimme klang rau. Kratzend. So, als würde er durch ein rostiges Rohr sprechen.

„Ja?"

„… schwimmen oder so?"

„Hast du eine Badehose dabei?"

Er zuckte mit den Schultern. „Mal frei sein. Nicht immer denken, oder wie war das?"

Sie lächelte.

„Baden?"

„Baden!"

6

Andreas glaubte seinen Augen nicht zu trauen, als er sah, wie Veronica sich aus ihrem Kleid schälte und nur in Slip und BH bekleidet ins Meer lief. Wie sie mit einem Kopfsprung ins Wasser eintauchte und dann, einzelne Tropfen aus den Haaren schüttelnd, auftauchte und ihn neckisch fragte: „Na, wo bleibst du?"

„Einen Moment", sagte er, noch immer in ihrem Anblick gefangen. Nicht dazu in der Lage, seine Blicke von ihr zu nehmen und sich sattzusehen an den von ihren Schultern rollenden Wassertropfen, in denen sich spielerisch das Sonnenlicht brach. Und er schaffte es nicht, über seinen Schatten zu springen und wie Veronica kopfüber ins Mittelmeer zu hüpfen.

Schon als Kind hatte er Hemmungen gehabt, sich wie die anderen einfach in die Fluten zu stürzen. Er war immer am Rand des Sees, des Meeres oder des Schwimmbeckens stehen geblieben. Nur mühsam, ganz langsam, einen Fuß vor den anderen setzend, war er dann nach und nach den anderen gefolgt.

So war es auch hier.

Als er sich seine Hose auszog und ohne mit der Wimper zu zucken bis zu den Knien ins Meer gegangen war, war er der felsenfesten Überzeugung gewesen, seine Hemmungen überwinden zu können. Nur um dann zu merken, dass er nicht aus seiner Haut konnte, als ihn das aufgewühlte Wasser an der Unterhose traf und diese durchnässte und die Haut berührte.

Er scheute das kalte Wasser.

Und selbst, als sie neckisch fragte: „Ist da jemand doch ein Feigling?“, konnte er sich nicht überwinden. Da war die Angst, wie damals schon als Kind, dass die Kälte ihm auf sonderbare Art und Weise den Atem rauben konnte. Er sich nicht daran gewöhnen konnte, vom kalten Wasser überspült zu werden.

„Bist du doch ein kleiner, kleiner Feigling?“, neckte sie ihn, während sie bis zum Bauch im Meer stand, sich Wasser aus den Augen rieb und nicht wusste, wie sehr sie ihn mit ihrem Anblick begeisterte.

Allein wie sie dastand und sich in den Wassertropfen auf ihren Schultern das Sonnenlicht spiegelte, ließ ihn wohlig erschauern. Er fühlte sich wie davongetragen, als sie lächelte, die Hand hob und ihn mit dem Zeigefinger heranwinkte.

„Vorsichtig. Nicht provozieren“, mahnte er sie.

„Weswegen denn? Dass deine wirklich schön anzusehende Unterhose nass werden könnte?“

„Was hast du gegen meine Unterhose?“, fragte er verwirrt, blickte an sich hinab und begriff jetzt erst, dass er beinahe nackt vor ihr stand. Dass sie seinen blassen Bauch ebenso betrachten konnte wie seine immer etwas schlaff wirkenden, kalkweißen Schultern.

Und vergiss deine Beine nicht. Die Zahnpastaschienbeine, die im Dunkeln leuchten könnten.

Von einem kurzen Anflug Peinlichkeit heimgeholt, schluckte er bitter und überlegte, wie er aus der Situation herauskommen könnte. Nach vorne stürmen?

Sich auf sie werfen? Oder es mit einem subtilen, hintergründigen Lächeln versuchen und so tun, als hätte er ihren Spott nicht bemerkt? Als das Wort *Spott* in seinen Verstand sickerte, begriff er, wie passend die Bezeichnung war. Er brauchte nur ihren durchtrainierten Körper ansehen, ihre weichen Konturen und Formen, um zu begreifen, dass sie ohne Weiteres über ihn und seine schlechte körperliche Konstitution schmunzeln, wenn nicht sogar lachen konnte.

Was sie niemals tun würde. Dafür ist sie zu ... einfühlsam.

Er schmunzelte und begriff, dass er dabei war, mehr in ihr zu sehen, als er es am Anfang des Urlaubs jemals für möglich gehalten hatte. Trotzdem war da etwas in ihm, eine Art Unwohlsein, dessen Bedeutung er nicht ergründen konnte. Andreas merkte nur, dass er sich auf eine sonderbare Art und Weise von ihr bedroht fühlte. Es war ihm, als begriff er jetzt, wer da vor ihm stand: eine liebenswerte, ihn mehr und mehr faszinierende Frau. Die ihn neckisch anschaute und mit einem spöttischen Zug um den Mund zu ärgern versuchte, ohne es böse zu meinen. Dennoch wusste er, in welch einer Liga sie und in welch einer Amateurklasse er spielte. Als wäre er nichts weiter als ein kleiner, fusseliger Spielball in ihrer Hand.

„Die Unterhose ist super", neckte sie ihn weiter, spritzte ihm lachend etwas Wasser entgegen und riss ihn damit aus seinen Überlegungen.

Jetzt erst, wo er sie da so stehen sah, ein Grinsen auf den Lippen, ein spöttisches Funkeln in den Augen ... ihre ganze Art drängte seine Gedanken beiseite und ließ ihn angriffslustig das Kinn vorstrecken.

„Du findet sie super, ja?“

„Todschick, Baby, einfach umwerfend.“

„Und du meinst, dass du mich damit jetzt locken kannst?“

„Ich kann dich auch an deiner Ehre packen und dich einen Feigling nennen, der Angst hat, sich ein bisschen nass zu machen.“

Er hob grinsend den Zeigefinger. „In manchen Dingen sollte sich Madame im Klaren sein“, sagte er und klang dabei wie ein dozierender Professor. „Kaltes Wasser in Leistenhöhe bringt so manchen Mann an die Grenzen des Möglichen und lässt ihn nicht über seinen Schatten springen.“

„Mit anderen Worten: Würstchen!“

In dem Augenblick warf er sich nach vorne auf sie. Er stieß spaßeshalber einen animalischen Schrei aus und nahm mit Genugtuung ihren erschrockenen Ruf, aber auch ihr Lachen wahr. Als er sie erreichte und umriss, war es, als würde er davongetragen werden. Er konnte sich die Impulse, die Empfindungen, nicht erklären, die ihn durchströmten, als sich seine Hände um ihre Taille schlossen und sein Oberkörper ihren berührte. Als sie untertauchten, begriff er, was es bedeutete, ihr nah zu sein.

So abgedroschen und kitschig es auch klang – er schwebte auf Wolken, als sich ihre Haut an die seine schmiegte.

Es war ihm, als berührten seine Hände Samt. Als strichen sie über feine, makellose Strukturen, die ihn denken ließen, in seinem Kopf würden Sterne explodieren.

Veronica kreischte, als Andreas sie packte und im weiß schäumenden Meer untertauchte. Er hörte es mit einem höllischen Spaß, sah, wie ihre Füße in die Luft flogen, und musste lachen, als sie spritzend und wellenschlagend im Wasser verschwand und dann, keine zwei Sekunden später, prustend und gackernd wiederauftauchte.

Schnell war er wieder bei ihr, packte sie erneut und ignorierte ihr spielerisches, japsendes „Nicht! Lass daaas", ehe sie gleich wieder vom Meer verschluckt wurde.

Andreas, von einer Art Rausch erfüllt, konnte von ihrem Spiel nicht genug bekommen. Egal, wie oft sich auch eine leise, vernünftige Stimme meldete, die ihm zuflüsterte, er sollte langsamer machen, nicht so wild – er ignorierte sie. Dieses Kribbeln und Kitzeln auf der Haut und im Magen und der angenehme Treffer von Armors Pfeil in sein Herz ließen ihn alle Vorsicht und Zurückhaltung vergessen. Er konnte nicht anders und musste sich wieder auf Veronica stürzen, als sie auftauchte, sie packen, an sich pressen und ihr ein höhnisches „Bye, bye" ins Ohr flüstern.

„Neeeiiiinnn", rief sie gackernd und flog wieder über einen Wellenkamm, um dann ins Meer einzutauchen, wobei das Wasser nach allen Seiten wegspritzte.

Wenn er sie berührte, schienen kleine Elektroschocks durch seine Fingerspitzen zu schießen. Als wären da plötzlich funkensprühende Sternchen, die magnetisch von Veronica angezogen wurden.

„Nicht noch weiter raus. Bitte", rief sie, um dann gleich wieder untergetaucht zu werden. Sie kam wieder hoch, pustete Wassertropfen von ihrer Lippe und japste etwas, das Andreas nicht verstand.

„Ach, jetzt winselt die junge Dame plötzlich um Gnade? Gnade wird nicht gewährt." In Andreas regte sich etwas, das er längst verloren geglaubt hatte. Freude am Zusammensein.

Jetzt spürte er wieder jenes Glück, das er nicht mehr gekannt hatte, seit er damals, von einer Vorahnung getrieben, in Karins und seine Wohnung getreten war.

Andreas war es, als würde sich eine sorgsam verschlossene und mehrmals abgesperrte Tür in ihm öffnen und ihm einen Blick auf Dinge gewähren, die von Staub und Spinnenweben so verdeckt gewesen waren wie von sorgsam über Einrichtungsgegenstände geworfenen Laken.

Andreas, der nur darauf wartete, dass Veronica wiederauftauchte und noch einmal darum bat, nicht erneut untergetaucht zu werden – worauf er diesmal eingehen wollte –, wunderte sich. Sie durchbrach zwar die Wellen, wedelte mit den Armen, schien dabei aber weder lustig noch erheitert. In ihrem Gesicht, das eben noch von diesem ihn beeindruckenden, verzaubernden Lächeln dominiert gewesen war, hatte sich etwas verändert.

Erst meinte er, sich geirrt zu haben. Aber als er die Augen zusammenkniff und sie genauer betrachtete, musste er sich eingestehen, dass er den Zug um ihre Lippen falsch interpretiert hatte. Da war eben schon ein Hauch von Respekt gewesen. Ein klitzekleines Geheimnis in ihrem Mundwinkel, das entdeckt werden wollte.

„Was hast du?", fragte er und spürte Sorge in sich aufsteigen, als er einen Schritt vorwärts machte und merkte, dass ihm das Wasser plötzlich bis zur Brust reichte. Die Strömung packte ihn und ließ ihn begreifen, wie viel Kraft er aufbringen musste, um nicht selbst weggespült zu werden. Er machte einen weiteren Schritt auf Veronica zu und griff nach ihren hilflos wedelnden Armen. „Was hast du?"

„Nicht stehen", japste sie und umklammerte seinen Arm mit einer ihr nie zugetrauten Kraft. „Nicht stehen."

„Es ist nicht tief."

„Dunkel", hauchte sie, schlang ihre Arme um ihn und hatte einen Ausdruck echter Panik in den Augen, der ihn erschreckte, mit dem er aber beim besten Willen nichts anfangen konnte.

„Was hast du denn?", fragte er sie, als er einen Schritt zurückmachte, auf den Strand zu. Das Gefühl der Glückseligkeit schwand, und Sorge breitete sich in ihm aus.

„Ich hasse es ..."

„Das Toben?", fragte er irritiert und runzelte die Stirn.

„Das Wasser."

Er sah sie blinzelnd an, während er noch einen Schritt zurückmachte, und noch einen, bis ihm das Wasser nur noch bis zur Hälfte des Bauches reichte.

„Warum bist du denn rein, wenn du es nicht magst?"

„Zu tief", sagte sie, und ihre Anspannung nahm noch weiter zu. Ihre Arme lagen plötzlich wie Schraubzwingen um ihn, und ihr Körper war so hart und steif wie Holz. „Viel zu dunkel." Andreas schob sie mit sanftem Druck von sich.

„Es ist viel zu dunkel", raunte sie.

„Was denn? Das Wasser? Es ist glasklar", erwiderte er mit einem angedeuteten, keinesfalls abwertend gemeinten Kopfschütteln. „Man kann alles sehen."

„Da nicht", sagte sie und deutete über die Schulter hinweg zu der Stelle, an der sie eben aufgetaucht war. „Da konnte ich den Grund nicht mehr sehen."

„Deshalb bist du in Panik geraten?", fragte er zweifelnd und spürte in sich einen zarten, kaum wahrnehmbaren Hauch von Erkenntnis aufsteigen.

„Ja."

„Du bist eine Sichtschwimmerin", murmelte er. „Entschuldigung." Er wünschte sich, viel eher auf ihre Einwände und Ängste eingegangen zu sein.

Sie brauchte seine Nähe. Die sie, zu seiner Verwunderung, auch zuließ. Sie hatte nichts dagegen, dass er sich zu ihr stellte und die Arme um sie schlang. Er drückte sie fest an sich, gab ihr Nähe und Geborgenheit und flüsterte: „Das wollte ich nicht."

Sie holte tief Luft und beruhigte sich allmählich. Ihr eben noch hektischer Atem und das Zittern in der Stimme ließen nach, und ihre Starre bröckelte wie alter Putz eines baufälligen Hauses.

„Wirklich nicht", schob er hinterher, als sie einen Schritt zurück machte und ihn aus ihren dunklen Augen betrachtete, die ihn immer auf diese sonderbare, verunsichernde Art musterten.

„Das weiß ich", sagte sie mit einem zögerlichen Lächeln auf den Lippen. „Es ist halt so ein seltsames Gefühl. Ich kann immer nur da schwimmen, wo ich den Grund sehe. In einer Schwimmhalle ist es mir total egal. Da schwimme ich wie ein Fisch. Aber in einem See oder dem Meer wird mir plötzlich komisch, und ich verlerne es. Ganz plötzlich. Schwupps, weg ist das Können."

„Und ich habe dich immer weiter rausgeworfen."

„Schuft“, neckte sie ihn lächelnd und schlang ihre Arme um die Brust.

„Tut …“

„Hör auf, dich zu entschuldigen. Das ist unsexy.“

„Findest du?“

„Nö“, grinste sie. „Ich mag es, wenn man zu sich steht und weiß, dass man einen Fehler gemacht hat. Aber dafür konntest du jetzt echt nichts. Das war mein Ding. Hast mich ja wie ein Held gerettet. Baywatch Man!“

Andreas lachte und tat so, als würde er sich in Zeitlupe durchs Wasser bewegen.

„Yeah, mach mir den Hasselhoff.“

„Wie du willst“, sagte er erleichtert und watete weiter durchs Wasser, bis er dicht vor ihr stand. „Ich will echt nicht, dass dir was passiert. Nie.“

„Ich weiß“, schmunzelte sie, senkte den Blick und wirkte, als hätte ihre Selbstsicherheit einen Riss bekommen, den sie verzweifelt zu kitten versuchte.

7

„Was soll das heißen, Sie werden den morgigen Ausflug zur Zitronenernte nicht mitmachen, Frau Wyss? Ich meine, der Verlag hat für jeden einen Baum bereitgestellt, von dem geerntet werden kann."

„Ich habe etwas anderes vor."

„So wie die letzten beiden Tage?", wollte Richter mit einem deutlichen Missklang in der Stimme wissen.

Andreas, der nur missmutig Richtung Konferenzzimmer gegangen war, wollte nicht wieder einen Vormittag mit Diskussionen und langweiligen Auseinandersetzungen verbringen. Er wollte wieder an den Strand, wollte durch eine im Abendlicht daliegende Stadt schlendern, sich unterhalten und darüber wundern, dass es da ernsthaft eine Frau gab, die es schaffte, ihn auf sonderbare Art und Weise in Glück und gleichzeitig in Befürchtungen zu stürzen.

Er hatte diesen Zwiespalt am Strand ebenso gespürt wie auch im Restaurant oder in dem Moment, als Veronica seiner kleinen Jasmin vorgesungen hatte.

Einerseits hatte er gemeint, auf Wolken zu schweben, andererseits war es, als würde er mit seinen Füßen in weichem, heißem, stinkendem Teer versinken. Die Ambivalenz, das ihn heimsuchende Paradoxon von Zuneigung und Abstoßung, war auch jetzt noch da. Es flüsterte ununterbrochen davon, dass er sich auf keine

Frau einlassen sollte; dass es falsch war, sich mit jemandem zu treffen, dessen Pläne anders aussahen als die eigenen.

Und dann waren da noch die anderen Stimmen, die ihn anhalten wollten, die Zukunft nicht mit negativen Erwartungen zu verbauen. Die ihm rieten, Ruhe zu bewahren, freundlich zu bleiben und sich sicher zu sein, dass alles gut werden würde.

Als er Veronica sagen hörte „Die Familie geht vor", trat er in den Konferenzraum und verdrehte die Augen, als er Richter sah. Er hatte sich vor Veronica aufgebaut, als wäre er Gott persönlich. Die Hände in die Hüften gestemmt, die spärlichen Haare in hässlicher Manier über die Glatze gekämmt und um die Lippen seinen feinsäuberlich gestutzten Bart, der seine Langweiligkeit nur noch mehr unterstrich.

„Ich war gleich dagegen, dass die Kinder mitkommen", schoss er zurück. „Für eine zur Auswahl stehende nächste Abteilungsleitung hätte ich ein wenig mehr Fokussierung auf das Unternehmen erwartet. Prioritäten sollte man setzen können, wenn man eine Führungsrolle im Verlag übernehmen will."

Veronica zuckte unter jedem einzelnen Wort zusammen. Sie quälte und wand sich, und es musste ihr vorkommen, als würde Richter ihr eine Ohrfeige nach der nächsten verpassen.

„Ich hatte keine andere Wahl", sagte sie, und die Worte gingen Andreas unter die Haut und ließen ihn innehalten.

„Prioritäten", sagte Richter in dem Moment, als Andreas eintrat.

„Wollen wir uns noch einmal kurz über unseren Ausflug unterhalten, Veronica?"

Veronica drehte ebenso verwundert den Kopf wie Richter.

„Ich darf doch bitten", meinte der Ressortleiter, doch Andreas dachte nicht daran.

„Den, den mein *Bruder* uns beiden vorgeschlagen hat, um uns besser kennenzulernen."

„Auslug?", wunderte sich Veronica.

„Der zu Angelina und ihrer Familie."

„Angelina ...?"

Andreas machte ein eindringliches Gesicht, presste die Lippen zusammen und riss die Augen auf: „Du hast Karl vorgeschlagen, zu ihr zu fahren, um das Flair der Insel besser kennenzulernen, damit wir es für die Sparte Urlaubsromane besser einfangen können. Damit die Leser ein Gefühl fürs Mittelmeer und ihre Inseln bekommen."

Veronica verstand offenbar noch immer nicht.

„Was du Karl vorschlagen wolltest, um euch von der Konkurrenz abzusetzen. Angelina und ihre Plantage in den Bergen."

„Oh", sagte sie und nickte. „Stimmt ja. Darum können wir nicht bei dem Auslug mitkommen. Ich hatte ja geplant, mich ..."

„... zu erkundigen und neu zu strukturieren, um mit anderen Ideen zurück nach Hamburg zu kommen", half Andreas ihr auf die Sprünge.

„Genau das. Genauso." Sie nickte.

„Aber ... aber ... davon habe ich keine Kenntnis", stammelte Richter und wirkte verzweifelter denn je in seinem Leben. „Also in dem Briefing stand da nichts von. Unsere Abläufe sind doch geplant und strukturiert."

„Haben Sie eine Mail vielleicht falsch gelesen? Oder vielleicht haben Sie dazu keine bekommen."

„Keine bekommen?", murmelte Richter mit Entsetzen in der Stimme, nahm die Hand vor den Mund und schien mit einer Panikattacke zu kämpfen. „Ich ... ich bin über alle Verlagsaktivitäten bestens informiert. Ich ..."

„Vielleicht wollte mein Bruder nicht, dass Sie alles wissen, was er plant und denkt."

„Ich bin seine rechte Hand."

„Manchmal darf die eine Hand eben nicht wissen, was sie andere tut", sagte Andreas und stupste Veronica freundschaftlich an. „Dann fahren wir heute Nachmittag zu Angelina, ja? Hatte sie dir nicht auch angeboten, ab morgen bei ihr auf der Plantage zu wohnen?"

„Hat sie, ja. Und was meinst du, soll ich sie fragen, ob die Kinder und du auch bei ihr bleiben dürft? Du weißt schon, wegen des Flairs, den Eindrücken und Möglichkeiten, uns von der Konkurrenz abzusetzen." Sie grinste und flüsterte ihm einen Dank zu, als sie sich auf ihren Plätzen niedergelassen hatten. Dann tat sie etwas, womit Andreas am wenigstens gerechnet hatte. Sie beugte sich vor und hauchte ihm ein Küsschen auf die Wange.

8

Allein hier zu sitzen, unter den Zitronenbäumen, die Sonne wärmend im Gesicht, und zu sehen, wie Angelinas Familie und die Erntehelfer nach und nach den langen, mitten auf der Wiese stehenden Tisch deckten, war, als wäre er in einem Märchen. Bisher hatte Andreas solche Bilder immer nur der Werbung zugesprochen.

Da saßen die Menschen lachend und freudestrahlend beieinander, aßen und tranken und schienen keinerlei Sorgen zu haben.

Jetzt aber, hier, in diesem Augenblick, während Marie sich – die Arme ausgestreckt – im Kreis drehte, war es ihm, als würde Werbung zu Realität werden. Seit Monaten, ach was, seit Jahren hatte er seine Marie nicht mehr so glücklich und zufrieden gesehen. Das Lächeln auf ihren sonst so oft zusammengepressten Lippen ließ Andreas einen trockenen Hals bekommen.

So will ich sie immer sehen. Glücklich und zufrieden. Ein Mädchen, das sich auf die Tage freut und voller Neugier Neues entdeckt.

Der Gedanke tat weh. Während Andreas sah, wie sie sich schneller und schneller um sich selbst drehte, wusste er, dass er etwas nicht hatte kompensieren können. Da war ein klitzekleiner Splitter in seiner Seele, den er spürte, sobald er berührt wurde.

Ein Gefühl der Ohnmacht erfasste ihn, als sie lachte, nachdem Stephan ihr irgendetwas zugerufen hatte. Ihr Lachen war glockenhell.

Er schluckte.

Dazu hatte sie, als sie einen der Erntehelfer sah, den Kopf gesenkt, ihre Haare hinters Ohr gestrichen und verlegen das Gesicht abgewandt, als sie angesprochen wurde. Andreas war, als würde sich alles um ihn herum rasend schnell verändern. Marie entglitt ihm.

Sie ... entgleitet dir? Hörst du dich eigentlich selbst reden? Sie geht ihren Weg. Sie löst sich von dir. Sie wird ... selbständig!

Der Gedanke verfolgte ihn, mischte sich mit dem Hoch seiner Gefühle, die ihn durchfluteten, wenn er an Veronica dachte, an ihre gemeinsame Zeit, den sanften, liebevoll gehauchten Kuss auf seiner Wange.

Marie ist gelöst und leicht – sie ist keine Anwältin, keine Ärztin, keine Notarin. Sie ist ... sie geht ihren eigenen Weg. Sieh doch nur, wie schüchtern sie ist, wenn der Junge da nach ihrer Hand greift, um ihr etwas zeigen zu wollen. Sieh zu, wie deine Tochter erwachsen wird.

Einerseits wollte er, dass Marie das tat, was er wollte. Andererseits sollte sie glücklich sein. Freude haben und die Erfahrungen machen, die nötig waren, um die Welt zu sehen, in die er sie entlassen musste.

Er lächelte unsicher und fragte sich, wovor er sich so sehr fürchtete? Was bezweckte er damit?

Meine Sicherheit bewahren, dachte er und lächelte, als Angelina sich neben ihn setzte und die Hand auf seinen Unterarm legte. Sie war eine junge, attraktive Frau, deren Lächeln ihn augenblicklich in den Bann geschlagen hatte und verstehen ließ, warum sie Veronica eine solch gute Freundin war. Andreas war ihr heute zum ersten Mal begegnet und hatte schon bei der Begrüßung gemerkt, wie zugewandt sie ihm war. Da war der angenehme Blick ihrer dunklen Augen gewesen. Eine liebevolle, feste Umarmung, die ihn sofort willkommen hieß.

Sie hatte weder negativ auf ihn reagiert noch auf seine Kinder. Sie schien zu ahnen, dass zwischen Veronica und ihm etwas passiert war, das sich beide selbst noch nicht eingestanden. Sie hatte ihn mit den Worten „Schön, dich kennenzulernen, Andreas", begrüßt, die Stirn gerunzelt und ihm einen fragenden Blick zugeworfen, ob sie die deutschen Worte richtig ausgesprochen hatte.

Er hatte, wie es gar nicht seine Art war, ihre Umarmung erwidert. Und als sie ihm ihren Freund Pablo vorstellte, war der ebenso herzlich wie lieb zu ihm gewesen. Er hatte all seine italienische Lässigkeit zur Schau getragen, Andreas auf die Schulter geklopft und gefragt, ob er einen Amaretto mit ihm trinken wollte. Um sich dann, lachend, gegen die Stirn zu tippen und sich Marie und Jasmin zuzuwenden.

„Wie konnte ich nur diese herrlich schönen Signorinas vergessen. Willkommen. Fühlt euch wohl", hatte er gesagt. „Mein Sohn ist in deinem Alter, kleine Bambina. Komm, gehen wir zu ihm, damit ihr euch kennenlernt." Dann vollführte er eine ausschweifende Handbewegung, die alle einschloss, die um ihn herumstanden. „Fühlt euch wohl."

Was sie taten. Ungemein.

Sie durften mit Angelinas Vater zu den Zitronenbäumen gehen, Früchte pflücken und kosten – was Jasmin zu einem „Vorzüglich" verleitete, nachdem der saure Schauer ihr übers Gesicht gefahren war.

Angelinas Vater hatte daraufhin die Kleine auf den Arm genommen, sie angestrahlt und gelacht. „Kluges Kind."

Jetzt, wo Andreas darüber nachdachte, lächelte er und wandte den Kopf der schwarzhaarigen Frau zu, die in ihrem luftigen Kleid all die Klischees einer lebensfrohen Italienerin bediente.

Sie schmunzelte, als sie sich zu ihm hinüberbeugte. „Fühlst du dich wohl?"

„Sehr."

„Warum dann so steif deutsch?" Sie lächelte, als ihre Hand sich auf seine legte.

„Steif?"

„So sitzt du da!", sagte sie, zog die Schultern in die Höhe und starrte ernst geradeaus, während sie ihre Augen zu Schlitzen verengte.

„Gar nicht wahr."

„Voll wahr." Sie nickte und hielt seine Hand weiter gedrückt. „Was bekümmert dich?"

„Nichts."

„Veronica?"

Andreas betrachtete Angelina verwundert und erwischte sich dabei, dass er versuchte, nicht an die Frau zu denken, die ihm seit Tagen nicht mehr aus dem Kopf ging. Die ihn heimsuchte, egal was er tat. Die ihn auf eine neue Art berührte, die er bisher nicht gekannt hatte. Deren Küsschen seine Wange noch immer mit einem wohlig-warmen Schauer überzog, der ihn in jugendlicher Unbekümmertheit hatte denken lassen, dass er sich niemals wieder waschen wollte. Dieses angenehme Gefühl von Glückseligkeit wollte er für immer bewahren.

Ja, sie berührt mich. Im positiven wie im negativen Sinne, dachte er schmunzelnd und seufzte leise. „Wie meinst du das?"

„Sie mag dich." Angelina lächelte. „Auch wenn sie es nur auf ihre seltsame Art zeigt. Veronica ist da nicht so, weißt du. Sie hat viel erlebt, viel durchgemacht."

„Ich weiß."

„Aber dich lässt sie an sich heran. Du bist jemand, der in ihr etwas geöffnet hat. Verstehst du, was ich meine?"

Er schüttelte den Kopf. „Nein."

„Sie lächelt von Herzen, wenn sie von dir redet, und nicht nur mit dem Mund. Sieh doch nur, wie glücklich sie mit deiner kleinen ...?"

„Jasmin."

„Mit Jasmin ist!"

Veronica trat aus dem maritimen Haus, an dem der Efeu über den Türbogen wuchs, Jasmin an der Hand. Beide mit einem sonnigen, verschmitzten Lächeln auf den Lippen, als hätten sie gerade etwas ausgeheckt. Als er Jasmin neben Veronica her hüpfen sah, unentwegt plappernd und redend, war es ihm, als hätte er in seinem Leben alles falsch gemacht. Als wären die Entscheidungen, die er bewusst getroffen hatte, eine Einbahnstraße gewesen, die ihn in die Einsamkeit führte. Er schluckte wieder, blinzelte und fragte sich ernsthaft, ob er alles, was er getan hatte, bewusst manipuliert hatte. Als würde er das Glück ignorieren, das er nur mit den Händen aufheben brauchte.

Egal ob es Marie war, die erwachsen und selbständig werden sollte, oder Jasmin, der er es verwehren wollte, mit Veronica glücklich zu werden.

Nach Karin war niemand mehr in sein Leben getreten.

Und wenn doch, hatte er aufkommende Gefühle und ihm entgegenbrachte Zuneigung gleich wieder unterbunden. Einer Schere gleich, die nur darauf wartete, Bänder und Stricke durchtrennen zu dürfen.

Es war ihm nicht möglich, einen klaren Gedanken zu fassen. Er saß nur da, starrte Veronica an, die mit der Sonnenbrille auf der Nase frech wirkte, und fand, dass sie in ihrem bis zu den Knien reichenden Trägerkleid entzückend erfrischend aussah. Sie hatte all ihre Spießigkeit, all ihre krampfhafte Ernsthaftigkeit verloren. Da war plötzlich eine über das ganze Gesicht lächelnde, junge Frau, die aussah, als wäre sie so zufrieden wie noch nie in ihrem Leben. Als sie aus dem Haus trat, begann sie nach wenigen Schritten von einem Bein aufs andere zu hüpfen, was Andreas ein Glucksen entlockte, das er von sich nicht kannte. Es war tief in ihm entstanden, irgendwo im Bauchraum, und dann, als seine Blicke sich verklärten und er glaubte, in seinem Kopf würde sich ein sonderbarer, verwirrender Nebel ausbreiten, in seinen Hals gestiegen. In all den zurückliegenden Jahren hatte er solch ein Gefühl der Nähe, der Geborgenheit, der Zufriedenheit nicht mehr gespürt.

„Es freut mich, dass ihr euch gegenseitig so guttut!", sagte Angelina und sah ihn fragend an, als wollte sie wissen, ob sie den Nagel auf den Kopf getroffen hatte.

„Meinst du?", fragte Andreas, der noch immer seine
Zweifel zu verscheuchen versuchte.

„O ja. Man sieht es."

„Was ...?"

Angelina drückte sanft seinen Arm und hinderte ihn
ganz liebevoll daran, weiter zu zweifeln.

„Zweifel machen kaputt", meinte sie.

„Sie helfen nachzudenken."

„Falsch zu denken", sagte sie und deutete zu ihrem
Vater, der seiner Frau soeben das schwere, hölzerne
Brett abnahm, auf dem mehrere Käsesorten ihren Platz
gefunden hatten. „Er sagt immer: Fühlen ist besser als
denken."

„Aber Gedanken ..."

„... führen in die Irre." Angelina schmunzelte. „Willst
du nicht glücklich sein?"

„Wer will das nicht?"

„Warum hinderst du dich dann dran? Mein Papa hat
sich oft gefragt, ob es falsch war, sie zu heiraten. Mit ihr
Kinder zu bekommen. Und weißt du, was ihm diese
Fragen gebracht haben?"

„Klarheit?"

„Angst", erklärte Angelina, die sich in ihren Stuhl zurücklehnte, den Kopf schüttelte und beobachtete, wie
sich Jasmin im Kreis drehte und laut wissen wollte, ob
sie dabei aussah wie eine Blume. „Sie hat ihm den Blick
versperrt auf das, was er hatte. Eine Frau, die ihn liebt.
Kinder, die ihn von Herzen vergöttern. Er verweigerte
meiner Mama seine Aufmerksamkeit, weil er sich
fürchtete. Wovor?"

„Die falsche Entscheidung zu treffen."

„Aber deshalb gar nichts mehr fühlen? Gar nichts mehr erleben? Sich aufgeben? Papa sagt, es waren die schlechtesten Jahre seines Lebens, als er zweifelte. Darum hat er sich gesagt: Mein Bauch verrät mir jetzt, was ich will. Und zwar *sie*. Was sagt dein Bauch?"

Andreas schluckte. Nicht, weil er mit der Frage nichts anfangen konnte oder sich unwohl fühlte. Es war etwas anderes. Etwas, das ihn innerlich anstieß und verwirrt blinzeln ließ, das er noch nicht fassen konnte. Andreas konnte er nicht verhindern, dass die Bilder von einst in ihm aufstiegen.

Als er die Tür aufgeschoben hatte, war es, als würde ihn ein Schatten einhüllen, der ein Flüstern mit sich brachte. Ein Flüstern, dem er jetzt, in der Sonne sitzend und ein Lächeln auf den Lippen, keinen Platz mehr geben konnte. Nicht mehr geben wollte. Aber damals, als er in die Wohnung trat und leise rief „Karin? Bist du da?" hatte er gewusst, dass er allein war. Er hatte begriffen, dass Karin gegangen war. Dass ihre düstere Stimmung, mit der sie die Familie in den letzten Tagen und Wochen bombardiert hatte, sie zu etwas getrieben hatte, das nicht nur einen Riss in Andreas' Seele erzeugte.

Sie hatte ... ihn verlassen.

Und den schrecklichen, mit ihrer peniblen, sauberen Handschrift versehenen Brief auf dem Tisch zurückgelassen. Sie hat mir geschrieben, warum sie gegangen ist. Wieso sie sich zurückgezogen hat und warum es für sie besser war, die Kinder bei mir zu lassen. Und das alles willst du jetzt echt durchspielen, während du Vero-

nica siehst, deine Kleine vor ihr tanzend, in ihrem Gesicht eine Zufriedenheit, wie du sie nur selten bei ihr gesehen hast? Willst du das wirklich?

Andreas schüttelte den Kopf, als hätte er mit jemandem gesprochen, als hätte er eine Unterhaltung geführt, in der eine Frage aufkam, die er beantworten musste.

Er blinzelte, während er nicht begreifen wollte, warum er die düstere Vergangenheit in die hell schimmernde Gegenwart riss.

Damit ich meine Zweifel weiter nähren kann, kam ihm ein bitterer Gedanke, den er am liebsten beiseitegeschoben hätte.

Daher war er Angelina dankbar war, als sie sagte: „Du hast vergessen, wie es ist, zu fühlen."

Andreas schluckte.

Es waren nur wenige, kaum im Einzelnen bedeutende Worte. Aber als Angelina sie zusammenfügte und ihm mit einer messerscharfen Logik an den Kopf schleuderte, schossen ihm die Tränen in die Augen.

Es schauderte ihn.

Sie hatte einen wunden Punkt getroffen, von dem er gehofft hatte, dass er nicht mehr so schmerzen würde. Dass er ihm nicht mehr solch eine Qual bereitete. Dass er ihn nicht wieder den verdammten Brief in die Hand nehmen und mit wässrigen Augen lesen ließ.

„Ich habe Angst, verletzt zu werden", murmelte er. *Und einen höllischen Schiss, anderen das anzutun, wovor ich mich fürchte. Ich verletze immer.*

Die Erkenntnis schüttelte Andreas. Er hob den Kopf und sah Angelina an.

Die tätschelte ihm wieder den Arm, schien erneut zu wissen, was er dachte, was er fühlte. „Es ist die Angst, die dich abhält", flüsterte sie.

Andreas schluckte und schloss die Augen. Und er spürte, wie sich in ihm etwas bildete, von dem er angenommen hatte, es für immer verloren zu haben.

9

„Papa!", rief Jasmin, riss ihn aus seinen Gedanken und kam geradewegs auf ihn zugelaufen. „Veronica war auf Klo mit mir. Auf Klo."

„Echt?", fragte er lachend und irritiert zugleich, da er Jasmins Freude darüber nicht nachvollziehen konnte. „Das ist doch toll."

„Ich habe nicht eingemacht."

Andreas sah über den Rand seiner Sonnenbrille. „Nicht eingemacht?"

„Alles ins Klo." Jasmin strahlte. „Kein Wischen."

„Das ist ... das ist ... prima", sagte er, einen sonderbaren, fremden Stich im Magen, den er nicht zuordnen konnte. Er begriff nur, dass ihn etwas störte, während ihm der Geruch der Zitronen in die Nase stieg und um ihn herum der Tisch mit ungezwungenem Geplapper gedeckt wurde. Es war ein kurzes, intensives Gefühl der Verwirrung, das ihm zusetzte und dem er nicht Herr werden konnte.

Nicht Verwirrung, verbesserte er sich. *Eifersucht. So wie beim zu Bett bringen. Das sind meine Aufgaben. Ich bin der Papa ... Ich bin ...*

Ein Trottel. Er begriff, was Angelina ihm hatte sagen wollen, als sie mit dem Finger auf Veronica zeigte, und ihn darauf aufmerksam machte, wie zufrieden sie wirkte, wie gelöst, wie glücklich.

Und ich will das kaputt machen. Ich lasse Nähe zu und gehe dann auf Distanz.

Er schluckte bitter. „Das ist wunderbar", flüsterte er und sah über Jasmins Schulter hinweg zu der zufrieden schmunzelnden Veronica, die die Arme vor der Brust verschränkte und plötzlich schüchtern und zurückhaltend wirkte. So, als könnte sie mit der Situation, in der sie steckte, ebenso wenig anfangen wie Andreas.

Als er Jasmin mit einem Küsschen bedachte, begriff er, dass er seine eben noch wirren Gedanken ordnen musste. *Ich bin nicht eifersüchtig. Nicht so, wie ich es dachte zu sein. Ich bin irritiert. Nicht mehr und nicht weniger. Irritiert, weil ich mich wohlfühle?*

Beinahe wäre er bei der Erkenntnis zurückgeschreckt, hätte sie am liebsten mit einem imaginären Radiergummi ausgelöscht.

Veronica kam auf ihn zu und hob die Schultern. „Sie wollte es so", sagte sie.

Da merkte er, dass er dabei war, das Gefühl der Zufriedenheit zuzulassen. Verrückt.

„Sie ist sonst immer so zurückhaltend, wenn es darum geht", murmelte er hilflos und blickte Jasmin hinterher, die auf Marie zulief und unentwegt brüllte: „Es ist ins Klo gegangen. Es ist ins Klo gegangen!"

„Sie war ganz lieb." Veronica lächelte. „Ich habe mit Angelinas Schwester in der Küche gestanden und Tomaten geschnitten, da stand sie plötzlich hinter mir. Zupfte mir am Rockzipfel."

„Ich kann es nicht glauben."

„Sie wollte es so", sagte Veronica entschuldigend und lächelte wieder, als müsste sie Andreas bestätigen, dass es sich so zugetragen hatte.

„Sie wollte es", flüsterte Andreas und nickte, um dann innerlich zusammenzuzucken, als eine Frage in ihm aufkam, die ihn mehr traf, als er es für möglich gehalten hatte. Eine Frage, deren Kraft, deren Intensität er nicht abschätzen konnte, geschweige denn zu begreifen imstande war.

Willst du das auch?

10

Der Abend war über die kleine Zitronenplantage gekommen.

„Alles gut bei dir, Papa?", fragte Marie, die unter den frisch gespannten Girlanden stand und ununterbrochen hin zu dem nicht weit von ihnen entfernt liegenden Meer geblickt hatte.

Ihr ausgelassenes Spiel mit Stephan hatte ein Ende gefunden, nachdem sie sich allesamt an den Tisch gesetzt und gegessen hatten.

Zu seiner Verwunderung hatte sich der dunkelhaarige Erntehelfer neben sie gesetzt, mit ihr gesprochen und dabei wild gestikuliert.

Angelina, die gesehen hatte, dass Marie nicht verstand, hatte übersetzt. Andreas spürte die väterliche Angst in sich aufsteigen, seinem Kind könnte was passieren, als Marie ihn fragte: „Darf ich zu den Ställen, Papa? Bitte, darf ich zu den Ställen? Die haben Pferde hier!"

„Ja, aber ..."

„Bitteee!"

„Ja", flüsterte er. Resigniert, leise, während er seinen Kummer spürte. Es war ihm, als wäre Marie ihm nun mehrere Schritte voraus. So weit von ihm entfernt, dass sie, egal wie laut er war, seine Rufe nicht mehr hörte.

Als er ihr nachblickte, Pablo seine Gitarre nahm und mit tiefer, sonorer Stimme ein italienisches Liebeslied anstimmte, durchflutete Andreas eine untypische Ruhe, der er nicht trauen wollte. Aber da Jasmin auf seinem Schoß saß, ihren Kopf an seine Schulter legte und mit ihren kleinen Fingern immer wieder durch sein Haar fuhr, hatte er gemeint zu begreifen, was es war.

Zufriedenheit.

Eine innere Ruhe und Stille, die es ihm erlaubte, sich zu entspannen. Was sich verrückt anfühlte. Es schien, als hätte er zum ersten Mal in seinem Leben seinen Mittelpunkt gefunden.

Ich fühle mich wohl mit meinen Kindern, dachte er jetzt, als er zusah, wie einige Plantagenarbeiter Fässer heranrollten, andere Sonnenschirme spannten, und Pablo noch immer versonnen dasaß und mit tiefer, rollender Stimme Lieder sang, die Andreas sofort in den Bann schlugen. Diesen Abend würden sie niemals vergessen.

Schon lag der Geruch frisch entfachter Kohle in der Luft. Angelinas Schwester würzte das bereits marinierte Fleisch und hängte es auf eine Leine, um was damit zu machen? Es zu trocknen?

Andreas hatte sich nicht geraut zu fragen. Er war nur gespannt darauf, wie es zubereitet schmecken würde.

„Papa?"

„Hm?"

Er drehte den Kopf, sah zu Marie und begriff, dass sie ihn eben schon einmal angesprochen hatte.

„Ob es dir gut geht?"

„Geht es. Und dir?"

Sie zuckte mit den Schultern, verzog den Mund und schien noch immer nach dem nötigen Mut zu suchen, den sie brauchte, um das anzusprechen, was ihr auf der Seele lag. Hinter ihr, in sicherer Entfernung, stand der dunkelhaarige Junge, lächelte sie an, gab ihr Mut.

Andreas schloss sie Augen. Er begriff, was sie von ihm wollte. Und er wollte ihr einen Weg zu einem Gespräch ebnen. „Wegen deines Abiturs", sagte er deshalb und schluckte, als er sah, wie sie sich versteifte. Er wollte seine Stimme weich klingen lassen, ruhig, wollte ihr zeigen, dass er all ihre Entscheidungen tragen würde. Er würde als Vater hinter dem Weg seiner Tochter stehen. Aber jetzt geriet er ins Stocken und musste seine Ängste niederkämpfen, da er wusste, dass er falsch begonnen hatte.

Maries Miene verhärtete sich.

Andreas sah deutlich, wie sie sich innerlich sperrte. Er lächelte verloren. „Ich wollte dir nur sagen, dass du deinen Weg gehen musst, nicht meinen." Damit zeigte er auf den noch immer selig lächelnden Jungen.

Marie musterte ihn eindringlich.

„Es ist so", sagte er. „Auch wenn es mir schwerfällt." Er seufzte und versuchte, sich einzureden, dass alles gar nicht so schlimm war, was er ihr sagen wollte. Dass es völlig okay war, wenn er seine Probleme damit hatte, dass seine Kinder viel zu schnell erwachsen wurden. „Weißt du", flüsterte er, „gestern hattest du noch eine kleine Schleife im Haar und wolltest auf meinen Schoß, wenn wir König der Löwen zusammen angesehen haben. Und plötzlich steht da diese – nun – plötzlich bist du mir entwachsen. Hast so viele Schritte gemacht, die ich gar nicht mitbekommen habe. Es ist, als würde ich am Anfang eines Waldwegs stehen, du eben noch neben mir. Ich gucke nur einmal zur Seite, und dann bist du plötzlich so weit weg von mir, dass ich dich nur noch als Schemen sehe. Das hat mich ... verängstigt?" Er fragte nicht Marie, sondern sich. Er begriff, als er von sich selbst wissen wollte, was mit ihm los war. Dass er zum ersten Mal in seinem Leben versuchte, mit sich ins Reine zu kommen. Da war keine vorgeschobene Wut mehr, kein Zorn darüber, dass er in seinem Leben mehr als eine falsche Entscheidung getroffen hatte. Er begriff, dass er zwei Dinge perfekt hinbekommen hatte.

Marie und Jasmin.

Sie waren alles, was er brauchte. Was er wollte, verbesserte er sich in einem kurzen Anflug einer sich in ihm ausbreitenden Zufriedenheit. Als er es wagte, die Hand nach ihr auszustrecken, befürchtete er, dass Marie sich ihm entziehen würde. Er seufzte tief vor Erleichterung, als sie nicht nur nach seiner Hand griff, sondern sie schaffte es auch, ihm ein Lächeln zu schenken.

„Ich werde nicht langsamer gehen", murmelte sie und streichelte seine Hand mit ihrem Daumen. „Aber ich werde mich ab und zu nach dir umgucken."

„Mehr möchte ich nicht", sagte er, gab ihr ein Küsschen auf die Stirn und hätte am liebsten geweint, als sie ihn fest umarmte und ganz fest drückte.

11

Veronica stand mit Angelina zusammen, betrachtete die sich vor ihnen ausbreitende Szene mit einem wohlig-warmen Gefühl der Zufriedenheit. Nicht nur, dass Stephan ausgelassen auf der improvisierten Tanzfläche zu Pablos musikalischen Ergüssen tanzte, sie stellte auch eine Leichtigkeit bei ihm fest, die sie bisher nicht gekannt hatte. Da lag unentwegt ein Lächeln auf seinen Lippen. Ein Schimmer der Freude, der Unbekümmertheit, wie sie begriff.

Sie sah zu ihrer Freundin, die freudestrahlend in die Hände klatschte und ihren Freund anhimmelte.

„Spielt er nicht toll?", fragte sie und platzte beinahe vor Stolz. „Sag schon! Und Mama und Papa, guck nur."

Veronica sah es. Sie freute sich darüber, dass Angelinas etwas hüftsteifer Vater nach der Hand seiner in die Breite gegangenen Frau griff. Wie er sie anlächelte, anhimmelte und mit einer angedeuteten Verbeugung dazu aufforderte, mit ihm auf die Tanzfläche zu gehen.

Zu den zart klingenden Takten bewegte sich der alte Herr sanft, leichtfüßig und drehte seine Frau in einem ebenso sanften Schwung, als hätte er nie etwas anderes getan.

„Das will ich auch", hörte Veronica sich selbst sagen, als sie sah, wie Angelinas Mutter ihrem Mann sanft über das Gesicht strich und ihren Mund dann dicht an sein Ohr brachte. Sie flüsterte etwas, das den alten Mann zum Lächeln brachte.

„Nimm es dir. Wer hindert dich daran?"

Veronica sah ihre Freundin entgeistert an, wusste nicht, was sie dazu sagen, geschweige denn wie sie gegenargumentieren sollte. Hatte sie überhaupt eine Ausrede parat? Brauchte sie eine?

Veronica schüttelte verwirrt den Kopf und musste dann lachen, als Angelina mahnend den Zeigefinger hob. „Werde glücklich."

„Bin ich."

„Wie eine vom Strauch gefallene Tomate." Ihre Freundin schüttelte den Kopf. „Das stimmt nicht. Was sagt ihr in Deutschland immer dazu, wenn jemand Unsinn redet?" Angelinas Stirn legte sich in Falten, und ihre Lippen bewegten sich, als sie nach der passenden Bezeichnung suchte. „Ah", sagte sie schließlich und hob erneut den Zeigefinger. „Quatsch. Du redest das schrecklich auszusprechende Wort."

Veronica lachte. „Ich rede was?"

„Du bist nicht glücklich. Willst es auch nicht sein. Du suchst immer nach Gründen, um etwas an dem anderen auszusetzen."

„Wenn du auf mein Telefonat anspielst, das wir geführt haben, als ich in Hamburg war ..."

„Ach das." Angelina winkte ab. „Das ist längst vergessen. Der weiß doch nicht, was ihm entgeht. Du aber willst dir mit Absicht was entgehen lassen."

„Gar nicht."

„Und warum hast du dich dann von Andreas' Verletzlichkeit abschrecken lassen?"

„Hä?"

„Wegen Jasmin.“

Veronica legte die Stirn in Falten und tat so, als wüsste sie nicht, wovon ihre beste Freundin redete. Aber in dem Moment, als sie Verletzlichkeit ausgesprochen hatte, hatte Veronica gewusst, welche Wendung ihr Gespräch nehmen würde. Was bedeutete, dass sie sich mit Dingen auseinandersetzen musste, die ihr nicht schmeckten. Sie presste die Lippen aufeinander und holte tief Luft, als sie zu Angelinas noch immer tanzenden Eltern blickte.

„Gib ihm die Zeit“, sagte Angelina. „Er braucht sie.“

„Ich will ihm nicht …“

„Was? Wehtun?“, fiel Angelina ihr ins Wort. „Kannst du doch gar nicht. Ich merke, wie er dich ansieht. Als du aus dem Haus gekommen bist, die Kleine an der Hand, war er anders. Er war voll mit *Amore* für dich.“

„Ach komm.“

„War er. Glaube einer Italienerin“, schmunzelte Angelina und stupste Veronica an. „Ich habe das im Blut.“

„Das ist der Alkohol.“

„No.“ Sie schüttelte den Kopf. „Amore.“

„Aber …“

„Ihr Deutschen seid zu steif“, meinte Angelina und deutete auf ihren gitarrespielenden Freund. „Ich habe mich von Pablo an die Hand nehmen lassen und genickt, als er sagte: Liebe mich. Und er liebt mich. Weil er weiß, dass ich das Gleiche für ihn empfinde. Wir lieben uns beide. Von Herzen!“ Sie riss ihre Hände auseinander, als würde eine Supernova explodieren. „So musst du auch lieben.“

„Aber …“

„*Abers* klauen dir die Zeit. Sie nehmen dir den Sinn und machen dich grau. Du bist nicht grau. Guck dich an. Du kannst so viel sein. Wunderschön, wenn du ehrlich lächelst. So wie du gelächelt hast, als du das Mädchen an der Hand hattest. Du hast *komplett* ausgesehen.“

Veronica versuchte, das plötzlich in ihr entstandene Loch mit aller Macht zu schließen. Sie wollte den aufkommenden Kummer ebenso wenig spüren wie das beängstigende Gefühl von Bestätigung. Ja, als sie Jasmin an der Hand gehabt hatte, war es gewesen, als hätte sie kein fremdes Kind in das gleißend warme, guttuende Sonnenlicht begleitet.

Es war, als habe ich einen Schritt in eine mir unbekannte und mich doch nicht mit Schrecken erfüllende Zukunft getan. Ich war eins mit mir.

Sie schluckte, wischte sich mit der Hand über die Lippen und versuchte, etwas zu sagen, die richtigen Worte zu finden, um dann zu merken, dass es ihr nicht gelang. Ganz und gar nicht.

Sie hatte keine Chance mehr, denn Angelina nahm ihren Kopf zwischen die Hände und nickte an ihren tanzenden Eltern vorbei, hin zu Andreas, der soeben seine Tochter in den Arm nahm. Der dastand, still und genügsam, die Augen voller Andacht geschlossen.

„Er macht dich ganz.“

„Er ist …“

„Deine Zukunft. Vielleicht“, sagte Angelina. „Du musst dich nur trauen.“

12

„Wo möchtest du hin?“ Andreas lächelte sie an. Er wirkte hilflos.

Sie zuckte mit den Schultern. „Angelinas Schwester hat mich vorhin in der Küche gefragt, ob du und ich nicht noch ein wenig reden möchten.“

„Ach so.“

„Nicht gut?“

Andreas lächelte schüchtern und schien zu überlegen, da sich seine Stirn in Falten legte.

„Alles mit dir ist gut“, sagte er zu ihrer Verwunderung.

Veronica starrte ihn an, versuchte in seinem Gesicht milden Spott oder irgendetwas anderes zu entdecken, das ihr verriet, dass er sie auf den Arm nahm. Aber das tat er nicht, wie sie feststellte.

Er erhob sich von seinem Platz, nickte der bei ihrem Freund stehenden Angelina zu und reichte Veronica die Hand. „Wenn du tanzen möchtest?“

„Das kann ich doch nicht.“

Er zuckte mit den Schultern. „Ich auch nicht!“

Damit nahm er sie bei der Hand, führte sie zur Tanzfläche, wo Angelinas Eltern sich noch immer im Takt der leisen Gitarrenklänge bewegten.

„Ich glaube“, sagte Andreas, als er die kichernde Veronica um sich drehte und dabei ins Straucheln kam, „das hier kann sehr schön werden.“

„Das glaube ich auch“, sagte sie und lächelte.

„Und ich finde, wir sollten noch einmal ganz von vorne beginnen.“

Sie sah ihn an, während Hitze in ihr aufstieg. Etwas, das – wie sie mit Verwirrung und Entsetzten feststellte – sie lange nicht gekannt hatte. Was sie vergessen hatte. Ein Gefühl von Geborgenheit.

Sie lächelte und nickte. „Ich bin Veronica“, flüsterte sie. „Hi.“

Sich sicher sein

1

„Diesmal will ich es besser machen", sagte Andreas, während er die verwunderte Veronica an die Hand nahm und sie die sandsteinfarbenen Stufen herunter zum Strand führte. Hin zu einem aufgespannten, leicht sich im auffrischenden Meereswind wiegenden Pavillon. Er lächelte, als er ihr verdutztes Gesicht bemerkte, und hob schnell die Hand, als sie etwas sagen wollte.

„Ich habe bei unserem ersten Treffen glaube ich einen schlechten Eindruck hinterlassen."

Sie lachte.

„Habe ich", sagte er und deutete auf den weißen Pavillon, unter dem ein Tisch stand, auf dem eine fliederfarbenen Decke lag. Ein Kellner, die Hände hinter dem Rücken verschränkt, deutete eine Verbeugung an.

„Du bist verrückt", flüsterte Veronica.

Eine Kerze in einem Kerzenhalter verströmte helles, warmes Licht. Schatten schienen zu tanzen, als ein leichter Lufthauch die Flamme bewegte, während in der Ferne das milchig-weiße Licht des Mondes die Gischt auf den Wellenkämmen zum Leuchten brachte.

„Darum wollte ich mich revanchieren."

„Aber ..."

„Nein, nein, nein", sagte er, schüttelte den Kopf und strahlte über das ganze Gesicht. „Sag mal nichts, bitte.

Nimm es hin. Keine Verpflichtungen, ja? Kein Hintergedanke. Nur der Moment für uns beide. Was meinst du?"

„Das ist völlig verrückt", lachte sie, nahm die Hand vor den Mund und schien nicht zu begreifen, was Andreas vorhatte. „Was, wenn es mir gefällt und ich es immer wieder erleben will?"

„Dann musst du dir einen anderen Mann suchen, oder Karl heiraten, der hat das hier alles arrangiert", scherzte Andreas und war froh darüber, dass sie lachte und ihm spielerisch gegen den Oberarm schlug. „Das ist nur für dich. Meine Art zu sagen, wie dankbar ich dir bin, dass du das alles mit uns aushältst."

Seine Mundwinkel schmerzten schon fast vom Lächeln.

Als er die Planungen für diesen Abend vorangetrieben hatte, hatte ihn ein kurzes, intensives Gefühl von Furcht geflutet. Er erinnerte sich nur zu gut daran, wie seine Hände kalt und sein Herz schwer geworden war und es in seinem Magen verdächtig rumort hatte. Jetzt aber, wo er hier mit ihr am Strand stand und sie in ihrem blauen Kleid atemberaubend aussah, meinte er, die Angst besiegen zu können.

Er musste nur zu ihr blicken, wie kunstvoll sie ihre Haare hochgesteckt trug; in den dunklen Strähnen kleine, glitzernde Perlen, eine silbern glänzende, in Form eines Dolches gehaltenen Spange, die ihre zu einem Kranz geflochtenen Haare hielt.

Ihr Lächeln, warm und herzlich, war noch immer von Überraschung gezeichnet. Es tat ihm so gut, auf seine Art und Weise danke sagen zu können.

Er hielt ihre Hand weiterhin fest und zog Veronica mit sich. „Es ist alles da. Alles, was du magst."

„Du weißt, was ich mag?"

Er nickte eifrig und tippte sich an die Nase. „Journalist. Ich habe im Restaurant gesehen, dass du erneut Antipasti bestellt hast, und danach eine kleine Pizza, belegt mit Spinat. Das hast du dir auch an unserem ersten Abend im Hotel vom Büfett geholt. Na ja, und am Strand, als ich dich fast ertränkt habe", er grinste, als er an die skurrile Situation dachte, „hast du beim Strandlokal nach Antipasti gefragt. Voilà, nun hast du sie. Mit deiner Spinatpizza."

Veronica starrte noch immer fassungslos auf den Pavillon. Sie schien nicht begreifen zu wollen, dass es jemanden gab, der sich ernsthaft solche Gedanken um sie machte und diese in Mühen umsetze.

Der hinter dem Tisch stehende, dunkelhaarige Kellner, in ein weißes Hemd und eine enganliegende, schwarze Hose gekleidet, deutete eine Verbeugung an, als Andreas ihm ein Zeichen gab.

„Signora", begrüßte er sie mit einem charmanten Lächeln. „Setzen Sie sich."

„Das ist alles nicht echt", murmelte sie, als Andreas sie über einen ausgerollten, bis zum Tisch reichenden Teppich geleitete.

„Ist es", sagte er, nachdem der Kellner den Stuhl zurückgezogen hatte und Veronica Platz nehmen ließ.

In der Ferne fuhren einige Autos, störten die ruhige Atmosphäre aber keineswegs. Selbst die aus dem hoteleigenen Restaurant klingende, orchestrale Musik untermalte sie eher.

Als Andreas sich Veronica gegenübersetzte und ihr noch immer fassungsloses und doch glückseliges Lächeln sah, begriff er, was er hier gerade tat. Was er in Gang setzte.

Es war jene Furcht, die ihn kurz hatte innehalten lassen, als er mit dem Hotelmanager sprach. Als er nachfragte, ob es möglich war, einmal abseits vom Restaurant essen zu können, so wie sein Bruder es geplant hatte.

Da hatte er sich genauso gefühlt wie jetzt. So als würde er einen Fehler begehen? Konnte das sein?

Er schüttelte den Kopf, versuchte, die Zweifel niederzuringen und sich selbst zu sagen, dass es einfach ein netter und schöner Abend werden würde.

Er hatte nichts zu befürchten. Gar nichts.

Er saß hier nur mit einer wunderschönen Frau, die es geschafft hatte, ihm für wenige Tage all seinen Kummer und seine Angst zu nehmen. Die mit seinen Kindern klarkam und Jasmin ins Bett bringen konnte, ohne dass diese weinte, jammerte und Andreas glauben ließ, wahnsinnig zu werden.

Und das alles wollte er weshalb infrage stellen? Wegen eines unguten Gefühls im Magen?

Ich bin verrückt. Ich muss völlig den Verstand verloren haben.

„Es ist wunderschön", sagte sie. „Danke."

„Du hast es dir verdient."

„Ich habe doch gar nichts gemacht." Sie lächelte milde, während sie die Serviette nahm, ausbreitete und darauf wartete, dass der Ober ihr Weißwein in das Glas füllte.

„Du gibst mir ein gutes Gefühl“, sagte er mit einem verkrampft wirkenden Lächeln und schimpfte sich innerlich einen Lügner. „Meine Kinder lieben dich.“

„Tun sie das?“

Er nickte. „Für mich sieht es ganz so aus.“

„Ich mag sie auch“, sagte sie, stützte ihre Ellenbogen auf der Tischplatte ab und betrachtete Andreas auf eine ihn berührende und zugleich ängstigende Art. Sie berührte ihn, weil er meinte, in ihren Augen Zuneigung zu erkennen, einen verklärten, nur nebelhaft in die Zukunft gerichteten Blick, in dem er sich schemenhaft abzeichnete.

Ich verletze immer.

Sie ängstigte ihn, weil er glaubte, dass sich eine angenehme, zukunftsweisende Spannung zwischen ihnen aufbaute, die er nicht genauer einschätzen konnte. Er wusste plötzlich nicht mehr, was er wollte. Was ihn dazu trieb, schief zu grinsen. „Aber das wollten wir eigentlich nicht.“

Sie blinzelte. „Wie meinst du das?“

Er wischte sich über das Gesicht, fühlte sich auf eine merkwürdige Art ganz schwer, so, als hätte sich eine Tür in ihm geöffnet, die er mit aller Macht geschlossen halten wollte.

Wieder stand er allein im Hausflur. Rief in den Raum „Hallo, ich bin da, wer noch?“, und wusste sofort, dass etwas nicht stimmte.

Wie damals, als er den ersten, vorsichtigen Schritt machte, der ihm eine grauenhafte Gewissheit brachte, fühlte er sich auch jetzt. Von solch einem Kummer, solch einer Angst getrieben, als wäre sein Hals mit einem Drahtseil zugeschnürt. Aber er hatte auch noch nie so klar und deutlich gesehen wie in diesem Augenblick.

Hier, auf Sizilien, unter der untergehenden Sonne, mit dem Meer, dem Rauschen, den in der Ferne dahinfahrenden Schiffen, hatte er alles, was er brauchte, um glücklich zu sein. Damals, als er begriff, dass seine Ehe auseinanderbrach, was sie bereits getan hatte, als seine Ex-Frau mit Jasmin schwanger gewesen war, hatte es keinen Ausweg mehr gegeben.

Keine Zukunft.

Hier aber war es anders. Hier konnte er es wagen. Hier hatte er die Chance, seinem Leben eine neue Richtung zu geben.

Und er tat was?

Ich verletze immer.

Er begann schon wieder, es zu boykottieren. Er versuchte, die angenehme Atmosphäre, das liebevolle Ambiente mit seiner Unfähigkeit, Beziehungen zu führen, zu zerstören. „Wir hatten gesagt, am Anfang, dass wir uns nicht so nahekommen sollten. Wegen der Kinder und so."

„Findest du nicht, dass sich etwas geändert hat?"

„Geändert?"

Er griff nach dem Glas, lächelte schief und versuchte, seine Panik wegzuspülen, als er das Wasser mehr in sich hineinschüttete als trank.

„Ich finde, wir haben uns verändert." Sie lächelte und wandte sich dem Kellner zu, der ihr eine Suppe servierte und erzählte, dass darin Muscheln, Garnelen, etwas Heilbutt und Schnecken für den ausgezeichneten Geschmack sorgten. „Wir haben es irgendwie geschafft, dass wir uns mögen."

„Mögen.“ Er lächelte und atmete erleichtert aus, als die Panik nachließ und sich an seinem emotionalen Horizont die Sonne ausbreitete.

„Tun wir doch, oder?“

„Ja“, flüsterte er. „Sehr.“

„Ich finde das schön“, sagte sie und zeigte ihm eine weiche Facette, die er an ihr bisher kaum wahrgenommen hatte, aber sehr mochte. Sie nahm ihr den harten, immer alles kontrollieren wollenden Ausdruck. Da war kein Zug mehr um ihren Mund, der an ein Schmollen erinnerte. Kein Eindruck, sie könnte etwas gegen ihn haben, nur weil er in ihrer Nähe war. In ihrer Mauer waren Risse entstanden, die Veronicas bisher unter Abweisung und Zurückhaltung verborgenes, weiches Gesicht zeigten.

Jetzt sah er die echte, die wirkliche Veronica.

„Ich auch“, sagte er heiser, starrte sie über den Tisch hinweg an und begriff, wie lieb sie war. Dass sie es nicht verdient hatte, von einem Idioten wie ihm auf irgendeine Art und Weise verletzt zu werden.

Weil Nähe mir Angst macht, seit damals. Ich verletze immer.

Er keuchte, als er sich sagen hörte: „Ich habe Angst.“

„Wovor?“

Im ersten Moment wollte er sagen: *vor mir.* „Der Zukunft“, sagte er dann hastig. Er schluckte, als sich in Veronicas Gesicht eine steile Falte bildete. War sie zornig?

„Wie meinst du das?“ Sie ließ den mit Suppe gefüllten Löffel wieder auf den Teller sinken.

„Keine Ahnung“, sagte Andreas mit einem Kopfschütteln und versuchte, sich die schönen, liebgewonnenen

Erinnerungen ins Gedächtnis zu rufen. Daran zu denken, wie sie auf der Zitronenfarm gesessen und gegessen hatten, wie er bemerkte, wie gut Veronica seinen Kindern tat. Daran, wie sie sich am Strand gegenseitig aufzogen oder an den Anfang, als er ihr in der selten langweiligen Besprechung einen Zettel zugeschoben hatte, auf dem sie ankreuzen sollte, ob es jemanden im Raum gab, den sie mochte.

An alles, was ihr ein liebevolles Lächeln auf die Lippen gezaubert hatte, in das er sich allmählich verliebt hatte.

„Wie, keine Ahnung?"

Er zuckte mit den Schultern. „Es ist irgendwie ein merkwürdiges Gefühl, verstehst du? Dass es da wieder jemanden geben könnte, der mir Gutes will."

Sie legte den Kopf schief, betrachtete ihn aus ihren dunklen, alles ergründenden Augen und ließ ihn spüren, dass sie alles wollte, nur nichts Böses. „Das will ich. Von ganzem Herzen. Wie sollte ich jemandem böse sein, der sowas Schönes für mich organisiert hat? Der mir jeden Tag zeigt, wie gut ich bin?

Weißt du, wie lange ich das nicht mehr hatte?"

Andreas lächelte. „Seit der Geburt deines Jungen."

Sie nickte. „Es ist verrückt, ich weiß. Aber ich habe zum ersten Mal die Hoffnung, nicht verloren zu gehen. Sondern gehalten zu werden. Jemand zu sein. Jemand, der gut genug ist, so wie er ist. Der nicht ersetzt werden muss."

Und ich denke hier schon wieder an den verdammten Brief, daran, wie ich ihn aufgehoben und mit zitternden Händen und Tränen in den Augen gelesen habe.

Wie mir bewusst geworden ist, dass meine schlimmsten Befürchtungen Wahrheit waren.

Jetzt schreibe ich den Brief, kam ihm ein entsetzter Gedanke.

Ich verletze immer. Ich mache Schluss, bevor es begonnen hat.

Ich habe Angst. Ich möchte vorgreifen. Ich will Veronica daran hindern, mit mir in naher Zukunft Schluss zu machen.

Er glaubte, dass es wirklich so kommen würde. Das sie eines Tages vor ihm stand und ihm sagte, dass es vorbei war und sie ihn nicht mehr liebte. Sie habe sich unter der Beziehung etwas anderes vorgestellt und wolle die Zeit, die sie noch habe, anders verbringen. Glücklicher.

Warum denke ich das? Das ergibt keinerlei Sinn.

Andreas begriff, dass es doch einen Sinn ergab. Einen tiefen, tragbaren, ihn verzweifeln lassenden Sinn.

2

Obwohl Andreas es nicht wollte, griff er gedankenschnell nach seinem Handy, als er das vertraute, ihm in den Magen fahrende *Pling* vernahm. Die Hoffnung, die in ihm hochschnellte wie ein aus einem lodernden Feuer aufstobender Funkenflug, setzte all seine Nerven, seine Empfindungen und Gefühle in Brand.

Er kämpfte noch immer mit dem schlechten Gewissen, das all seine Gedanken, seine Ängste und Zweifel beherrschte.

Lass es sie sein. Oder ... lass es sie nicht sein. Bitte, lieber Gott, lass es sie nicht sein, um mir noch einmal zu sagen, welch ein Idiot ich bin. Bitte. Bitte. Bitte, lass es sie nicht sein.

Der Zwiespalt, der sich in ihm ausbreitete, ließ ihn schütteln.

Obwohl er es seit Tagen versuchte, nicht mehr an den Strand zu denken, nicht mehr an seine Befürchtungen, stiegen die Bilder dennoch, einem Kreislauf der Selbstzerstörung gleich, in ihm auf. Er sah die Freude in Veronicas Gesicht wie eine auf den Boden zerschellende Porzellantasse zerspringen. Der ungläubige Ausdruck in ihren Augen, wie ihr Oberkörper steif wurde.

Ihr verwirrt klingendes „Was?", als er ihr sagte, dass er sich nicht traute, eine Beziehung einzugehen, bohrte sich wie ein Rosendorn tief in seine Seele.

Er war aufgestanden, hatte zu Boden gestarrt und sie am Strand sitzen lassen, in dem geschmückten Pavillon.

Als er das Handy jetzt mit einem einfachen Daumendruck entriegelte, griff die Enttäuschung nach ihm, da die Nachricht nicht von Veronica war, sondern von Karl.

Er runzelte die Stirn. Die Zeilen seines Bruders lasen sich auf eine beunruhigende Art und Weise beängstigend.

Was hast du für einen Scheiß gebaut?

Andreas Herzschlag beschleunigte sich. Sein Magen krampfte sich zusammen, aber er wollte sich nicht zu sehr von Karls Worten ins Bockshorn jagen lassen. Er schluckte bitter.

Karl hat herausgefunden, dass du Veronica verletzt hast. Er weiß jetzt, dass du ihr das Herz gebrochen hast. Seiner besten Lektorin. Die Frau, die er zu gerne als seine zweite Hand in seinem Verlag integrieren wollte.

Seine Finger zitterten, und er spürte einen unangenehmen Druck im Magen, während er versuchte, eine neutral klingende Nachricht zu verfassen, die Karl allen Wind aus den zornig geblähten Segeln nehmen würde.

Wieso?

Er erschrak selbst über seine einfallslose Frage. Er hatte die Nachricht noch nicht abgeschickt, als sein Handy klingelte. Mit weit aufgerissenen Augen sah er, dass es Karl war.

„Ja?", meldete er sich. Insgeheim hatte er gehofft und doch gewusst, dass seine Stimme alles andere als unbekümmert klang. Es war eher ein Räuspern, ein trockenes Schlucken, gepaart mit einem Hauch aus Sorge und Kummer.

„Bist du eigentlich von Sinnen?“, brüllte sein Bruder einer Furie gleich ins Telefon. Andreas kam nicht dazu, zu antworten. „Kannst du mir sagen, was dir einfällt, mir so ans Bein zu pissen? Alter, ich habe dich doch nur darum gebeten, Veronica auf Sizilien zu unterstützen und ihr zur Seite zu stehen. Aber niemals, nie, nie, nie, nie gewollt, dass du sie dazu bringst, mein Angebot auszuschlagen.“

„Auszuschlagen?“ Andreas wurde schwindelig.

„Hast du es mit den Ohren, oder was? Ja, auszuschlagen. Scheiße Mann, wie kommst du dazu, mich so fertig machen zu wollen? Habe ich dir irgendetwas getan? Andreas! Erkläre es mir. Was ist auf Sizilien passiert?“

„Ich … ich … ich …“

„Ich … ich … ich“, äffte Karl ihn zu seiner Beschämung nach. „Natürlich fehlen dir mal wieder die Worte.“ Der Satz kam Andreas nicht nur wie eine Ohrfeige vor, sondern wie ein Schnitt in seine Seele.

„Das ist …“

„… gemein von mir?“ Karl klang wie damals, als sie in der Pubertät gewesen waren und jeder anfing, seinen eigenen Weg zu gehen. Es hatte etwas Drängendes, etwas sich Abwendendes. „Weißt du, wie gemein es von dir ist, mir meine beste Kraft zu nehmen? Alter, als ich heute ihre Mail bekommen habe, bin ich aus allen Wolken gefallen. Ich habe gedacht, du hast mir in die Eier gezwickt. Ach was, in die Eier gezwickt, du hast mich am Sack gepackt und über den Jungfernstieg geschleppt. Andreas, wie konnte das passieren?“

„Es tut mir leid“, murmelte er, richtete sich im Bett auf und wünschte sich irgendwo hin, wo es nicht so stürmisch, kalt und sorgenvoll war.

„Ist das alles, was du zu sagen hast?“

„Nein.“

„Was denn noch? Sag mir, wie das passieren konnte.“

„Ich ... wir ... also ... es ist ... Karl, wir haben uns irgendwie ineinander ver... ja, also, irgendwie sind wir uns nähergekommen.“

„Deshalb schlägt man doch keine Festanstellung aus. So ein Angebot nimmt man nicht an, wenn der eine Bruder verletzend ist und man deshalb nicht glaubt, mit dem anderen Bruder zusammenarbeiten zu könne. Wegen zufälligen Begegnungen. Schmerzendes Herz. Aufkommende Erinnerungen und so.“

„Und man ihr sagt, dass man keine Beziehung wagen kann“, sagte Andreas leise, voller Reue und schlechtem Gewissen.

„Keine Beziehung wagen?“

„Ja!“

„Bist du denn von Sinnen?“ Karls Stimme nahm plötzlich einen weicheren, verständnisvolleren Ton an. Jenen Ton, den Andreas damals so sehr an ihm geliebt hatte, als sie zusammen versucht hatten, darüber hinwegzukommen, dass ihr Vater von einem Tag zum anderen eine der schrecklichsten Diagnosen bekommen hatte. „Du hast eine Frau an dich rangelassen und weist sie zurück?“

„Ja.“

„Alter, kannst du es lassen, immer nur mit einem beschissenen *Ja* auf meine Fragen zu antworten?“

„Okay.“

„Andreas.“

„Ich kann dazu doch nicht mehr sagen.“ Er fand selbst, dass er unangenehm jammernd klang und wünschte sich, dass sich das Chaos in seinem Kopf wieder lichtete. „Ich … ich … ich habe es verbockt. Angst habe ich bekommen. Sie war mir so nahe, konnte plötzlich in mir lesen, konnte mich verletzen, wenn sie es wollte.“

„Und da hast du gedacht, dass du ihr lieber einen vor den Latz knallst und ihr sagst, dass es besser wäre, wenn alle Brücken hinter euch abgerissen werden und ihr keine Chance mehr habt, einander in Hamburg über den Weg zu laufen?“

„Ich …“

„Wenn du wieder anfängst zu stottern, komme ich durchs Telefon und gebe dir einen auf die Nase.“

„Ich wollte doch nicht, dass sie dein Angebot ausschlägt. Ich wollte nur …“, Er schwieg und begriff, welches Wort ihm aus dem Herzen auf die Zunge springen wollte.

„Du wolltest nur was?“

Andreas ließ den Kopf ins Kissen sinken, schloss die Augen und legte einen Arm darüber. Er roch sich selbst und wünschte sich, jetzt unter der heißen Dusche zu stehen.

„Sicher sein.“

„Sicher?“ Karls Stimme klang wieder zunehmend aggressiv. Sie schwoll an, wollte zu einem Orkan werden, um dann alle Kraft zu verlieren, als Karl noch einmal fragte: „Sicher?“ Es klang versöhnlicher.

„Sicher." Andreas schluckte und kam sich dabei selten blöd vor, ohne aber seine Angst, loslassen zu können, die ihn schon auf Sizilien verfolgt hatte. „Ich war plötzlich wieder in der leeren Wohnung und habe diesen verdammten Brief gesehen, den sie auf dem Tisch zurückgelassen hat. Ich bin ..."

„... einsam", beendete Karl den Satz, den Andreas hatte anderes abschließen wollen, und traf doch mitten ins Schwarze. „Man ist nie sicher, Andreas. Du wirst immer verletzbar sein."

„Karl, bitte."

„Du hörst mir zu. Ich weiß, wie du gelitten hast, als Karin dich und die Kinder sitzen ließ. Und ich habe mitbekommen, wie etwas in dir zerbrochen ist."

„Lass es."

„Nein, kann ich nicht."

Andreas stellte sich vor, wie Karl auf seinem Schreibtischstuhl saß, den Kopf schüttelte, das Handy an sein Ohr drückte und sich die Unterlippe massierte – so wie er es auch immer tat, wenn er mit ihm ernst von Angesicht zu Angesicht redete. „Und weißt du warum, Junge? Weil ich es nicht gut ertrage zu sehen, wie du trauriger wirst. Von Tag zu Tag. Ich will doch nur, dass du glücklich bist. Fröhlich. So wie damals. Als wir im Urlaub waren."

Andreas schüttelte den Kopf und lächelte. „So habe ich mich auch gefühlt, als Veronica und ich zusammen am Wasser waren", flüsterte er. „Auf der Zitronenfarm. Am Strand."

„Warum gibst du es dann auf?"

„Weil ..."

„Keine Ausreden!"

„Ich weiß es nicht. Da ist der Kummer in mir, die Angst, wieder enttäuscht zu werden. Wieder jemanden nicht zu sehen; ihn nicht zu verstehen."

„Darum enttäuschst du lieber?" Karls Stimme hatte nun einen Unterton, der Andreas nicht gefiel. Weil er begriff, dass Karl kurz davor war, ihm etwas zu sagen, das alle Entschlüsse ad absurdum führte. „Ich habe die Bilder von Veronica und dir gesehen. Da war ein Lächeln auf deinem Gesicht wie in den letzten vier Jahren nicht mehr."

„Karl, lass es. Wenn ich es ungeschehen machen könnte, dann würde ich es tun. Wirklich. Aber ich habe meine Entscheidung …"

„Ich habe da dein Glück gesehen", sagte Karl leise, einfühlsam, von einer brüderlichen Liebe erfüllt, die Andreas die Tränen in die Augen schießen ließ. „Du warst zufrieden. Mehr will ich nicht für dich. Ich will doch nur, dass du weißt, dass du geliebt wirst. Nicht von mir, das sollte dir klar sein. Nicht von deinen Mädels, das ist eh nicht von der Hand zu weisen."

„Veronica …"

„Genau die", sagte Karl, wohlwissend, dass Andreas die eben gehörten Worte hatte entkräften wollen. „Sie hat dich zufrieden gemacht." Und dann stellte er eine Frage, die Andreas zittern und vibrieren, die ihn hart schlucken ließ. „Wann willst du endlich wieder in dir zuhause sein?"

3

„Wer bist du denn?"

Andreas machte einen erschrockenen Schritt zurück, als sich die Tür zu Veronicas Haus öffnete und er in ein fremdes und doch bekanntes Gesicht blickte. Er bekam kein Wort heraus. Instinktiv presste er Jasmin an sich und versuchte, die hinter ihm stehende Marie irgendwie zu verdecken. Die Blumen in seiner Hand, die er schon beim Kauf albern gefunden hatte, kamen ihm plötzlich zu pompös, übertrieben, viel zu überladen vor.

Als er in den Blumenladen gestürmt war, waren die Worte der Blumenverkäuferin wie Wasser auf seinen inneren Mühlen gewesen. Alles was sie vorschlug, jedes grüne Büschel, das sie gegen die Sonnenblumen presste, gegen die Veilchen hielt, mit dem sie die Tulpen zu untermalen versuchte, hatte in seinen Augen gigantisch ausgesehen, grandios, jedes einzelne seiner Gefühle unterstreichend und hervorhebend.

Jetzt aber, wo er den Blumenstrauß wie einen Schutz vor sich hielt und über die Blütenkelche hinweg blickte, versuchte er sich daran zu erinnern, wo er dieses markante Kinn und die hochangesetzten Wangenknochen schon mal gesehen hatte. Ihm war, als hätte die Verkäuferin ihn verhöhnt.

Andreas wischte seine Verwirrung beiseite, als er sich ins Gedächtnis rief, wie sarkastisch die Begrüßung des

Mannes geklungen hatte, der da vor ihm in der Tür stand. So, als konnte der nicht glauben, welch eine abgekämpfte und heruntergekommene Figur sich da auf die Türschwelle verirrt hatte.

„Andreas“, sagte er, streckte die Blumen vor und nahm sie rasch wieder zurück. „Wer sind Sie?“

„Aron“, meinte der Mann, grinste lässig und zog die Tür weiter auf. „Veronicas Mann.“

Andreas lag das Wort „Ex“ auf den Lippen. Verwirrung erfasste ihn, ebenso Furcht, und ließ ihn keinen klaren Gedanken mehr fassen. Er legte den Kopf schief, musterte Aron und begriff erst jetzt, dass er Stephan ähnelte. Der Junge wirkte nicht so kalt, so glatt, vielmehr weich und von ehrlichen Gefühlen begleitet, trug aber dennoch unmissverständlich die Züge seines Vaters.

„Und du bist wer?“, riss Aron Andreas aus seinen Gedanken.

Instinktiv tastete er nach Jasmin und presste sie an sich. „Andreas.“

„Und du willst hier was genau? Blumen verkaufen?“

„Äh …“

„Daran haben wir kein Interesse. Der ganze Garten steht voll mit den Dingern.“ Aron grinste, die Stimme jetzt so voller Hohn, dass Andreas merkte, wie er in die Defensive gedrängt wurde.

Er spürte, dass sich in ihm etwas festsetzte, das er nicht vertreiben konnte – obwohl er es mit aller Macht versuchte.

Mutlosigkeit. Es war ihm, als würde er wieder auf dem Schulhof stehen, seiner großen, ersten Liebe gegenüber, mit dem Wunsch, ihr sagen zu können, was er empfand. Als er den Mund geöffnet hatte, um all seinen Gefühlen freien Lauf zu lassen können, hatte er jedoch gemerkt, dass er nicht dazu imstande war, die richtigen Worte zu finden.

So fühlte er sich auch jetzt.

„Die Blumen sind für Veronica", sagte er stockend. Sein Herz schlug ihm bis zum Hals, seine Hände waren schweißnass. „Eine Entschuldigung, weil ich so dumm war."

Aron sah ihn verständnislos an. Dann zuckte er die Schultern.

Andreas schluckte trocken. „Ist sie nicht da?"

„Nein."

„Dann ... dann ... magst du ihr vielleicht sagen ...?"

„Bist du der Vogel, von dem mein Junge erzählt hat? Der, der mit ihm Fußball am Strand gespielt hat?"

Andreas nickte. „Ja", flüsterte er.

„Verstehe."

Andreas konnte fast sehen, wie sich eine Gewitterwolke aus Eifersucht und Abscheu über Arons Kopf bildete. Sie nahm so viel Raum ein, dass er sich genötigt fühlte, einen Schritt zurückzumachen.

„Wo ist sie denn?", fragte Marie, die nun neben ihm stand, und versetzte Andreas in Schrecken und Erleichterung zugleich.

„Nicht da, Mäuschen. Kommt erst später wieder. Ist einkaufen. Für uns. Kaffee und Kuchen." Er musterte Andreas noch immer, der wie vor den Kopf geschlagen dastand und nicht wirklich begriff, was vor sich ging. „Wir haben uns wieder versöhnt. Ausgesprochen und so. Wir wollen es noch einmal versuchen. Sorry, Kumpel. Du kommst zu spät."

Andreas schluckte wieder hart. Ihm schwirrte der Kopf, und all seine durcheinanderrasenden Gefühle standen kurz vor der Explosion und ließen ihn glauben, wahnsinnig zu werden.

„Ich …“ Er versuchte, dem Chaos irgendwie wieder Herr zu werden. Nur um dann zu begreifen, dass Aron die Tür bereits wieder schloss, mit einem süffisanten, siegessicheren Lächeln, das ihm wie ein Messer in den Körper fuhr.

„Nur eins noch …“ Er schaffte es, einen Schritt vorzutreten.

„Und das wäre?“

„Es sind zwei Sachen.“

Aron verdrehte die Augen.

„Die Blumen … sie sind für Veronica.“

„Aha.“

„Gibst du sie ihr bitte?“

Aron zuckte mit einem geringschätzenden Ausdruck im Gesicht die Schultern.

„Danke“, sagte Andreas, hielt die Blumen Aron entgegen, der die Tür wieder aufzog, die Blumen nahm und ihm einen Blick schenkte, der ihn aufforderte, sich zu beeilen, damit dieser ganze Blödsinn endlich sein Ende fand.

„Was noch?“, wollte er wissen, als Andreas die Augen schloss und seine nächsten Worte sorgsam wählte.

„Wegen des Turniers morgen …“

„Turnier?“

„Bei dem Stephan spielt. Sag ihm bitte, dass ich an ihn glaube und weiß, dass er seine Sache gut machen wird, ja? Und wenn du die Zeit findest, sag ihm bitte, den Fuß bei der Ballannahme am Boden zu lassen. Das bringt ihm Sicherheit."

„Okay", sagte Aron mit einem Gesichtsausdruck, der Andreas merkwürdig erschien. Es war eine seltsame Mischung aus Unverständnis, Ahnungslosigkeit und absolutem Desinteresse. So, als hätte sich Aron bis heute nicht eine Sekunde damit beschäftigt, wo die Stärken und Schwächen seines Jungen beim Fußball lagen.

„Und wenn du ganz viel Zeit hast ..."

„Habe ich nicht."

„Sag ihm, dass er sich bei einem Schuss nach vorne beugen soll. Nur leicht. So kann er den Ball besser kontrollieren."

Aron schlug die Tür zu.

4

„Wer war denn da an der Tür?", fragte Stephan, der mit einem Ball unterm Arm über die Veranda gelaufen kam, mit hochrotem Kopf. Er atmete schwer und schien dennoch voller Tatendrang. Was Aron kaum zur Kenntnis nahm. Der stand in der Küche am Fenster, schob die kurze Gardine beiseite und sah den drei Leuten nach, die soeben wieder in ihren Wagen stiegen.

„Niemand", sagte er, schüttelte den Kopf und legte die Blumen neben die Spüle.

„Kommst du raus, Dad? Ich habe mich warm gemacht, wie du gesagt hast."

„Ist die halbe Stunde schon vorbei?"

Stephan nickte. „Die Tore habe ich auch schon aufgebaut. Wir können loslegen."

„Ach weißt du", sagte Aron, der sich mit der Hand an den Rücken fasste, das Gesicht verzog und die akute Unlust nicht zurückhalten konnte, die in ihm emporstieg. „Ich habe echt Rückenschmerzen. Und mein Oberschenkel zwickt auch etwas."

„Du hast es versprochen, Dad."

„Ein anderes Mal, wenn ich fitter bin. Versprochen, Bigboy. Ehrlich."

Stephan drehte sich auf den Absatz um, den Kopf gesenkt, die Lippen fest aufeinandergepresst, in den Augen Tränen und Zorn zugleich.

5

Andreas war noch immer wie vor den Kopf geschlagen.

Er konnte sich beim besten Willen nicht erklären, wie das alles so gründlich hatte schieflaufen können.

Natürlich, er hatte sich bei dem Dinner wie der letzte Idiot verhalten. Hatte dort Hoffnungen geschürt, wo er selbst keine sah. Konnte man innerhalb von fünf Tagen von einem „Ich liebe dich" zu einem „Ich liebe wieder meinen Ex" wechseln?

War das möglich?

Obwohl er es nicht wollte und es ihm immer schwerer fiel, die in ihm aufsteigende Trauer nicht in Verzweiflung und Tränen umschlagen zu lassen, spürte er, dass seine Augen feucht wurden, als er Jasmin anschnallte. Die, von dem Misserfolg wenig beeindruckt, sah ihn breit lächelnd an. „Wir sehen Veronica bald wieder."

Andreas lag schon ein *Ich glaube nicht, Süße* auf den Lippen, doch er zwang sich dazu, es ebenso positiv wie seine kleine Tochter zu sehen. „Werden wir."

„Dann singen wir wieder zusammen."

„Auch das."

Er kontrollierte mit einem kurzen Ruck den über Jasmins Brust verlaufenden Gurt und gab ihr, wie immer, einen Kuss auf die Wange, bevor er sich aus dem Wagen schälte und um den Kofferraum herum zur Fahrertür ging.

Die wenigen Sekunden, die ihm blieben, um sich zu beruhigen, nutzte er damit, tief ein- und auszuatmen. Er wollte den Druck in seinem Hals nicht zu groß werden lassen. Wollte nicht, dass er, wenn er wieder in den Wagen stieg, losheulte. Aber als er durch die Fensterscheibe zu der ebenso betrübten Marie sah, meinte er, sein erneutes Versagen deutlich zu spüren.

Er holte tief Luft, zog die Tür auf und wollte Marie sagen, dass alles gut war, bekam aber lediglich einen quickenden Laut heraus, der an eine in die Ecke getriebene Maus erinnerte.

„Schon gut", sagte sie tapfer, groß, heroisch, erwachsen. „Mir tut es auch leid."

Andreas nickte.

Er war so stolz auf seine Kinder.

6

Veronica blickte auf. „Warte mal ganz kurz", sagte sie und nahm das Handy vom Ohr, als sie sah, wie ihr Junge aus der Verandatür getreten kam, den Kopf gesenkt, die Hände zu Fäusten geballt.

Ihr Gesprächspartner, der aus Berlin stammende Verleger, redete kurz weiter, bevor er verstummte. „Alles gut bei dir?"

„Es geht um meinen Jungen. Ich rufe gleich zurück." Sie beendete das Telefonat und hatte das Handy beim letzten Satz bereits sinken lassen. Nun erhob sie sich von der im Sonnenlicht stehenden Liege und ging einen ersten Schritt auf Stephan zu. „Was ist, Schatz?" Sie meinte, seinen Kummer körperlich zu spüren. Es war ihr, als würde etwas in ihr zerbrechen. Die Traurigkeit ihres Kindes war wie ein kleiner, ununterbrochen unter den Fingernagel geschobener Dorn. Sie schluckte, als er abwinkte.

„Frag Dad."

Sie zuckte zusammen, schloss die Augen und versuchte, den Zorn so lange zurückzuhalten, bis sie die kleine Treppe hinauf und über die vom Sonnenschein erwärmten Steinplatten der Terrasse gegangen war.

Als sie Aron sah, wie er am Kühlschrank stand, die Tür aufzog und hineinspähte, musste sie sich dazu zwingen, ruhig zu bleiben. „Warum spielst du nicht mit deinem Jungen?"

„Der macht das doch gut allein", sagte Aron, der sich zu ihr herumdrehte, grinste und sie ansah, als könnte er kein Wässerchen trüben.

„Er hat sich für dich aufgewärmt."

Aron zuckte mit den Schultern. „Ich dachte mir, dem kann ich nichts mehr beibringen. Der kann alles."

„Aber nicht allein spielen."

„Komm schon." Er winkte ab. „Der weiß, dass ich ihn liebhabe."

„Daran zweifelt er."

„Weil du es ihm sagst", hielt er ihr entgegen, noch immer lächelnd, noch immer freundlich, sich keinerlei Schuld bewusst und in keiner Weise davon beeindruckt, dass draußen im Garten das dumpfe Bolzen mit dem Ball jedes Mal von einem *Argh* begleitet wurde.

„Tue ich nicht."

„Wie sollte er auf die Idee kommen, dass ich ihn nicht mag?", fragte er schulterzuckend, löste sich vom Kühlschrank und machte einen Schritt auf Veronica zu.

Die schüttelte den Kopf, darum bemüht, sich von ihrem Ex-Mann in ihrem eigenen Haus nicht provozieren zu lassen. „Hat es eben an der Tür geklingelt?", fragte sie, in der Hoffnung, seine Selbstsicherheit irgendwie zum Einsturz bringen zu können.

Er nickte. „Ja."

„Wer war es?"

„Der Bote."

Sie zog die Augenbrauen zusammen.

„Ein Blumenbote", sagte er und deutete zur Spüle, dorthin, wo der Blumenstrauß lag, den Veronica zuvor nicht richtig wahrgenommen hatte. „Den habe ich für dich kommen lassen", sagte er mit einem zuckersüßen

Unterton in der Stimme, den Veronica nur zu gut von ihm kannte.

Immer dann, wenn er ein schlechtes Gewissen hatte, immer dann, wenn er mit einer anderen Frau ins Bett gestiegen war, hatte er genauso gesprochen. So zärtlich und lieb, so verständnisvoll, so einschmeichelnd, fühlend, dass es ihr den Magen umdrehte.

Sie hob die Hand und schüttelte den Kopf. „Warum solltest du das tun?"

„Um dir zu zeigen, wie sehr ich dich mag?" Er hielt den wuchtigen, viel zu großen und übertrieben wirkenden Blumenstrauß vor sich und spähte über ihn hinweg, als könne er dadurch niedlich wirken. „Vielleicht aber auch nur, um dir danke zu sagen dafür, wie gut du unseren Sohn großziehst."

„Hör doch auf!", sagte sie ärgerlich, als der Ball draußen wieder auf ein Hindernis traf, begleitet von einem *Arrrgh*. „Dich kümmert der Junge gar nicht."

„Ich habe mich in den letzten zwei Wochen geändert", sagte er hielt ihr den Blumenstrauß weiterhin entgegen. „Als Stephan und du nicht hier wart, bin ich ins Grübeln gekommen. Ich wollte plötzlich bei euch sein."

„Das hast du weder ihm noch mir geschrieben."

„Du weißt, wie ich bin. Ich muss sowas sagen."

Sie winkte wieder ab. Sie konnte sein Gerede nicht mehr hören.

„Und jetzt willst du mir sagen, dass du es dir noch einmal mit mir vorstellen kannst, oder wie? Dass ich mich darüber freuen sollte, dass du plötzlich auf *Familie* machen willst? Hör mir auf. Auf das Gerede habe ich keine Lust."

„Das solltest du dem Jungen erklären, warum *du* nicht willst, dass wir wieder eine Familie sind, Veronica.“

„Arsch“, sagte sie und drehte sich auf dem Absatz um. „Fang an, dich um den Jungen zu kümmern, anstatt hier bescheuerte Reden zu schwingen. Ach ja“, sagte sie, als sie schon hinaus ins gleißende Sonnenlicht getreten war und mit einem kurzen Blick sehen musste, wie sich Stephan hinhockte und die Finger gegen die Augen presste. „Wenn du schon gehst, nimm doch bitte den Müll mit raus. Du weißt ja, wo er hingehört.“

Damit schritt sie über die Veranda hin zu dem am Boden sitzenden Stephan und hockte sich neben ihn. „Ich lasse es nicht mehr zu, dass uns jemand verletzt.“

„Er hat es versprochen.“

„Ich weiß.“

„Es ist doch nur Fußball“, weinte Stephan, der seinen Kopf gegen die Schulter seiner Mutter legte, schniefte und am ganzen Körper zitterte, als Veronica den Arm um ihn legte und sich wünschte, ihm mehr Trost spenden zu können als sie es jetzt gerade tat.

Sie wollte ihm etwas sagen, wollte ihm den Kummer nehmen, ihm den Halt geben, den er verdiente. Stattdessen schaffte sie nicht einmal, seine Tränen zu trocknen, obwohl sie ihm mit einem Finger unter den Augen entlang strich.

„Warum kann er mich nicht lieben?“, fragte Stephan, und sie glaubte, einen Schlag mitten in den Magen bekommen zu haben. „Warum liebt er mich nicht so, wie ich bin?“

7

Andreas hatte in der Nacht schlecht geschlafen. Er hatte damit gerechnet, dass er nicht einschlafen und sich von einer auf die andere Seite wälzen würde. Als er gegen ein Uhr noch einmal auf den kleinen, in die Wand des Hotelzimmers eingelassenen Digitalwecker blickte, merkte er, wie sich neben ihm Jasmin regte. Sie war bei einer Folge *Feuerwehrmann Sam* in seinem Arm eingeschlummert und hatte nur „Nicht weggehen, Papa" gemurmelt, als er sie auf die Seite drehte und ihr ein Küsschen auf die Stirn gab.

„Werde ich nicht", hatte er gesagt, einen Stich mitten im Herzen gespürt und geglaubt, an dem Schmerz vergehen zu müssen. Obwohl sie noch so klein war, so behütet und von der Welt verschont, hatte sich in ihrem kleinen, aufs Spielen und den Spaß ausgerichteten Verstand etwas eingenistet, das Andreas mit heißem Schrecken erfüllte. *Was haben wir dem Kind jetzt schon angetan?*

Die Frage stellte er sich selten, aber jetzt, wo er merkte, dass Jasmin langsam wach wurde, festigte sie sich und brachte ihn dazu, seine Hand auf ihre schmale Brust zu legen und mit der Nasenspitze an ihrem Ohr entlang zu streichen. „Papa liebt dich, von ganzem Herzen", flüsterte er. „Er wird dich nicht allein lassen. Egal was passiert."

Ihre Äuglein öffneten sich, der Schlaf wurde von der Müdigkeit abgelöst, und Jasmin schien bewusst zu werden, was ihr Papa ihr soeben ins Ohr wisperte.

„Ich liebe dich auch", sagte sie, kuschelte sich an ihn und legte ihm, einen wohligen Schauer der Nähe auslösend, eine Hand auf die Wange. Sie streichelte diese sanft, wie sie es noch nie zuvor getan hatte, und gab ihm das Gefühl von Geborgenheit.

Andreas drückte sie und war glücklich darüber, dass er für sie da sein konnte, er sie umarmen durfte, sie wiegen und schützen. Er wollte ihr das Gefühl von Sicherheit geben, das sie ihm gerade aus voller Kraft ihres Herzens schenkte.

Er griff nach der Hand, umfasste sie und drückte sie sanft. „Ich liebe dich auch. Von hier bis zum Mond", sagte er mit tränenerstickter Stimme.

„Ich dich bis zur Sonne", murmelte sie und schlief wieder ein, was Andreas beruhigte und zugleich in Unruhe versetzte. Beruhigt, weil er hoffte, dass sie sich am nächsten Morgen nicht an dieses kurze Gespräch erinnerte. Beunruhigt, weil er etwas in ihr freisetzte, mit dem sie sich nicht beschäftigen sollte. Es war seine Aufgabe, seine Pflicht, sich um sie zu kümmern und ihr das Gefühl von Sicherheit zu geben.

Wie sollst du das, wenn du mit deinen Gedanken ununterbrochen bei Aron und Veronica bist? Wenn du dir vorstellst, wie sie jetzt in seinen Armen liegt und sich fragt, wie sie diesen gutaussehenden und charmanten Kerl jemals hatte verlassen können? Wenn du dich fragst, ob sie Arons Seitensprünge wirklich verzeihen kann. Kann sie?

Die brennenden, ihn unter Strom setzenden Fragen quälten ihn. Sie führten dazu, dass er um ein Uhr nachts noch immer wach dalag und nicht begriff, wieso er nicht akzeptierte, dass er erneut einen Fehler gemacht hatte, den er nicht korrigieren konnte.

War es ihm denn nicht möglich, noch einmal zu akzeptieren, dass er mit voller Wucht in ein Fettnäpfchen gesprungen war, das so groß war wie ein Swimmingpool?

„Kannst du auch nicht schlafen?", drang plötzlich Maries Stimme an seine Ohren und riss ihn aus den Gedanken. Er hob den Kopf und blickte über die schlafende Jasmin hinweg zu seiner so erwachsen wirkenden, groß gewordenen Tochter, deren Flut an braunen Haaren ihr ganzes Kopfkissen bedeckte.

„Nicht eine Sekunde", gab er zu.

„Ich auch nicht", sagte sie und seufzte leise. „Ich denke die ganze Zeit nach."

„Dito."

„Worüber du?"

Er lächelte sie an und versuchte, das Stechen in seinem Herzen zu ignorieren. „Ich sollte dich das fragen, nicht du mich."

„Erste", schmunzelte sie.

Er seufzte. „Das seid ihr zurzeit irgendwie immer."

„Also", sagte sie. „Wie überlegst du dir, Veronica doch noch zu bekommen?"

Er schmunzelte. *Wie gut sie mich kennt. Und schade, dass sie jetzt gerade total daneben liegt. Ich habe nicht eine Sekunde daran gedacht, sie irgendwie zurückzubekommen. Im Selbstmitleid habe ich gebadet und mich wohl in meinem Pool aus Trauer, Wut und Hilflosigkeit gefühlt.*

„Dazu wird es nicht kommen.“

„Glaubst du?“

Er nickte, küsste Jasmin noch einmal auf die Stirn, als er ihre Fingerchen spürte, die ihm über die mit morgendlichen Bartstoppeln versehenen Wangen strichen. „Du hast es doch gehört.“

„Und das ist es ja.“

„Was meinst du?“, fragte er, als Marie nicht weitersprach.

„Nun.“ Sie richtete sich auf, wischte sich eine Haarsträhne aus der Stirn und sah für einen Moment so schrecklich erwachsen aus, dass sich Andreas’ Magen umdrehte. Es erschreckte ihn, sie so da sitzen zu sehen, einen ernsten Ausdruck im Gesicht, die Augenbrauen zusammengezogen und mit einem nach innen gerichteten Blick. „Es ist das, was Aron gesagt hat. Wie er sich benommen hat.“

Andreas begriff nicht.

„Bist du nicht darüber gestolpert?“

Er schüttelte verwirrt den Kopf.

„Es wirkte so, als wüsste er gar nicht, dass Stephan morgen ein wichtiges Spiel vor sich hat.“

Andreas, dessen Müdigkeit, Abgeschlagenheit und Trauer all sein Denken beherrscht hatten, versuchte, sich an das Gespräch mit Aron zu erinnern. Jede einzelne Facette. Aber er begriff nicht, so sehr er es auch versuchte, was Marie meinen könnte.

„Keine Ahnung“, flüsterte er, als seine in Falten gelegte Stirn langsam wehtat.

„Er hat dich verständnislos angesehen. Und die Geschichte mit dem *noch einmal probieren*. Papa, das passt alles nicht. So ist Veronica nicht.“

„Aber ...“

„Tod den *Abers*, Papa. Aron hat gelogen.“

„Ich ...“

„Er hat gelogen, und ich weiß es. Und weißt du was?“

Er grinste, nickte und versuchte sich in Heiterkeit. „Wir fahren nicht nach Hause?“

Sie grinste ebenfalls. „Nein. Tun wir nicht.“

„Wir gucken morgen Fußball.“

8

Veronica sah nicht zum ersten Mal von der Tribüne zum Parkplatz des kleinen, am Rande des Ortes gelegenen Fußballplatzes. Obwohl sie es besser wusste und sich sicher war, dass Arons leicht dahin gesagtes *Ja, ja, natürlich komme ich* nicht den Wert des Papieres entsprach, auf dem es geschrieben stehen könnte. Insgeheim aber hoffte sie für Stephan, dass der Idiot, der sich sein Vater schimpfte, doch noch seinen faulen Hintern vom Sofa quälen und hierherkommen würde.

Und er wird doch nicht kommen, und wir beide werden wieder enttäuscht sein und uns am Ende fragen, warum wir uns darüber ärgern. Wir kennen ihn doch nicht besser.

Während einige der Eltern ihre Kinder anfeuerten, in die Hände klatschten oder zaghaft Fußballlieder anstimmten, um Atmosphäre zu schaffen, verharrte sie meist starr auf ihrem Platz weit hinten auf der Tribüne.

Obwohl sie auch klatschte und ab und zu ein *Wu, wu* ausstieß oder *Das war super* rief, war es ihr, als würde sie nur schauspielern, statt echte Emotionen zu leben.

Noch immer drehten sich ihre Gedanken wild im Kreis, und ihr in tausend Scherben zersprungenes Herz tat ihr auf eine unangenehme Art und Weise weh, sodass sie sich wünschte, einer jener Menschen zu sein, die Peter Maffay in seinem Tabaluga-Stück *Mensch aus*

Stahl besang. Jemand, der keine Gefühle hatte. Oder alternativ eine Frau, die wusste, dass es ein Leben nach dem ganzen emotionalen Hin und Her gab.

Sie seufzte, als sie das P*ling* ihres Handys hörte.

Die Mutter neben ihr, die mit dem kerzengeraden Pony aussah, als hätte sie heute früh selbst daran herumgeschnitten, sah Veronica lächelnd an. Veronica griff mit einem Seufzen nach ihrem Handy.

„Nervige Dinger, nicht wahr?", eröffnete die Frau das Gespräch mit einem herzhaften, echten Lächeln. „Sie stören immer in den besten Momenten."

Veronica nickte, entriegelte das Display und sah, dass Angelina geschrieben hatte.

Wie geht es dir?

Die Frage löste in Veronica einen Schauer der Bestürzung aus. Natürlich wusste Angelina, was mit Andreas passiert war. Wie sich etwas angebahnt hatte und dann, zur völligen Überraschung aller, wie ein mit zu heißem Wasser gefülltes Glas zersprungen war.

Sie tippte schnell.

Muss.

Mit einem kurzen Druck auf dem Display schickte sie die Nachricht mit einem sausenden Geräusch auf Reisen.

„Selbst und ständig, wie?", wollte die Mutter neben Veronica wissen.

„Leider", gab sie pflichtbewusst zur Antwort und wünschte sich, dass die Unterhaltung schneller beendet wäre, als sie begonnen hatte.

„Ich kenne das", sagte die Frau. „Mein Ex hat nichts anderes getan. Nur gearbeitet, gechattet und gearbeitet. Alles zum Wohle der Familie."

Ein plötzlicher, unangenehmer, schmerzender Stich fuhr in Veronicas Herz, als sie die Worte hörte. Ein Schmerz, der ihr nicht unbekannt war. *Ist es dir das wert?*

Sie lächelte verkrampft, und war zum ersten Mal seit langem glücklich darüber, dass ihr Handy sich mit einem unmissverständlichen *Pling* meldete.

Du kannst mich jederzeit anrufen, mein Schatz.

Angelinas Antwort ließ Veronica schmunzeln.

Weiß ich.

Sie wünschte sich, dass ihr das Herz nicht mehr so schwer sein würde. Dass sie nicht immer an die Vergangenheit und die verpasste Gelegenheit denken musste. Daran, was für mögliche Fehler sie gemacht hatte und hätte vermeiden können.

„Man verliert sich so schnell in seinen Aufgaben", sagte die Frau neben ihr, und Veronica begriff, dass ihr Schmerz viel größer, viel wuchtiger geworden war und sie erschreckenderweise an einen Luftballon erinnerte, der kurz vorm Platzen stand.

„Leider", murmelte sie wieder und hielt die flache Hand vor den Mund, um ein Seufzer zurückzuhalten. Dann erhob sie sich.

„Entschuldigung, ich muss kurz weg", sagte sie hastig, doch ehe sie davoneilen wollte, hörte sie den kurzen Schrei sowie den darauffolgenden Pfiff des Schiedsrichters und sah, wie sich Stephan über den Rasen rollte.

Theatralisch, den heutigen Fußballern gleich, wieder und wieder sich um die eigene Achse drehend, sodass einige der Väter und Mütter lachten. „Na, so schlimm war das Foul aber auch nicht!"

Sie aber war ganz in ihren Gefühlen verstrickt, in all den Emotionen gefangen. „Schiri!"

„Er hat doch schon gepfiffen."

„Stell den Treter vom Platz", rief sie und sah dann, in einem Anflug ehrlich empfundener Erleichterung, dass sich um Stephan eine Traube aus Mitspielern sammelte, die ihm helfen wollten, aufzustehen.

Die Position, in der Stephan von einem Gegenspieler von den Beinen geholt worden war, war aussichtsreich, der Pfiff des Schiedsrichters wie ein Geschenk. Das sah sie, obwohl sie sich nicht sonderlich für Fußball interessierte.

In dem Moment, als sie den Blick über das Spielfeld schweifen ließ und sah, dass Stephan nur gut zwei Meter vor dem Strafraum zu Fall gebracht worden war, erkannte sie, dass ein filigraner Freistoßschütze sehr wohl Gefahr für den gegnerischen Torwart darstellen konnte.

Ein Schütze wie Stephan. Sie beobachtete, wie ihr Junge aufstand, sich die Knie abwischte und die heruntergerutschten Stutzen wieder in die Höhe zog.

Die Gelbe Karte, die Stephans Gegenspieler erhielt, ließ sie klatschen. „Richtig so!" Seltsamerweise musste sie an den Satz der Frau neben sich denken: *Man verliert sich so schnell in seinen Aufgaben.*

Es war ihr, als hätte sie erneut einen Schlag in den Magen bekommen und dabei eine neue, unangenehme Perspektive eingenommen, aus der sie ihr Leben bisher nicht betrachtet hatte. Eine, die ihr auf unmissverständliche Art und Weise zeigte, wo ihr Schwerpunkt zu liegen hatte.

Beim Glück!

Sie schluckte.

Bisher hatte sie immer angenommen, dass sie nur mit einem Partner an ihrer Seite glücklich konnte, aber jetzt begriff sie, dass es nichts Wichtigeres gab, als zu garantieren, dass Stephan in einem behüteten, von ihrer Liebe dominierten Zuhause aufwuchs.

Keine Enttäuschungen mehr, dachte sie und wusste, wie schwer diese Aufgabe zu erfüllen war, die sie sich selbst gestellt hatte. *Ich werde dich beschützen, egal was kommt. Egal vor wem.*

Als sie mit Verwirrung sah, dass Stephan sich den Ball hinlegte, die Arme ausbreitete und seinen Mitspielern zu verstehen gab, dass er diesen Freistoß selbst schießen wollte, fiel ihr plötzlich wieder der Nachmittag auf Sizilien ein. Jener warme Tag, als Andreas sich bereit erklärt hatte, in der prallen, warmen Sonne mit ihrem Sohn zu üben.

Und jetzt wurde er plötzlich zu einem Fußballer, den Veronica in ihm niemals gesehen hatte. Er bewegte sich so schnell, so zielorientiert, als hätte er in seinem Leben niemals etwas anderes getan. Und sie erinnerte sich daran, dass Andreas Stephan erklärt hatte, wie man einen Freistoß am besten schoss. Dass man sich nach vorne beugen an sich glauben musste, wenn man Erfolg haben wollte. Dazu kam die Anlaufstrecke, die man benötigte, um zu dreschen oder zu zirkeln.

Sie erinnerte sich daran, dass Stephans Frust immer größer geworden war, je mehr er an Andreas und dessen Abwehrmöglichkeiten gescheitert war. Und als sie dann Elfmeter schossen und Freistöße übten, war es Andreas gewesen, der Stephan auf so eine einfühlsame, so herrlich schöne Weise das Gefühl vermittelte, genau richtig zu sein wie er war.

Er hatte gesagt: „Glaubst du nicht an dich selbst, tut es keiner. Und wenn es keiner tut, dann werde ich in Gedanken bei dir sein. Versprochen.“

Damals, als sie auf ihrem Badetuch gesessen hatte, das Buch vor der Nase, den Blick argwöhnisch auf Andreas und ihren Sohn gerichtet, das Gefühl von Hilflosigkeit in sich, weil sie ihr Kind vor einer weiteren Enttäuschung bewahren wollte, hätte sie nie im Leben damit gerechnet, dass sie sich noch einmal drehen würde.

Andreas' Worte hatten sie keine Sekunde daran zweifeln lassen, dass Stephan es schaffen konnte.

Ich glaube an dich, dachte sie, als sie ihre Gedanken beiseite wischte, die ihr zuflüsterten, dass Stephan die Freistöße wieder zu hoch ansetzen würde und über die Latte oder am Pfosten vorbeischießen konnte.

Sie wollte gerade den Mund öffnen, wollte ihm sagen, dass er sich leicht vorlehnen sollte, als jemand auf dem Parkplatz applaudierte und dann genau das rief, was sie hatte rufen wollen.

„Du packst das“, hörte sie eine bekannte, geliebte und auch verhasste Stimme. „Du machst das Ding!“

Sie blickte verwirrt zu dem kleinen Trio, das geradewegs auf das Spielfeld zugelaufen kam, in die Hände klatschte und ein *Wu, wu* ausstieß.

Erst meinte sie, sich zu irren. Als sie sah, wie Stephan den Kopf drehte und sich auf seinen Lippen ein breites, zufriedenes Lächeln zeigte, konnte sie nicht anders, als die Hände vor den Mund zu schlagen. „Scheiße“, murmelte sie. „Was will der denn hier?“

Veronica verstand nicht, was gerade passierte, als der Ausruf eines Vaters sie aus ihren Gedanken riss.

„Wyss kann das doch nicht! Lass Kevin schießen.“

„Mein Junge kann das“, rief Veronica.

„Du packst das, Großer“, brüllte auch Andreas, als hätte er die abfälligen Worte über Stephan gehört. „Niemand kann Freistöße schießen wie du.“

„Kann er nicht.“ Der stirnglatzige Vater schüttelte verwirrt den Kopf und knuffte seinen Sitznachbarn. „Kann er doch nicht, oder?“

„Er schafft es“, flüsterte Veronica und sah abwechselnd zu ihrem Sohn, der sich zum Anlauf bereitmachte, und zu dem noch immer in die Hände klatschenden Andreas.

Der rief noch einmal, während er zu Veronica blickte: „Wir schaffen das!

9

„Habe ich doch gedacht, dass du es kannst! Habe ich es nicht gesagt?"

„Du hast es gesagt!", schrie Stephan, der geradewegs auf Andreas zugelaufen kam, nachdem er den Freistoß ohne zu zögern, ohne Zweifel, Angst oder an irgendetwas anderes als den Treffer zu denken, unter die Latte gesetzt hatte. Obwohl der Torwart sich streckte und alles daransetzte, um das Tor zu verhindern, gelang es ihm nicht.

Als Stephan anlief, hatte Andreas gewusst, dass es ein Tor werden würde.

Und als die herumstehenden Eltern jubelnd aufsprangen, klatschten und schrien und Stephans Mannschaftskollegen die Arme in die Höhe rissen, hatte Veronicas Junge nichts anderes zu tun, als auf Andreas zuzulaufen. Er strahlte über das ganze Gesicht, hatte den Mund zu einem lauten Schrei aufgerissen und ballte eine Hand zur Faust.

Als er Andreas erreichte, umarmte er ihn und brüllte so laut, dass dieser meinte, ihm würden die Trommelfelle platzen. Er spürte den angenehmen, warmen Druck an seinem Hals, spürte, dass die Zuneigung echt war.

„Ich habe es gesagt", flüsterte er und drückte Stephan noch einmal.

„Hast du."

Andreas setzte den Jungen wieder ab, grinste ihn an und hielt ihm die Siegerfaust unter die Nase. „Und jetzt ab zu deinen Freunden. Lass dich ordentlich feiern."

„Mach ich!"

Damit drehte sich Stephan zu seinen noch immer jubelnden Freunden herum, ließ sich abklatschen, auf die Schulter klopfen und schließlich von seinem Trainer mit einem „Super gemacht!" loben.

Andreas hingegen merkte, dass sich Veronicas Blicke in seinen Rücken bohrten und drehte sich langsam herum, nachdem er sich ein mutmachendes Lächeln bei Marie abgeholt hatte.

„Ich hab dich lieb, Papa", flüsterte Jasmin, die er an der Hand hielt.

Andreas lächelte schief, als er hilflos die Schultern zuckte und merkte, wie ihm die Tränen in die Augen stiegen. Er leckte sich über die Lippen und fühlte sich stark, als Herr der Lage und das erste Mal, als hätte er einen Plan, wie sein Leben in eine neue Umlaufbahn eintreten konnte. Er drehte die Handflächen nach oben und zuckte die Schultern. „Es tut mir leid."

Veronica hatte die Arme vor der Brust verschränkt, die Lippen aufeinandergepresst und schien noch nicht zu wissen, was sie ihm an den Kopf werfen sollte.

Andreas rechnete mit allem.

Damit, dass sie losschimpfte, dass sie ihm vor allen Eltern eine Szene machen würde, die sich gewaschen hatte. Dass sie ihn zum Teufel jagte oder ihm irgendetwas an den Kopf warf, damit er begriff, dass er nicht mehr in ihrer Nähe zu sein hatte.

Erst als er den Mund öffnete um sich zu erklären, hob sie eine Hand.

„Willst du mich irre machen?“

Er schluckte. „Nein.“

„Du willst mich nicht wieder verletzten, oder?“

„Niemals mehr“, sagte er und senkte den Blick. „Ich verspreche es.“

War da ein kurzes, knappes Lächeln zu sehen?

Ein klitzekleiner versteckter Hinweis darauf, dass der Fehler, den er auf Sizilien gemacht hatte, irgendwie entschuldbar war? Dass sie ihm erneut eine Chance gab, die er brauchte, um ihr beweisen zu können, dass er sie …

Liebte?

Sie nickte. „Kein Interesse!“

10

Andreas starrte sie an.

Seine eben noch zu einem Feuerwerk werden wollende Hoffnung, dass Veronica ihm alles verzieh, wurde zu einem müde dampfenden Rohrkrepierer. Er zuckte zurück, wusste nicht, was er sagen, geschweige denn denken sollte.

In seinem Magen breitete sich ein Druck aus, der alle Gefühle auslöschte und ihm die Knie weich werden ließ.

Er wollte sagen, dass er alles, wirklich alles tun würde, damit sie ihm verzieh, und versuchte fieberhaft, seine Fassungslosigkeit in den Griff zu bekommen. Dann begriff er, dass ihn etwas an Veronicas Mimik störte.

Lächelte sie? War da ein neckischer Blick, der nicht so ganz in die Situation passen wollte? Sie schüttelte den Kopf, als könnte sie nicht begreifen, warum Andreas wie ein vom Blitz getroffener Ochse vor ihr stand.

„Verarscht." Sie lachte. „Du hättest dein Gesicht sehen sollen."

„Danke für den Herzinfarkt", hauchte er.

„Ich konnte es mir nicht verkneifen", grinste sie, breitete die Arme aus, kam geradewegs auf ihn zu und drückte ihn ganz fest. „Mach das nie wieder mit mir, ja? Niemals wieder!"

„Niemals", versprach er ihr.

„Ich müsste dich sonst umbringen.“

Er lachte. „Nie wieder Angst vor der Zukunft. Nur noch du und ich. Durch dick und dünn.“

Sie nickte und trat näher an ihn heran. Ihre Lippen fanden seine und lösten in ihm einen wohligen, unbekannten Schauer aus. Einen Schauer, wie er ihn seit Jahren nicht mehr gespürt hatte. Ihr Geruch, ihr Duft und ihr weicher, an ihn gepresster Körper ließen ihn die Augen schließen, genießerisch Luft holen und denken, ein Jugendlicher zu sein, der zum ersten Mal in seinem Leben küsste. Der schon unzählige Male davon in der BRAVO gelesen und es von seinem älteren Bruder erzählt bekommen hatte, sich aber nicht vorstellen konnte, wie es wirklich war, wenn es jemanden gab, der ihn mochte, wie er war. Der ihm das schenkte, was zärtlicher und reiner, einem morgendlichen aus einer Quelle entspringenden Bach gleich, nicht sein konnte.

Ihre Lippen berührten seine mit einem zarten Hauch, gefolgt von dem weichen Geschmack von Erdbeerlipgloss.

Andreas wurden die Knie weich. Seine Angst verflüchtigte sich.

Die undurchdringlich erscheinende Dunkelheit, die ihn bedrohte und mit Angst erfüllt hatte, die alles zu vertreiben versucht hatte, was sich ihm nährte, wurde jetzt durchbrochen. Veronicas Kuss erzeugte unzählige kleine Lichtkugeln, die den schwarzen Mantel auseinanderrissen, der Andreas immer umhüllt hatte.

Der ihn nicht sehen ließ, was vor ihm lag.

Er erwiderte den Kuss und musste ebenso wie sie lachen, als Marie rief: „Nehmt euch ein Zimmer!“

„Hör auf, meine Mutter zu beißen“, rief Stephan.

„Ich muss Pipi", sagte Jasmin.
Andreas fand, dass es genauso sein sollte.
So und nicht anders.